西方的没落

斯宾格勒精粹

[德国]奥斯瓦尔德·斯宾格勒 著

洪天富 译

译林出版社

图书在版编目（CIP）数据

西方的没落：斯宾格勒精粹 ／（德）奥斯瓦尔德·
斯宾格勒著；洪天富译.—南京：译林出版社，
2023.9
ISBN 978-7-5447-9645-3

Ⅰ.①西… Ⅱ.①奥… ②洪… Ⅲ.①历史哲学
Ⅳ.①K01

中国国家版本馆 CIP 数据核字（2023）第 061259 号

西方的没落：斯宾格勒精粹 [德国] 奥斯瓦尔德·斯宾格勒 ／ 著　洪天富 ／ 译

责任编辑　张　露
责任印制　董　虎

出版发行　译林出版社
地　　址　南京市湖南路 1 号 A 楼
邮　　箱　yilin@yilin.com
网　　址　www.yilin.com
市场热线　025-86633278
排　　版　南京展望文化发展有限公司
印　　刷　江苏凤凰通达印刷有限公司
开　　本　880 毫米 × 1240 毫米　1/32
印　　张　7.75
版　　次　2023 年 9 月第 1 版
印　　次　2023 年 9 月第 1 次印刷
书　　号　ISBN 978-7-5447-9645-3
定　　价　66.00 元

目　录

斯宾格勒的生平和著述

洪天富

斯宾格勒于 1880 年出生于德国哈尔茨山脚下的布兰肯堡小镇。父亲伯恩哈特·斯宾格勒继承祖业,从事采矿业,后因矿产资源日趋贫竭,便转行当了邮局的一名小小的官员。母亲保利娜·斯宾格勒出身于舞蹈世家,热爱舞蹈艺术。斯氏自幼从父亲那里承袭了地质学和矿物学所需的勘探和实干精神,还承袭了母亲的艺术禀赋和灵性,这对他日后的成长起到潜移默化的作用,并在他的文化形态学研究中有直接的体现。

1891 年秋天,因父亲工作调动,斯宾格勒举家迁移到古老的大学城哈雷。在这里,他进了旨在培养学生的人文精神并主要教授古典语言(古希腊文、拉丁文)的拉丁娜高级中学。在这所学校里,斯宾格勒的各种才能罕见地结合起来:他不仅在历史和地理方面成绩斐然,而且在数学方面崭露头角。他还经常到哈雷的剧院看戏,并陶醉于瓦格纳富于浪漫精神的音乐。也是在这所学校里,他如饥似渴地大量阅读各种世界名著,例如莎士比亚、歌德、克莱斯特、巴尔扎克、福楼拜、司汤达、列夫·托尔斯泰、屠格涅夫的作品,他特别景仰陀思妥耶夫斯基。1899 年 10 月,他结束了在这所学校的学习。由于心脏病的原因,他被免除服兵役的义务,得以在哈雷大学进行自然科学和数学方面的学习。

1901 年夏天，由于父亲去世，斯宾格勒决定先到慕尼黑大学，然后到柏林大学，最后到哈雷大学攻读学业。1904 年，在德国唯心主义哲学家黎尔（Alois Riehl, 1844—1924）的指导下，斯宾格勒撰写了有关古希腊哲学家赫拉克利特的博士论文《赫拉克利特：关于他的哲学的唯能论的基本思想的一篇论文》。也许是受尼采的《悲剧的诞生》的影响，斯宾格勒试图在这篇博士论文中重新确定希腊文化的精神。在文中，斯氏努力把赫拉克利特打造成生命哲学的鼻祖之一。1904 年 4 月 6 日，论文通过后，他被哈雷大学授予哲学博士的头衔。同年 12 月，他通过考试取得高中教师资格，随即开始了在中学的教学生涯，并于 1908 年在汉堡的一所高级中学任职，讲授数学、物理、历史和德国文学等。

1910 年 2 月，母亲也去世，斯宾格勒继承了一小笔遗产，得以于 1911 年 3 月返回慕尼黑。在这里，他定居在放荡不羁的知识分子最多的施瓦宾区，他以鄙视的态度观察他们的生活。斯宾格勒在这里由于缺少爱和人世间的温暖而深感痛苦。也是在慕尼黑，他开始考虑写一本题为《自由与保守》的政论著作，以讨论当时在欧洲所发生的各种国际事件，例如 1911 年发生的阿加迪尔危机①和意大利对地中海沿岸的黎巴嫩海港城市的黎波里的袭击的意义。但是，随着思考的日益深入，他感到在那些国际性事件的背后似乎有一种"文化的命运"在起作用。雄心勃勃的斯宾格勒不再满足于对最近发生的政治事件做预测，他要用高瞻远瞩的历史的眼光考察这些国际性的政治事件。1912 年，当他路过书店的橱窗时，突然发现慕尼黑大学古代史教授奥托·泽克（Otto Seeck）的《古代世界没落的历史》（*Geschichte des Untergangs der antiken Welt*）一书，他茅塞顿开，把

①　亦称第二次摩洛哥危机，1911 年，德国派遣"豹"号炮艇前往西摩洛哥港口阿加迪尔，试图迫使法国把法属刚果地区割让给德国，法国政府在英国政府支持下拒绝了德国的要求，使德国人又一次受挫。（除特别注明外，本书脚注均为译者所加。）

古代世界的没落和西方的没落联想起来，于是，"西方的没落"成了他那部旷世佳作的最后书名。经过三年的研究和八个星期的思考之后，他以飞快的速度一口气撰写了《西方的没落》的第一卷。1914年，第一卷基本就绪，可是由于第一次世界大战爆发，该卷未能出版；到了1918年的夏天，也就是在德国最后失败前几个月，第一卷终于以异文（Variante）的形式问世。紧接着，斯宾格勒以更快的速度撰写第二卷；1922年4月，斯宾格勒一方面整理出版了第二卷，同时对第一卷重新进行修订。

《西方的没落》一经在德国和奥地利出版，立即在社会上引起轰动：从前线回来的患有战后心理创伤的年轻士兵把《西方的没落》视为"约翰启示录"；哲学家卡西勒在《国家的神话》一书中盛赞《西方的没落》，称"可能以前从没有一本哲学书引起过这样的轰动。它被翻译成了几乎所有的语言，被各种各样的读者，诸如哲学家和科学家、历史学家和政治家、学生和学者、商人和市民所阅读。这种前所未有的成功的原因是什么呢？……在这个时间[1]，我们中许多人（如果不是大多数人的话）已经认识到，在我们受到高度赞扬的西方文明国家里，某些东西已经腐朽了。斯宾格勒的著作以锐利有力的笔触，表达了这种普遍的不安"。[2]英国著名历史学家汤因比在《文明经受着考验》一书中写道："当我读着这些充满历史洞见之光的《西方的没落》的篇章时，我首次怀疑，我的整个探讨，在问题提出之前（更不用说找到答案了）就早已被斯宾格勒处理过了。"[3]这部篇幅达120万字的大部头著作，由于理论新颖和精当，加之语言叙述形象生动，自出版之后一再重版，其销量创下了这类学术著作的最高纪录。

---

① 指第一次世界大战结束后的时间。

② 参见卡西勒，《国家的神话》，范进、杨君游、柯锦华译，华夏出版社，2003，第350—354页。

③ 汤因比，《文明经受着考验》，沈辉等译，浙江人民出版社，1988，第10页。

一时间,"西方的没落"这个书名成了家喻户晓的口头禅和一个表达二十世纪二十年代西方社会危机加剧的流行词。1927年,黑塞在其哲理小说《荒原狼》里描述了魔剧院的各种演出海报,其中就有"西方的没落,减价入场,空前奇观"这一张。①

《西方的没落》不仅拥有广大的读者,而且受到评论界的高度重视。据统计,单单在1921—1925年,就有三十五部论述斯宾格勒及其《西方的没落》的著作。对斯氏的这部巨著,有褒有贬,言人人殊。赞誉者,例如恩斯特·波亚德(Ernest Boyd, 1887—1946,美国评论家)称:"自尼采对欧洲思想留下其不可抹除的印记以来,在德国或欧洲其他任何国家,还没有一部哲学著作在其重要性、卓越性和百科全书式的知识上堪与《西方的没落》相媲美。"批评和称赞参半者,例如阿瑟·盖耶(Athur Geyer,《西方的没落》英译者)则认为:"这是二十世纪的一部力作,这是一部真正里程碑式的著作,它既以其悲观主义令我们沮丧,又以其对我们的观念的有力挑战而令我们振奋。"请读者注意,是斯氏在此著作中宣扬的"悲观主义令我们沮丧"。我国学界也普遍认为,斯氏是一位历史悲观主义者;甚至有人认为斯宾格勒是历史悲观主义集大成者。为了回应评论界的批评,斯氏于1921年特意撰写了《悲观主义吗?》这篇文章,本书收录了此文。

斯氏并不是"两耳不闻窗外事,一心只读圣贤书"的学究,而是一位关心德国内政和作为西方浮士德式文明载体的技术之命运的社会活动家。为此,他作为魏玛共和国时期与纳粹运动同时发生的一场"保守的革命"的思想家,于1919年12月发表了政论性著作《普鲁士精神与社会主义》。在这部著作里,他不仅抨击了以英、法为主的西方国家强加给德国人的议会民主制,而且批判了马克思主义及其影响下的共产国际,主张在德国建立普鲁士式的"威权性的社会主义"(autoritativer Sozialismus)。1933年8月,斯氏发表了《抉择的

---

① 黑塞,《荒原狼》,赵登荣、倪诚恩译,上海译文出版社,1988,第180页。

年代》这部时政著作,其中他一方面断然拒绝作为纳粹纲领之核心的种族理论,指责当权者把对权力的享受看作结果,并且想把这种只是暂时可以忍受的状态永远保持下去,指出法西斯主义产生于城市暴民中;另一方面对纳粹的狂热的信仰者们善言相劝,说正确的思想已被他们过分提高到自我扬弃(Selbstaufhebung)的地步。斯氏认为,纳粹取得的胜利并不是胜利,因为缺少对手。斯氏进一步指出:"这次夺权是在强大与软弱的混乱旋涡中进行的。当我看到人们每天大肆渲染地庆祝这次夺权的时候,我的内心充满了疑虑。"因此,斯氏断言:"最初的那些伟大的诺言,将会在悲剧或喜剧中结束。"

《抉择的年代》刚出版时,并未受到纳粹党人的注意,所以书的发行量直线上升,1933年10月底,书的发行量超过十万册。直到三个月以后,纳粹当局才明令禁止该书的发售,并不准所有报章杂志提及斯宾格勒的名字。

斯宾格勒对纳粹运动有一个认识过程,随着他对它的认识的提高,对它的态度也发生了变化。他最初并不反对国家社会主义。在1932年7月31日和1933年3月5日举行的国会选举中,他投票支持希特勒领导的德国国家社会主义工人党(NSDAP)。在1932年春的总统选举中,他支持参加竞选的希特勒,而不支持兴登堡。他向同情和支持希特勒的妹妹希尔德加特解释说:"希特勒是一个笨蛋,但我们必须支持他所领导的运动。"

但是,随着纳粹党在上台后胡作非为,他开始对之持批判态度。1933年3月18日,他拒绝了宣传部长戈培尔用电报向他发出的邀请,戈培尔要他在伟大的"波茨坦日"① 在无线电广播电台里作简短的讲话。1933年8月,他在《抉择的年代》中用不点名的方式抨击纳粹及其所倡导的运动。

---

① Tag von Potsdam,1933年3月21日,纳粹党在波茨坦的卫戍部队教堂里庆祝希特勒和兴登堡之间象征和解的握手。

1934 年 6 月初,他在多年之后头一回没有参加他所喜爱的瓦格纳的音乐会演,因为他不想坐在"褐衫党徒"中间观看瓦格纳音乐的演出。

1934 年 6 月 30 日至 7 月 1 日,即所谓的"长刀之夜",希特勒为了清除反对他的政权的保守的敌人和党内冲锋队反对派,利用党卫队逮捕和杀死了巴本[①]的助手容格和博塞,以及布莱多夫和施莱歇尔两位将军,还有许多冲锋队的高级干部及其首领罗姆。在希特勒策划和发动的清洗行动中,不少斯氏的朋友死于非命,例如他的挚友、著名的音乐评论家维利·施米特(Willi Schmidt)被错误地当成是希特勒下令谋杀的冲锋队分队长威廉·施米特(Wilhelm Schmidt)而被杀害。得知朋友的死讯,斯宾格勒怒火中烧,放声大哭起来。在朋友的坟墓上,斯宾格勒勇敢地斥责了纳粹党徒的血腥暴行。妹妹希尔德加特和斯氏的众多相识劝他到国外去,他都一一拒绝了,说"现在逃跑是胆怯的表现"。1935 年 10 月,斯氏为了抗议尼采的妹妹伊莉莎白把尼采档案馆变为戈培尔的宣传的附属品,毅然退出档案馆的董事会。[②]

从失去友人的悲痛中恢复过来的斯宾格勒重新振作起来,在短短的时间里写下了将近三百篇几乎全都涉及国家社会主义的片段。在这些断简残篇里,他把纳粹主义的精神和道德品质概括为"种族白痴",揭露新政权的方法是刑讯、杀人、掠夺、目无法纪。

1936 年 5 月 8 日,斯宾格勒在其慕尼黑的住所里去世。在他的坟头上摆放着两本他在世时与他形影不离的书:歌德的《浮士德》和尼采的《查拉图斯特拉如是说》。

---

① Papen,1932 年 6 月任德国总理。
② 参见 Detlef Felken, *Oswald Spengler*, S. 226。

译者导读
文化有机体的生命节拍

斯氏所处的时代,是西方资本主义社会进入帝国主义阶段的时代。在这个时代里,西方帝国主义国家和东方的日本帝国主义为了瓜分殖民地和争夺国际市场而频频发动和进行战争,诸如1898年的西美战争、1899—1902年的美布战争、1904—1905年的日俄战争、1906年和1911年的两次摩洛哥危机、1912—1913年的巴尔干战争和1914—1918年的第一次世界大战。战争,尤其是第一次世界大战,不仅使千百万生民涂炭,而且导致群众性破产、群众性贫困、群众性失业、大饥荒。[1] 但是,另一方面,"战争唤醒了群众,以空前未有的惨祸和痛苦激起了他们。战争推动了历史,于是历史在现时就以火车头般的速度飞快向前"。[2]

斯氏所处的时代,是以叔本华、克尔凯郭尔、尼采、柏格森、狄尔泰等等为代表的"生命哲学"蔚然大观的时代。斯氏深受生命哲学的影响,他首先是一个非理性主义哲学家,一个生命哲学家,然后才是一个历史学家;他站在非理性主义的生命哲学的立场上,将生命化的"文化有机体"作为历史研究的基本单位。他要用生命哲学家的

---

① 参见迪特尔·拉夫,《德意志史》,1987年,第222页。
② 列宁,《当前的主要任务》,《列宁全集》第27卷,第148页。

眼光去审视人类历史,去质疑过去文明的演进,去预断历史。[1]

导言好比交响曲的主导动机,它集中地提出了作者撰写此书的动机以及此书的基本思想。《西方的没落》导言由十六个部分组成,每个部分都有确定的内容,例如第一部分涉及任务的提出,第三部分涉及具体的任务,即世界史的形态学——一种新的哲学,最后一部分涉及此书的产生等等。笔者不打算一一介绍每一部分的内容,而打算根据导言的文本和作者在此书中有关文化及文明的言论对斯宾格勒的文化形态学作一简要的分析介绍。

首先,谈一谈斯氏文化形态学的思想来源和方法。斯氏在导言的第九和第十部分里谈到歌德的方法是唯一历史的方法,还谈到德国古典历史学家特奥多尔·蒙森和尼采在历史问题上的意见分歧,因为前者主要是依据法律资料、碑刻、钱币等索然无味的材料撰写历史,而尼采是从生命哲学的角度出发,强调权力意志是推动历史前进的动力。尼采在《权力意志》第 696 节中写道:"此一意志是人生的动力,决定了宇宙的一切。无机物、植物、动物、人均是权力意志的表现。它们之间是一种抗强凌弱的关系,它们互相冲突、争斗,构成整个宇宙生生不息的运动。"[2]

斯氏在《西方的没落》的修订版前言里强调指出:"最后,我急于再次提及歌德和尼采的名字,我要感谢他们为我提供了一切:歌德为我提供了方法,尼采为我提供了质疑的精神。如果我用简洁的表达形式说明我和尼采的关系的话,那么我可以说,我把他的展望(Ausblick)变成了全景(Überblick)。"[3]

斯氏不仅从歌德的思想中汲取了诸如"活生生的大自然"、"原始现象"等等概念,还从歌德的思想中汲取了"观相"(Physiognomik)

---

① 参见《现代西方思想文化精要》,汝信主编,吉林人民出版社,1988,第 332 页。

② 引自《现代西方思想文化精要》,汝信主编,吉林人民出版社,1988,第 4 页。

③ 参见 Detlef Felken, *Oswald Spengler*, S. 157。

的直观的方法。所谓"活生生的自然",是指大自然(人类为其一部分)是一种原始的生命力,一种基本的宇宙冲动,一种从生成(Werden)到已成(Gewordnes)、方向(Richtung)到广延(Ausdehnung)、有机到机械、符号到图像的发展过程。所谓的观相术,是一种直观的方法,用国人的话说,是一种"相面术",就是通过观察人的体貌特征去预断他的个性特征、精神状态等的艺术。雨果曾说:"人的面孔常常反映他的内心世界。"我们也常说,面相老的人可能心也老。在斯氏那里,"观相术"这个概念被推及到与生命活动有关的一切事物和现象中,即通过对人类历史中的一切事物和现象的感情移入(Einfühlung),去把握其背后的生命形态的特征与命运。观相术还有助于我们把"有机的逻辑"和"机械的逻辑"区分开来。有机的逻辑是时间的逻辑、生成的逻辑,机械的逻辑也就是已成的逻辑和空间的逻辑;有机的逻辑是文化的逻辑,机械的逻辑也就是文明的逻辑。

尼采对斯氏的影响主要表现在以下几个方面。其一,尼采说上帝死了,这是因为上帝违背了人的本质,因为在尼采的眼里,人的本质就是人的生命冲动,这种冲动是无目的、无休止的,既然上帝违抗生命冲动,它就必死无疑。尼采在这里独辟蹊径地从非理性的角度反对了上帝的存在,这在哲学史上是开创性的成就。其二,尼采教导人们要重估一切价值。尼采的怀疑精神深深地影响着斯氏的世界观,以至于他在导言的第十五部分中写道:"今天,系统化的哲学远非我们的本意,伦理的哲学也已经行将就木。在西方的思想界内部还剩下相当于古典的怀疑主义的第三种可能性,这种可能性意味着迄今为止还不为人所知的一种比较的、历史的形态学的方法。"其三,尼采对现存的西方资本主义文明展开了无情的文化批判,他以先知般的洞察力觉察到西方文明的这种精神危机。他大声疾呼:"我们现在即已看到不久必将笼罩欧洲的阴影。"[①] 我们在斯氏的《西方的没落》

---

① 尼采,《快乐的智慧》,王雨译,中国社会出版社,1997,第382节。

以及其他的著作里,随处可见他对西方国家的拜金主义(货币思维,Denken in Geld)、机器与技术对人类的统治进行了批判,指出文明的最后表现就是"恺撒主义"或帝国主义,恺撒式的强人政治的最高形式就是战争,帝国主义的时代就是世界战争的时代。[①] 斯氏关于"恺撒主义"和帝国主义的论断已被二十世纪发生的世界大战所证实。

简要地介绍了斯氏文化形态学的思想来源之后,笔者再简要地介绍他的文化形态学的内容。斯氏在导言的第六部分里声言,他要在世界历史的领域里掀起一场哥白尼式的革命,他要用哥白尼式的发现取代传统的关于历史的托勒密体系。所谓托勒密体系,是指西欧提出的关于把世界史分为"古代史"、"中古史"和"近代史"的框架,亦即"西欧中心论"。斯氏认为,这是一种令人难以置信的、空洞的和没有意义的框架,因为这个框架限制了历史的范围。但是,更糟糕的是,这个框架也限制了历史的舞台。由于这个模式,西欧地区构成了一个静止的极(用数学的语言说,构成了圆锥表面上的一个奇点)。斯氏坚决反对历史问题上的西欧中心主义,因为在他看来,按照这个模式,中国和埃及的几千年的悠远历史便被缩小为纯粹的插曲;而实际上,古希腊罗马文化和西欧文化、印度文化、巴比伦文化、中国文化、埃及文化、阿拉伯文化以及墨西哥文化相比,并没有占据优先的位置,它们都是生成中的单个世界,而且在历史的总体图像中同样重要,甚至在心理观念的伟大和上升的力量方面,后面这些文化远远超过古希腊罗马文化。从"哥白尼的发现"中我们可以看出,斯氏要破除西方中心论的歧见,主张世界上的各种文化一律平等,提倡文化的多元论。[②]

斯氏在《西方的没落》导言第六、第七部分中指出,世界历史是

---

① 参见《列宁全集》,第21卷,人民出版社,1992,第124—125页。

② 有关西欧中心论者的观点,详见张广智、张广勇,《史学,文化中的文化:文化视野中的西方史学》,上海社会科学院出版社,2003,第57—61页。

众多伟大文化的戏剧，不过是各个文化有机体轮流登场的演出而已。每一种文化都以原始世界的力量从一种慈母般的地区的母腹里兴旺发达起来。每一种文化都有自己的观念，自己的激情，自己的生命、愿望和情感，以及自己的死亡。每一种文化有机体的演变都是由自身内在的生命潜力来推动的，它具有诞生、生长、成熟和衰败的周期性特征，就像人所经历的幼年、青年、成年和老年的生命周期一样。我们也可以把文化有机体的演变看作是春、夏、秋、冬四季的更替转换。

那么，作为有机体、原始现象、完形（Gestalt，又译格式塔）、心灵（Seele）和命运的文化是怎样产生的呢？文化与文明的关系又是什么呢？斯氏对这两个问题分别作了如下的阐述。他在《西方的没落》第一卷"观相术与系统学"这一节里写道："当一颗伟大的心灵从人类永远单纯的原始心灵状态中觉醒过来，自动脱离了那原始状态，从无形的东西变为一种完形，从无限的和一成不变的东西变为有限的和短暂的东西时，文化便产生了。"也就是说，当人类获得醒觉存在（Wachsein）即意识的时候，文化便产生了。醒觉存在是逻辑、科学和理解，换言之，醒觉存在的世界是逻辑、科学和理解的世界，同时是空间的世界、可见的或"光的"世界（Lichtwelt）。斯氏认为，人类向理论思维突破是和视觉在人类的感觉器官中占优势直接联系在一起的。视觉是空间中的辨识能力，希腊语里的理论（theoria）指的便是视觉。斯氏在《西方的没落》第二卷第一章里谈到存在与醒觉存在的关系时进一步指出，存在具有节奏和方向，而醒觉存在或醒觉意识则具有张力和广延。斯氏认为，每一种文化都诞生在一特定的时间和空间中，但是对斯氏来说，时间和空间并不是那种科学的客观定量概念，它们含有特殊的文化意蕴。也就是说，时间是文化所指向的方向和命运，而空间就是一种文化得以出现的广延；时间表示生成，即某种尚未完善自身的东西，而空间则是已成的东西，也就是静态化了的生成或僵化了的时间。"时间产生了空间，而空间杀死了时间。"生成是处于流变状态的、尚待完善的东西,所以不能被肢解和概念化,只能靠类比的方法,即观相的方法去把握。只有那些业已变得静态和实现了的东西,即已成的东西,才能够被肢解和通过科学原则去理解。

在导言的第九部分中,斯氏按照歌德在《威廉·迈斯特》和《诗与真》中有关生成和已成的表述(歌德在这两部作品中密切注视的是自然的命运,而不是自然的因果性),把机械的世界跟有机的世界、死气沉沉的自然跟活生生的自然、法则跟完形对立起来,并认为歌德的体会、观察、比较、直接的和内在的确信以及精确的和感官上的想象力,都是他接近动荡不安的现象的秘密手段,也是一般的历史研究所需的手段。

斯氏按照类比的方法,把世界文化分为八个文化圈,它们是:埃及文化、印度文化、巴比伦文化、中国文化、“日神文化”(古希腊罗马文化)、“神秘的”文化(拜占庭—阿拉伯文化)、“浮士德式的”(即西欧的)文化、玛雅文化。此外,还有一个正在产生的俄罗斯—西伯利亚文化。斯氏认为,当以物质文明为主的时代兴起的时候,以精神文明为主的时代也就逐渐衰落了。他以此为依据,认为中国从秦汉时代开始没落,印度从阿育王时代开始没落,古希腊从亚历山大大帝时代开始没落,伊斯兰从穆罕默德时代开始没落,而西方从拿破仑时代开始没落。斯氏认为,浮士德式文化的寿命至多一千年或一千两百多年。他还错误地认为,文化之间的相互交流是不可能的,因为每一种文化都有自己独特的节奏、节拍和审美观;他以文艺复兴时期对古希腊罗马思想的接受为例说明这个问题:“浮士德式的”欧洲对罗马法的接受、“早期神秘的”拜占庭对古希腊罗马的形式的接受均是失败的。

斯氏认为,每一种文化都有自己的原始象征,即该文化的心灵的内在结构。埃及文化的原始象征是“道路”,阿拉伯文化的原始象征是"世界洞穴",日神文化的原始象征是"单个的身体",浮士德式文化的原始象征是"无限的空间",中国文化的原始象征是"道的原则",俄罗斯文化的原始象征是"无边无际的平原"。也许是由于对印度文化缺乏了解的缘故,斯氏并未提及印度文化的原始象征,笔者猜测,印度文化的原始象征可能是佛教的涅槃。

斯氏还把日神心灵的特点和浮士德式心灵的特点加以比较,指出前者的特点是赤裸的人的柱形立像、机械的静力学、对奥林匹斯山诸神的感性的崇拜、政治上零星出现的希腊城市、俄狄浦斯的厄运、男性生殖器的象征,后者的特点是赋格曲的艺术、伽利略的动力学、天主教和新教的教义学、推行内阁政治的巴洛克时期的那些伟大王朝、李尔王的命运和但丁《神曲》中的贝亚特丽斯的圣母玛利亚的理想,直到《浮士德》第二部分的结尾。

在谈到文化与文明的关系时,斯氏指出,文明是文化发展的最后阶段,是文化不可避免的命运,这是因为,文化像人和有机体(包括从最小的鞭毛虫到伟大的文化)一样,在经历了诞生、生长、成熟的阶段之后,最终进入了衰朽僵死时期,进入了机械运作的阶段。从新生到衰败,从幼年到老年,从创造到僵死,这就是文化的宿命。

斯氏按照音乐里的对位法,把文化和文明作了如下的对比:希腊的心灵对罗马的才智,时间的逻辑对空间的逻辑,作为历史的世界对作为自然的世界,作为有机体的世界对作为机械装置的世界,活生生的自然对死气沉沉的自然,完形对法则,自然的命运对自然的因果性,心灵的直觉本能对理智的抽象思维,生成对已成,观相术对系统化,心灵的活生生的肉体对心灵的木乃伊,等等。

斯氏指出,文明时期始于"重估价值"。在文明时期,所有传统的文化价值遭到了唾弃:体育运动取代了诗歌艺术创作,政治领域得到优先发展,文明的粗放的道路(政治上的扩张)取代文化的集约的即创造的道路,人民变成了群众或居民,他们脱离了大地,找不到目标和自己生存的意义。斯氏显然把世界城市（Weltstadt）跟乡下（Provinz，指首都和大城市以外偏僻、闭塞的地方）对立起来。在文化的鼎盛时期，在每一个偏僻的角落里都有人从事创造性的活动，而在文明的时期，世界的各个首都吸收了社会的所有能量，并把它加工成各种僵化的形式，而首都和大城市以外的落后地区则处于苟且度日的状态；所有的现象和事实成为了可兑换的东西，因为存在着各种各样的等价物——货币、比较表格、核对和比较的方法等等；机器、武器、机械装置、各种旨在把各部门的工艺学组织起来的机构挤走了诗歌、神话、个人的手艺；科学和艺术听命于政治和经济；艺术上的革新采取了耸人听闻的或哗众取宠的形式。斯氏对文明时期西方社会的各种现象的分析何等深刻和精辟，这对当今中国仍具有振聋发聩的启示作用。

斯氏宣称，西方文化自十九世纪以来就已经进入文明即没落时期。他同尼采、柏格森、韦伯、齐美尔一样，对现代工业化生产及其技术力量所带来的各种弊端和危险忧心忡忡。他崇尚的是生命的东西、心灵的东西、血液的东西，而现代文明推崇的则是机械的东西和理智的东西。他崇尚的是恺撒主义，主张用权力意志压倒金钱的独裁统治，而现代文明强调的是民主政治，突出的是金钱的主宰地位。所以他预言，现代文明即将终结。他向读者发出这样的忠告："愿意的人，命运领着走；不愿意的人，命运拖着走。"（语出罗马哲学家塞涅卡。）

简要地分析介绍了斯宾格勒的文化形态学之后，笔者还想趁此机会就斯氏的文化形态学和俄罗斯著名社会学家尼古拉·雅科夫列维奇·丹尼列夫斯基（1822—1885）在其1869年发表的著作《俄国与欧洲》中提出的"文化历史类型"概念作一简单的比较。丹氏认为，历史是许多区域文明出现、形成、发展、灭亡的过程，因此，历史的自然体系应该建立在对发展过程中的各种文化历史类型的区分上。丹氏进一步指出，已有的线性历史观和传统的对世界历史的三分法都是站不住脚的,也是不符合历史事实的。"事实上,只有在某一种类型或文明的内部才能区分历史运动的不同形式,也就是古代史、中世纪史和近代史这些词所表示的意义。"丹氏抨击欧洲中心主义,主张文化多元论;为此,他提出十大文化历史类型,并认为各种文化历史类型都是平等的,它们之间只有特色不同,而没有高低贵贱之分。丹氏把植物学和动物学的观念用于考察文化历史类型,认为它们均是自然界的有机体,遵循着自然界的普遍规律,由童年到少年,再到成熟期,然后衰老和消亡。

由此可见,斯氏和丹氏在一系列基本观点上惊人地吻合。俄籍美国社会学家索罗金(1889—1968)认为,斯氏至少是大体上了解《俄国与欧洲》这本书的。俄罗斯著名思想家别尔嘉耶夫曾断言:"丹尼列夫斯基是斯宾格勒的前驱,他表述了与斯宾格勒十分近似的思想。"①

无独有偶。斯氏的同时代人、德国社会学家滕尼斯(F. Tönnies, 1855—1936)在《共同体与社会》(*Gemeinschaft und Gesellschaft*)一书中提出社会历史发展的两个基本类型模式。他把昨天的世界称为共同体,而把今天的世界称为社会,并把二者作了如下的对比:共同体是一种长久的和真正的共同生活,而社会只是一种暂时的和虚假的共同生活;共同体本身是一种活生生的有机体,而社会是一种机械的联动装置和人工制品。这使我们联想到斯氏对文化与文明的释义。斯氏在《西方的没落》中写道:"文化是一种诞生于某个地区的有机体,而文明是产生于文化的僵化的一种机械装置。"

滕尼斯进一步指出,这种没落(Verfall)的原因在于"阶级斗争破坏了它想改造的社会和国家。由于整个的文化突变成社会的和国

---

① 关于斯氏和丹氏的文化形态学和文化历史类型之间的比较,详见孙芳,《斯宾格勒与他的俄国先驱》,载《国外理论动态》2010年第2期。

家的文明,所以文化本身便以这种与之同源的形式宣告结束了"。[1]
滕尼斯在展望未来的时候,希望"作为社会的理性的国家必须作出决定,要么消灭(!)社会,要么通过改造更新社会"。[2]

　　和斯氏一样,滕尼斯把共同体看作一种有机统一体,而把社会看作一种机械统一体。前者具有本质意志(Wesenswille),后者具有选择意志(Kürwille)。本质意志主要基于情感动机,即人们的相互关系建立在血缘以及传统的和自然的感情纽带基础上;而选择意志主要基于思想动机即自由与理智的思考,即人们的相互关系是建立在目的、利益及以此为条件的人们之间保持一定距离的基础上。

　　滕尼斯和斯宾格勒在文化与文明问题上的共同看法并非是空穴来风,而是从十九世纪下半叶开始的西方浮士德式文化的危机在他们头脑里的反映。二者从不同的角度对西方文化进行了批判,滕氏从社会学的角度,而斯氏从文化学的角度。他们对文化与文明问题上的共同看法,可谓英雄所见略同。

　　最后,我还要简略地谈一谈《西方的没落》在创作形式上的特点。斯氏的这部巨著不是体系化的哲学著作,而是托马斯·曼所说的"理智小说"(intellektueller Roman),是哲学和文学水乳交融的一种文化现象。1924年,托马斯·曼在《论斯宾格勒的学说》("Über die Lehre von Spengler")一文中写道:"这种批判性的哲学文学把批判的范围和诗的范围融合为一,消除了科学和艺术的界限,把经历化为血液输入思想,使形象获得了灵魂。"托马斯·曼还举出十九世纪末二十世纪初几部具有代表性的著作,它们是尼采的被称为"理性的诗"的《查拉图斯特拉如是说》、海尔曼·凯泽林伯爵的《一位哲学家的旅行日记》、恩斯特·伯尔特拉姆的优美的尼采传记、龚道夫的纪念碑似的歌德传记,还有斯宾格勒的《西方的没落》。对于这种理智

---

[1]　Tönnies, *Gemeinschaft und Gesellschaft*, München 1965, S. 246.
[2]　同上, S. 245。

小说在艺术创作上的特点，尼采曾经写道："完美的书指的是：1. 形式，风格——理想的独白。一切具有'学术'性质的东西，都应隐藏在深处。内心的热情、忧虑甚至软弱和惊慌失措，应予强调……尽量避免使用论证的方法，绝对使用个人的东西，诸如回忆录之类；赋予非常抽象的东西以非常生动活泼、充满血肉的形式。整个故事应看作个人所经历的痛苦的结果（只有这样，一切才会显得真实），避免'描写'，所有的问题要用感情的、充满热情的语言加以表达。2. 选择富有表达力的词语。最好选用军事用语。充当哲学术语的词尽可能选用德语词，并把它们铸成公式。3. 作品的结构采用音乐的结构。4. 整个作品的最后结局应该是灾难性的。"[①]

　　斯氏正是按照尼采对"完美的书"的要求创作《西方的没落》这部"理智小说"的。这部"小说"具有明显的音乐结构。如前所述，导言好比音乐里的主导动机，代表此小说的主导思想。音乐里的曲调通过对位法加以变调，最后再回到主导动机。《西方的没落》以西方文化的没落为主题，通过"观相术与分类学"、"命运的观念与因果性原则"、"心灵形象与生命感"等这些章节加以变调，再回到原来的主旨上。斯氏诗人的浪漫气质、对事物细腻的观察力和独特的表现力充分地展示出来。例如，第二卷开头写道："傍晚时分，当夕阳西下的时候，你看到花朵一朵接一朵地闭合。此时，某种令人毛骨悚然的感觉会向你袭来，面对着盲目的、梦幻般的和与大地联系在一起的此在（Dasein），你会产生一种莫名其妙的恐惧感。那沉默的森林，一声不吭的牧草地，这里的灌木丛，那里的藤蔓植物的卷须，都不再动了。只有风在摆弄着它们。只有小小的蚊虫是自由的；它仍在黄昏的微光中舞动着；想去哪里，就去哪里。"

---

① 转引自苏联《文学问题》杂志，1988 年第 1 期，第 139 页。

《西方的没落》导言

一

在此书中，我初次大胆地尝试，想去预断历史。我的目的在于密切注视一种文化，即当今在我们的星球上唯一处在完成状态的西欧—美洲的文化在尚未被涉足的阶段中的命运。

迄今为止，解决这样一个意义深远的任务的可能性显然没有受到人们的关注，即使受到关注，处理这一任务的方法，也要么没有被人们认识到，要么没有被充分地运用。

历史有没有一种逻辑？在单个事件的一切偶然的和难以捉摸的因素之外，是否还有一种所谓的历史的人类的形而上结构，这种形而上结构本质上独立于表面的那些在很大程度上可见的、通俗的、精神的和政治的构成物？更确切地说，这些构成物难道不是由这种次等的现实引起的吗？在理解的眼睛看来，世界史的那些重大特征也许总是以一种允许得出结论的形式显现出来？如果是这样，这类结论的限度在哪里呢？我们有可能在生命本身之中——因为人类的历史是大量的生命历程的化身，人们在语言表达习惯中早就不自觉地在思想和行动上用诸如"古典文化"、"中国文化"或"现代文明"这样的高级个体来表示这些生命历程的自我和人格 ——找到那些必须庄严地迈步走过，而且是在一种不允许例外的程序中迈步走过的阶段吗？对于一切有机的东西来说，诞生、死亡、青年、老年、生命期是基本的概念，它们在这个范围内是否也有一种尚未被开发的严格意义呢？简而言之，是否所有的历史都以一般的传记的原型为基础呢？

西方的没落，如同与之相应的古希腊罗马文化的没落一样，最初是一种受到地点和时间限制的现象；而现在，正如人们所看到的，它却是一个哲学的题目，这题目不仅非常难于理解，而且本身就包含了存在的所有重大的问题。

因此，如果我们想要得知西方文化的命运将以何种形式来实现，我们首先就该认识到文化是什么，它与可见的历史、生命、心灵、自然、才智有何种关系，它在哪一些形式中间表现出来，这些形式——民族、语言和时代、战役和观念、国家和神祇、艺术和艺术品、科学、法律、经济形式和世界观、伟大的人物和重大的事件——在多大程度上是象征和作为象征来解释的。

二

用以认识死的形式的手段是数学定律，而用以理解活生生的形式的手段是类比。用这种方式，我们便能区分世界的极性和周期性。

人们意识到，世界历史的表现形式在数量上是有限的，时代、纪元、情境、人物依照类型重复出现，这种意识始终存在。人们在论述拿破仑的举止的时候，几乎总要向恺撒和亚历山大投去一瞥；我们将看到，从形态学的角度上看，在这两个类比中，第一个是不被容许的，第二个则是正确的。拿破仑本人则觉得他的处境和查理大帝的处境相类似。法国国民公会在谈到迦太基的时候，常常指的是英格兰;雅各宾党人则自称是罗马人。人们以各种不同的理由把佛罗伦萨比作雅典,把佛陀比作基督,把原始基督教比作现代的社会主义,把恺撒时代的罗马财政巨头比作美国佬等等。彼特拉克是最早的一个热情的考古学家——考古学本身就是历史即重复的感觉的一种表现——觉得自己在思想上和西塞罗有关系;而在不久前,塞西尔·罗兹——英属南非的组织者,在其藏书室里就藏有特意为他翻译的古典的恺撒们的传记——就觉得自己像哈德良皇帝。注定要遭厄运的瑞典国王查理十二从青年时代起就把昆图斯·库尔提乌斯的《亚历山大传》随身放在衣袋里,其目的是想模仿那个征服者。

腓特烈大帝在其政论著作,例如1738年的《沉思录》中,充满自信地运用了类比法,为的是表明他对世界政治局势的看法,例如他把法国人比作腓力统治下的马其顿人,而把德国人比作希腊人。他说:"甚至现在,德意志的温泉关①即阿尔萨斯和洛林,还在腓力的手里。"这句话极好地切中了红衣主教夫勒里②的政策。我们发现,在《沉思录》里,腓特烈大帝也把哈布斯堡王室与波旁王室的政策作了比较,甚至拿来与安东尼③和屋大维④的剥夺公权令相比。

然而,所有这些类比毕竟是片断性的和任意的,通常更多地是一种眼下进行的诗意的与丰富表达的倾向,而不是一种较深刻的历史的形式感。

在这方面,我们可以举出艺术类比大师兰克⑤的那些比较:他把

---

① 原为希腊东海岸的一个狭窄通道,公元前480年,人数很少的希腊军队在此抵抗波斯大军达三天,此次战役作为勇敢面对强敌的战例而载入史册。

② Kardinal Fleury(1653—1743),路易十五的首席大臣。

③ Antonius(公元前82—30),罗马将军。

④ Oktarian(公元前63—14),罗马帝国第一个皇帝。

⑤ Ranke(1795—1886),德国历史学家。

米底①国王克亚克萨里②跟亨利一世③作了比较;把西美利亚人④跟马扎尔人⑤作了比较;这些比较,从形态学的角度看,不具有任何意义。此外,他还一再地把希腊的城邦比作文艺复兴时期的共和国,这一类比也同样没有什么意义。与此相反,他在阿尔西比巴德⑥和拿破仑之间所作的比较,却具有深刻但偶然的正确性。兰克等人所作的比较产生于一种普鲁塔克式的,即人民群众所喜爱的浪漫的鉴赏力,这种鉴赏力只关注世界舞台上的场面的相似性,而不像严谨的数学家那样,在门外汉只能看到外在形式之不同的两组微分方程式之间发现内在的联系。

显而易见,图像的选择,其实并不取决于一种观念或必然性的感觉,而取决于一种情绪。我们还远远没有获得比较的一种**技巧**。恰恰是在今天,比较大量地出现,但是既缺乏计划性,也没有内在的联系,如果它们偶然碰对了——在一种深刻的、尚待确定的意义上说——那也是由于运气好,偶尔也由于某种本能,但绝不是由于某种原则。在比较这一领域里,至今还没有人想到要发展出一套**方法**。人们压根儿没有预感到,这里原本有一个根基,而且是唯一的根基,从这个根基出发,人们可以很好地解决历史的问题。

比较,就其发掘历史的有机结构而言,可以是历史的思维的一件幸事。比较的技巧,由于受到一种全面的观念的影响,本应发展成为一种不加选择的必然性,即发展成为一种逻辑的高超技艺;但是,迄今为止,比较却成为一种灾祸,因为它使历史学家只顾自己的审美情

---

① 位于今伊朗西北部。

② Kyaxares, 公元前 625—585 年。

③ Heinrich Ⅰ(约 876—936),德意志国王。

④ Kimmerier,居住在高加索和亚述海以北的古代民族,曾在公元前七世纪进入小亚细亚。

⑤ Magyaren,匈牙利人的主体民族,于公元九世纪进入巴尔干半岛。

⑥ Alkibiades(约公元前 450—404),雅典政治家和军事统帅。

趣,而没有让历史学家下功夫认识到,他的最艰巨的和紧接着的任务在于创造**历史的形式语言**,并对**其进行分析**,其结果是,这一任务至今甚至还没有获得理解,更别说获得解决了。例如,当人们把恺撒称作罗马的国家报纸的创始人的时候,这类比较显然是肤浅的。更糟糕的是,有人给古典的此在的那些非常复杂的、对我们来说全然陌生的现象加上今天的流行语,诸如社会主义、印象主义、资本主义、教权主义。有时,这种肤浅的比较甚至荒诞到了歪曲的程度,例如有人说,在雅各宾俱乐部里,其成员对布鲁图斯 ① 顶礼膜拜,这个百万富翁和高利贷者还是寡头政治的宪法的思想家,他在贵族元老院的鼓掌赞同下刺杀了那位民主人物。

三

就这样,我们的任务——最初它只是一个有关今天的文明的有限的问题——扩展成为一种新的哲学,一种从西方的在形而上学方面已经枯竭的土壤里还可能产生的未来的哲学,一种至少属于西欧的精神在其往后的阶段里的能力的哲学:也就是说,扩展成为**一种世界历史的形态学**的观念,即作为**历史世界**的观念,这种世界历史的形态学不同于自然的形态学——迄今为止,自然的形态学几乎是哲学的唯一主题——它将再一次概括世界的所有形态和运动,再一次概括世界及其所有的形态和运动的最深刻的和最后的意义,但是按照一种完全不同的秩序来概括,即不是把世界的所有形态和运动概括成一切已被认识的东西的总体图像,而是把它们概括成生命的一种图像,不是把它们概括成实在的东西的一种图像,而是把它们概括成发展的过程的一种图像。

我们对**作为历史的世界**的理解、观看和布置,是以其对立物即作

---

① Brutus(公元前 85—42),罗马政治家,恺撒的反对者。

为自然的世界为参照的——这是这个星球上的人类之存在的一个新的局面,它的形成具有巨大的实践和理论意义,但是作为一种任务,它至今还未被人们所认识,也许被人们模糊地感觉到了,也时常有人从远处瞧见它,但从来没有人敢于始终不渝地面对它。这里,对于人如何能够从内心里掌握和体验他周围的世界,存在着两种可能的方法。我是按照形式,而不是按照实质极其严格地区分有机的和机械的世界印象的,我把形态的内涵跟定律的内涵、图像和象征跟公式和体系、一次性的现实跟恒定的可能的东西、有计划地安排的想象力的目标跟合乎目的地分析性的经验的目标,严格地区分开来。此外,我还要指出一种从未引起注意的,但是非常重要的对立,即**编年学的数字**的权限和**数学的数字**的权限之间的对立。①

因此,在我的研究中,重要的不是追踪那些在白天的表面上正变得明显的精神的和政治的事件,并按"原因"和"效果"的模式整理它们,按照它们表面上、理智上可以理解的倾向去研究它们。这样一种"实用主义的"处理历史的方式不过是一种乔装打扮的自然科学,那些支持唯物史观的人并不讳言这一点,而他们的反对者并没有足够地意识到这两种方法之间的相似。我们所关心的,并不是作为某个时代的现象的历史本身的那些可触知的事实,而是**它们的出现意味和暗示着什么**。当代的历史学家们总觉得用宗教的、社会的和充其量是艺术史的细节去"图解"某一个时代的政治意义是一种多余的事。但是,他们忘记了一个决定性的因素——之所以是决定性的,

---

① 康德的错误——一种至今尚未被克服的影响巨大的错误——首先在于他完全机械地把外在的和内在的人和空间以及时间这样多义的、尤其是并非不可以改变的概念联系在一起;其次,在于他以完全错误的方式把几何学和算术跟空间和时间的概念联系在一起,在这里,他本不该谈及几何学和算术,而至少应该提一提数学的数字和编年学的数字之间的更加深刻得多的对立。算术和几何学都是关于空间的运算,在它们的高级领域中,它们不再是可以区分的。时间运算——单纯的人凭感觉就十分清楚地知道时间运算的概念——回答的是"何时"的问题,而不是"什么"和"多少"的问题。——原注

是因为可见的历史是心灵的表现、符号和体现。迄今为止，我还没有发现有谁钻研过那种把**所有的**文化领域的形式语言内在地结合起来的**形态学的关系**，我也没有发现有谁超越政治事实的范围去把握希腊人、阿拉伯人、印度人和西欧人在数学方面的最后的和最深刻的思想，他们的早期装饰的意义，他们的建筑、形而上学、戏剧和诗歌的基本形式的意义，他们的各种伟大的艺术的选择和方向，他们的艺术技巧和题材选择的细则，更别说去理解这些事物对历史的那些形式问题所具有的决定性的意义了。在这些历史学家当中有谁知道，在微积分和路易十四时代的王朝的国家原则之间，在古典的城邦的国家形式和欧几里德几何学之间，在西方的油画的空间透视法和通过铁路、电话、远程武器征服空间之间，在使用对位法的器乐和经济上的信用体系之间，在形式上有一种深刻的联系呢？从这个角度上去看，就连那些非常朴实的政治的事实也具有一种象征的，甚至形而上的性质；在这方面，也许头一次发生这样的事情：埃及的行政制度、古希腊罗马的钱币、解析几何、支票、苏伊士运河、中国的印刷术、普鲁士的军队以及罗马人的道路工程，都可以**同样地**理解和解释为象征。

在这一点上，事实表明，我们压根儿还没有一种从理论上透彻地加以说明的研究历史的艺术。所谓的历史研究几乎无一例外地从物理学这一知识的领域里汲取其方法，因为在物理学里，所有的认识方法都达到严谨而纯熟完美的地步。人们以为，历史研究就是对因和果的客观关系进行研究。有一个值得注意的事实，即旧式的哲学从未想到过，在理解的人类的醒觉存在和周围的世界之间，有可能存在另一种关系。康德在其主要著作中奠定了认识的形式法则，他认为，只有**自然**是理智活动的对象，但是，他和其他的人似乎并没有注意到这一点。在他看来，知识就是数学的知识。每当他谈及直观的那些先天的形式和理智的那些范畴的时候，他从未想到另外一种理解历史的印象的方法。叔本华只保留了康德的一个范畴，即因果关系,这是耐人寻味的;但是他也不屑去谈论历史①。除了因和果的必然性——我把它称作**空间的逻辑**——之外,还有另一种必然性,那就是存在于生命中的**命运**的有机的必然性,这是**时间的逻辑**,一个具有最深刻的内在可靠性的事实,这一事实填满了整个神话的、宗教的和艺术的思维,构成了与自然相对立的全部历史的本质和核心,但是,《纯粹理性批判》所研究的那些认识形式是不可能接近它的。这一事实尚待从理论上加以表述。正如伽利略在其《试金者》的一句名言中所说的,哲学作为自然的一本大书,"是用数学语言写成的"。现在,我们等着哲学家回答这样一个问题:历史是用什么样的语言写成的,我们应该怎样去读它?

数学和因果律原则导致对现象世界作自然主义的安排,编年学及命运的观念导致对现象世界作历史的安排。这两种安排各自以自己的方式包括着**整个**世界。只有眼光——用它和通过它,这个世界得以实现——是不同的。

四

自然是一种形态,由于这种形态,高级文化的人类赋予他的感官的直接印象以统一体和意义。历史是另一种形态,凭借这种形态,人类的想象力试图结合人类自己的生命理解这个世界的活生生的存在,并赋予这种存在一种深入的现实。至于他能不能适应这两种形态,两者之中哪一种支配着他的清醒的意识,则是一个所有人类的生存的原始问题。

这里,人类有两种**可能性**去构成世界。我曾经说过,这些可能性

① 人们不能不感到,跟函数论和理论光学认为是理所当然的东西相比,文艺复兴研究或民族大迁徙的历史这两个领域所需的形式上的联想的深度和抽象的能力是多么落后。与物理学家和数学家相比,历史学家一旦收集和整理完他的材料,便转向解释,这是何等的粗心大意。——原注

不一定就是**现实性**。因此,如果我们接着问及全部历史的意义,就必须首先解决一个前人从未提出过的问题,即历史**为谁**而存在。这个问题似乎有些荒诞。毋庸置疑,历史为每个人而存在,因为每个人,连同他的整个的此在和醒觉存在,都是历史的一个环节。但是,一个人是否生活在持久的印象中,比如他觉得他的生命只是千年万载绵延不绝的非常广大的生命过程的一部分,还是觉得他的生命是某种自我圆满和自我封闭的东西,这中间是有很大差别的。对后一种醒觉存在而言,当然不存在世界历史,**不存在作为历史的世界**。但是,如果整个民族的自我意识和**整个文化**都以这种非历史的精神为依据,那该怎么办? 现实在这种文化面前会是什么样子? 世界会是什么样子? 生命会是什么样子? 如果我们考虑到以下这些情况:在希腊人的世界意识里,所有的经历,不仅仅是个人的过去,而且包括共同的过去,会立即变成当时瞬间的"现在"的一种适合于任何时候的、静止的和神话式的背景,以至于亚历山大大大帝还没有死,他的历史就已经被古典的感觉溶化在狄奥尼索斯的传奇中了,而恺撒说他自己是维纳斯的后裔,这至少不是胡说八道,那么我们不得不承认,对于我们西方人而言——我们西方人具有一种强烈的时间距离感,因此我们每天都在盘算公元和公元前的年份,这对于我们来说是不言而喻的——再次体验这种精神状态几乎是不可能的;但是,我们在处理历史问题的时候,无权回避这个事实。

日记和自传对个人所起的作用,相当于最广的范围内的历史研究对整个文化的心灵所起的作用,因为历史研究也包括各种各样从心理上对异民族、异时代和异风俗进行的比较分析。但是,古典的文化并没有**记忆**,没有这一特殊意义上的历史器官。古典的人的"记忆"——在这里,我们将从我们自己的心灵图像派生出来的概念不假思索地配给一种外来的心灵——是某种完全不同的东西,因为在古典人那里,缺少作为醒觉存在中起排列作用的透视法的过去和未来;

只有"纯粹的现在"——它表现在所有的古典生命中,尤其表现在雕塑中,它常常激起歌德的惊羡——以一种我们全然不知的强度占满古典人的生命。这种纯粹的现在——其最伟大的象征是多立克式柱——实际上就是对**时间**(方向)的否定。对希罗多德、索福克勒斯、忒密斯多克利 ① 和罗马的执政官来说,过去立刻会消失在一种**具有极性的而非周期性**的结构的没有时间性且静止的印象里——因为这是充满才智的神话形式的最后的意义——而对于我们的世界感和内在的视觉来说,过去不过是经历了上千年或上万年的一种周期性的、清楚地划分阶段的和有目的的有机体。但是,正是这种背景赋予生命——不管是古典的生命还是西方的生命——以特殊的色调。被希腊称为宇宙的东西,乃是一个**不会变化**,而是存在的世界的图像。因此,希腊人本身是一个从来不会**变化**,而是始终**存在**的人。

所以,尽管古典人非常熟悉巴比伦文化,尤其是埃及文化中的巨大成就,诸如严谨的编年学和历法推算,以及在对天体进行卓越的观察和对大时距进行的精确测算中所显示出的永恒感和对眼下的时刻的忽视,但是他在**内心里**压根儿没有掌握它们。古典人对其哲学家们偶尔提到的东西只是**听**,但**从不检查**;亚洲的希腊城市里个别杰出的人物,例如喜帕恰斯 ② 和阿里斯塔库斯 ③ 所发现的东西,斯多葛学派和亚里士多德学派一概加以拒绝,除非常狭小的专业圈子之外,更是无人问津。柏拉图和亚里士多德都没有天文台。在伯里克利 ④ 的晚年,雅典人作出了一项决议,决议规定,凡是传播天文学理论的人,都要受到严厉的指责。这是一项具有最深刻的象征意义的决议,它表明了古典的心灵下决心把任何意义上的遥远的将来从它的世界意

① Themistokles,公元前五世纪雅典政治家。
② Hipparch,古希腊天文学家和数学家。
③ Aristarch,古希腊天文学家。
④ Perikles,古希腊政治学家。

识里驱逐出去。

至于古典的历史书写，可以修昔底德为例。这个人的高超的技艺在于他真正的古典能力，即他能把**目前的**事件通过自己的切身体验清楚地表现出来，除此之外，他还具有天生的政治家的那种出色的尊重客观事实的眼光，而他本人就是一位统帅和政府官员。由于具有**这种实践的经验**——遗憾的是，我们把它和历史的意义弄混了——他理所当然地被那些只是书写历史的学者视为不可企及的典范。但是，他也完全缺乏那种对上千年的历史的透视的目光，而在我们看来，这种透视的目光却是历史学家这一概念所固有的。所有优秀的古典历史著作都局限于作者当时的政治情况，而我们则与此恰恰相反，我们的历史名著无一例外地论述遥远的过去。修昔底德要是探讨波斯战争这个题目，肯定会遭遇失败，更别说希腊或埃及通史了。修昔底斯、波利比乌斯、塔西佗——他们也都是实际的政治家——每当他们在过去——常常是在几十年的时间间隔里——意外发现他们在自己的实践中未曾见过的任何形式的动力，就立刻失去这准确的目光。波利比乌斯不再能够理解第一次布匿战争①，塔西佗也不再能够理解奥古斯都的统治。至于修昔底德，他的历史感——按照我们的透视法研究去衡量——的完全缺乏，可以从他的著作的第一页上那个骇人听闻的论断中看出来，他说，在他的时代（约公元前400年！）之前，世界上没有发生过什么重大事件。②

---

① Der erste Punische Krieg，古罗马称腓尼基人特别是迦太基人为布匿，古罗马和迦太基之间曾发生三次战争，第一次发生在公元前264—241年，第二次发生在公元前218—201年，第三次发生在公元前149—146年。

② 在很晚的时候，希腊人试图按照埃及人的榜样去制定一种类似于历法或编年学这样的东西，这种想法不但完全过时，而且极其幼稚。奥林匹亚纪元不是类似于基督教的纪元那样的纪元，而是一种后来的纯粹文学的权宜之计，老百姓压根儿不熟悉的东西。老百姓根本不需要一种能帮助他们确定父母和祖父母的经历的计数器，尽管有些学者对历法问题有兴趣。这里，我们所关心的不是历法的好坏，而是它是否流行，全体百姓的生活是否按它进行。但是，在公元前500年之前，参加奥运会的运动

因此，直到波斯战争时的古典的历史，以及后来各个时期的沿袭下来的结构，本质上是一种神话思维的产物。斯巴达的宪法史很有可能是希腊化时期的一部文学作品，而传说中的斯巴达立法机构的创始人来喀古——人们详细地讲述了他的传记——很有可能是塔伊格图山的一个并不重要的森林神祇。甚至到了恺撒时代，汉尼拔之前的罗马史仍是一种虚构。至于塔尔昆家族被布鲁图斯驱逐的故事，则是以监察官阿庇乌斯·克劳狄乌斯的某个同时代人为原型编造出来的。那时，罗马国王们的名字采用的都是某些殷实的平民家族的名字 [参见十九世纪德国历史学家诺伊曼（ K. J. Neumann ）的著作]。在法制史的领域，完全抛开塞尔维乌斯·图里乌斯①的"塞尔维乌斯宪法"不说，汉尼拔统治时期于公元前 367 年通过的著名的李锡尼土地法就已经不复存在了 [参见十九世纪德国历史学家尼塞（ B. Niese ）的著作]。当伊巴密浓达②解放了美赛尼亚人（ Messenier ），并把他们变成了一个国家的时候，后者立刻为自己编造出一个原始的

员的名单，如同早期的雅典和罗马的执政官的名单一样，都是虚构的。在海外拓殖方面，我们也没有一个真正的日期 [参见爱德华·迈耶（ Ed. Meyer ），《古代史》，第 2 卷，第 442 页；伯洛赫（ Beloch ），《希腊史》，第 1 卷，第 2 章，第 125 节]。伯洛赫在《希腊史》第 1 卷第 1 章中写道："在公元前五世纪之前，希腊人压根儿没有想到过要记下或报告历史事件。" 我们手里有一份记载埃利斯（ Elis ）和赫拉亚（ Heräa ）之间的条约的铭文，说这个条约从今年起一百年内有效。至于今年是指哪一年，条约根本没有指明。所以，过了一些时候，人们再也不知道这条约到底存在了多久，显然当时谁也没有预料到这一点。很有可能那些签约时在场的人很快就把它忘记了。这就是古典的历史图像的传说般的和儿戏般的特征，例如人们把按时间顺序记录下来的特洛伊战争的事实——特洛伊战争按照阶段相当于我们的十字军东征——看作是不符合格调的（ stilwidrig ）。同样地，古典的地理知识也远远落后于埃及和巴比伦的。爱德华·迈耶在其《古代史》第 3 卷中指出，根据波斯人提供的原始资料，希罗多德关于非洲地形的知识降低到了亚里士多德的水平。这一点也适用于作为迦太基人的后裔的罗马人；他们起先还能复述那些外族人（指迦太基人）的知识，但后来就逐渐把他们忘记了。——原注

① Servius Tullius（公元前五世纪），传说中罗马的第六代国王。
② Epaminondas（约公元前 410—362 ），希腊底比斯城邦的政治家。

故事。令人气愤的并不是出现这类故事,而是几乎没有另一类故事。有一句话可以充分地说明西方的历史感和古典的历史感之间的对立,那就是,公元前250年之前的罗马史,正如恺撒时代的人们所了解的,本质上是一种伪造,我们已经确定的那一点点的东西,后来的罗马人是压根儿不知道的。有一句话最能说明古希腊罗马人对历史这个词的理解,那就是,亚历山大的传奇文学从题材上对严肃的政治史和宗教史产生了最强烈的影响。人们压根儿没有想到过把传奇文学的内容跟档案数据区分开来。当瓦罗 [①] 在罗马共和国末期着手把那正从人们的意识中迅速消失的罗马宗教记录下来的时候,他把那些神祇——**国家一丝不苟地从事它们的职业**——分为"确定的"(di certi)和"不确定的"(di incerti)两大类,所谓确定的神祇,即我们对之还有所知的神祇,所谓不确定的神祇,即尽管不断受到官方的崇拜但却已名存实亡的神祇。事实上,瓦罗时代罗马社会的宗教——即歌德甚至尼采毫无疑问地从罗马的诗人们那里看到的宗教——绝大部分是希腊化文学的产物,几乎和谁也不再能够理解的古代祭礼全无关系。

蒙森明确地表述了西欧的立场,他说:"罗马的历史学家们——主要是指塔西伦——是这样一种人,他们说了一些理应不该说的话,但却不说按理应该说的话。"

印度的文化——它的关于婆罗门教的涅槃的观念是一种完全非历史的心灵的最坚决的表现,而且是唯一的表现——对任何意义上的"何时"向来缺乏感觉。印度没有真正的天文学家,没有历法,因而也没有作为一种有意识的发展的精神上的体现的印度历史。对于这种文化的可见的进程——随着佛教的产生,这种文化的有机部分宣告结束——我们知道的甚至比对古典历史还要少,尽管在公元前十二世纪至公元前八世纪之间印度在历史上发生了许多重大事件。

---

① Varro(公元前116—27),罗马学者和讽刺作家。

古典的文化和印度的文化都是以梦幻般的和神话式的人物固定下来的。只是在佛陀死后整整一千年，即大约在公元500年，锡兰才产生了《大统史》，它与历史的书写略微相似。

印度人的世界意识具有非历史的性质，所以他甚至不知道某个作者撰写一本书这种现象是一个具有确定时间的事件。在他看来，历史并不是由特定的人写出的一系列有机的著作，而是逐渐形成的大量模糊的文本，每个人都想把自己想写的东西写进文本里，而压根儿没有考虑到，个人的精神财富、某种思想的发展以及时代精神等等概念在书写历史这件事中会起一定的作用。在我们看来，不管是印度的哲学还是整个的印度历史，都采取**这种匿名的**形式。与印度的哲学相比，西方的哲学史是由具有鲜明的相貌特征的著作和人物组成的。

印度人把一切事情都忘记了，而埃及人**什么**都不会忘记。因此，在印度，从来没有肖像艺术（它是传记的核心）；而在埃及，几乎只有雕塑艺术，它是艺术家的唯一的主题。

埃及人的心灵具有卓越的历史气质，并对无限的空间怀有一种原始世界的热情，它把过去和未来看作是自己的**整个世界**，而把现在（它和觉醒的意识是一回事）只看作是两种无法估量的远方之间的一个狭小的边界。埃及的文化是**关心的化身**——它是远方的心理上的对立物——换言之，它关心未来，所以它选择花岗石和玄武岩作为艺术家创作所需的材料。[①] 埃及文化对未来的关心不仅表现在那些用凿子在石头上凿出的文献上，而且表现在一丝不苟的行政制度

---

① 我们可以把这一点跟艺术史上没有先例的、一流的象征进行比较，即与希腊人和他们的迈尼锡史前时代相比，尽管他们的国土上石料过度丰富，但他们却不用石料，反而用木材建造房屋，以至于在公元前1200年至公元前600年之间缺少建筑上的遗迹。埃及的植物或圆柱从一开始就是石头圆柱，而古典的多立克式圆柱却是木头圆柱，这里可以看出古典的心灵对持续时间是非常仇视的。——原注

和灌溉系统上。[①] 以上这些事实说明,埃及文化不仅关心未来,而且关心过去。埃及的木乃伊是最高级别的一种象征。死者的身体因它而**永垂不朽**,就像他的人格、他的"卡"[②] 通过常常有许多样本的雕像变成不朽一样,也就是说,他的人格以一种很高的意义上理解的相似性和他的雕塑联系起来。

在对待历史的过去的态度和有关死亡的见解之间存在着一种深刻的关系,这表现在**安葬的形式**上。埃及人**否定易逝性**,古典的人则通过他的文化的整个的形式语言**肯定易逝性**。埃及人也保存了他的历史的木乃伊:编年学的数据和数字。希腊人前梭伦时代的历史则什么也没有传下来,没有留下一个年份,没有留下一个真实的名字,没有留下一件可触知的事件,其结果是,我们唯一知道的那些遗迹就显得过分重要了;但是对于埃及,从公元前3000年甚至更早一些时候开始,我们就知道了许多埃及国王的名字,甚至他们的确切的执政日期,而在新帝国时期,人们肯定拥有有关这些国王的完美无缺的知识。如今,那些伟大的法老们的遗体躺在我们的博物馆里,他们的面部表情仍依稀可辨,已经成为这种追求永生的意志的一种可怕的象征。在阿美尼赫特三世[③] 的金字塔的闪闪发光、平滑如镜的花岗石

① 有没有一座希腊城市实施过一项综合的工程,以表明其对未来世代的关心呢?研究结果显示,属于迈锡尼时代的,即**前古典时代的**,道路和灌输系统,从古典民族诞生之日起,即从荷马时期起,就逐渐倒塌和被人们遗忘了。有一件稀奇古怪的事实——由于缺乏碑铭遗迹,人们肯定无法证实它——那就是,古典的字母直到公元前900年之后才被运用,而且是在很小的范围内,而且肯定只用于那些最迫切的经济目的;为了理解这一奇怪的事实,请大家想一想,在埃及、巴比伦、墨西哥以及中国的文化中,文字早在远古时代就开始形成了,日耳曼人为自己创造了一种名为鲁能的字母表,后来由于他们对文字产生了敬畏,他们对文字不断地进行改进,最后形成为一种装饰性的文字,而早期的古典的文化完全忽视了许多在南方和东方通行的文字。我们拥有许多来自赫梯人居住的小亚细亚和克里特岛的碑文,但却没有一件荷马时期的碑文。——原注

② Ka,古埃及人相信人人均有两个"第二自我",一是"芭"(Ba),它是在生时的灵魂,一是"卡",它是人的神秘"偶体",意味着永生不灭。

③ Amenemhet III(公元前十九—十八世纪),埃及第十二王朝的国王。

塔顶上,我们今天仍能读到这样的词句:"阿美尼赫特看着太阳的美丽",而在另一面,我们则读到这样的词句:"阿美尼赫特的灵魂比猎户座的高度还要高,它们自己和阴间联系起来。"这是对易逝性和纯粹的现在的胜利,而且是彻底地非古典的。

五

与埃及人的这组强有力的生命象征相反,在古典文化之肇始,出现了**火葬**的习俗,它意味着人们忘却了一切外在的和内在的过去。在石器时代,那些原始民族并行地从其余的安葬形式中提取火葬这种神圣的安葬形式;而在迈锡尼时代,人们对火葬这种安葬形式是完全陌生的。迈锡尼时代的王陵表明,土葬占有优先地位。但是,在荷马时期以及吠陀时期,土葬突然变成了火葬,正如《伊利亚特》所指出的,火葬是一种充满哀愁的象征性的行为,它是对一切历史的持续时间的庄严的消灭和否定。

从这一时刻起,个体的心灵发展的可塑性就宣告结束了。古典的戏剧很少描述真正的历史题材,很少处理内在的发展的主题。我们知道,希腊人本能地坚决反对造型艺术中的肖像。直到帝国时期,古典的艺术只知道一种在它看来在某种程度上是自然的题材,即神话。① 甚至希腊化的雕塑中的那些理想的肖像也是神话人物,和普鲁塔克式的那些典型的传记一模一样。没有一个伟大的希腊人曾经记录下那些能够反映被他的内心视觉固定住的某一个时代的回忆。就

---

① 从荷马到塞涅卡的悲剧,整整一千年,相同的几位神话人物,诸如堤厄斯忒斯、克吕泰涅斯特拉、赫拉克勒斯,尽管他们的数目有限,却都一成不变地频频出现;而在西方的文学作品中,浮士德式的人先是以帕西伐尔和特里斯坦的形象出现,然后随着时代的变化变成了哈姆雷特、堂吉诃德、唐璜,最后是浮士德和维特,现在则表现为现代世界城市传奇故事中的英雄,但始终是在某个世纪的氛围和条件中出场的。——原注

连苏格拉底也未就他的内心生活写下任何在我们看来是重要的语句。问题是,在一种古典的心灵中,能否产生像帕西伐尔、哈姆雷特和维特这样的人物,他们的出现毕竟是以自然的欲望为前提的。但是,在柏拉图身上我们看不出他的学说有任何有意识的演变;他的个别的著作仅仅是他在不同时期采取的不同立场的文稿,他并没有考虑它们遗传学上的联系。但是,西方的思想史从一开始就进行最深刻的自我反思,例如但丁的《新生》。因此,单凭这一点我们就可以得出这样的结论,歌德的作品里很少有古典的,即纯粹现在的东西;歌德什么也没有忘记,他的作品,正如他自己所说的,只是**一种伟大的宗教信仰**的断片。

在波斯人摧毁雅典之后,所有的古代艺术作品都被扔进了垃圾堆(今天,我们正在从垃圾堆里重新把它们挖掘出来)。我们从来也没有听到过,在希腊曾有谁关心过迈锡尼或费斯托斯[①]的遗址,以便查明那些历史的事实。人们阅读荷马的史诗,但从未想到像谢里曼[②]那样去发掘特洛伊的山丘。人们想要的是神话,而不是历史。早在希腊化时期,埃斯库罗斯和前苏格拉底时期的哲学家们的一部分作品就已经失传了。与此相反,彼特拉克已经开始收集古代文物、钱币和手稿,他以一种只有这种文化特有的虔诚和内心观察他所收集到的古物,是一个具有历史感的、回顾遥远的世界和向往远方的人;此外,他还是头一个攀登阿尔卑斯山顶峰的人,所以他在他的时代始终是一个外来者。我们只有从他和时代的关系出发,才能理解这位收藏家的心灵。中国人的收藏癖也许更加狂热,但是具有另一种色彩。凡是在中国旅行的人,都希望追踪那些"古老的足迹";只有从一种深刻的历史感出发,才能解释"**道**"这个反映中国人的本质的不可翻译的基本概念。与此相反,在希腊化时代,人们从各地搜集来并加以展

---

① Phaistors,克里特岛的王宫。

② Schliemann(1822—1890),德国考古学家。

示的东西,是一些具有神话魅力的古董,就像鲍萨尼亚斯①所描写的那样,在搜集这些古董的时候,人们压根儿没有考虑到它们确切的历史日期和目的;而早在伟大的图特摩斯②的统治时期,埃及地区就已经变成为一个具有严格传统的大博物馆了。

在西方各民族当中,是德意志人首先发明了机械**钟**,它是正在缓慢地流逝的时间的一种可怕的象征。它的敲击声日以继夜地从无数的塔楼出发,回响在西欧的上空,这也许是一种历史的世界感所能作出的最惊人的表现。③而在那些**没有时间观念的**古典的乡村和城市里,我们看不到这种景象。直到伯里克利时期,白天的一段时间还只是根据影子的长度来估量的,只是到了亚里士多德时期,"季节"这个词才获得了巴比伦人的"钟点"的意义。在此之前,对于一天并没有精确的划分。在巴比伦和埃及,很早就发明了水钟和日晷,但在雅典,只有柏拉图采用了一种的确可以作为钟来使用的漏壶的形式,后来人们采用了日晷,但是只把它当作日常生活的一种不重要的器具,也就是说,日晷对古典的生命丝毫也没有影响。

在这里,我还要提一提古典的数学和西方的数学之间相应的、非常深刻的、却从未得到足够重视的区别。古典的数学**按照事物的存在理解事物**,即把事物看作是**量**,没有时间,只有纯粹的现在,结果导致了欧几里得几何学和数学式的静力学,并以二次曲线的学说结束了古典的思想体系;而我们是**按照事物的变化和行为方式理解事物**的,即把事物看作是**功能**,结果就导致了动力学、解析几何,以至微积

---

① Pausanias,公元一世纪的希腊旅行家和地理学家。

② Thutmosi(约公元前1486—1425),埃及第十八王朝国王。

③ 大约在公元1000年,也就是罗马式风格和十字军运动,一种新的心灵的最初的征兆出现的时候,皇帝鄂图三世的朋友,修道院院长,即后来的教皇西尔维斯特二世设计出了自鸣的轮盘钟。大约在1200年,在德意志,第一批塔钟出现了,稍晚一些时候,怀表也出现了。读者可以看出时间的测定和宗教崇拜的建筑物之间存在着主要联系。——原注

分。① 现代的函数理论是这一系列思想的庞大的秩序。有这样一个奇怪的，然而从心理上看确实有道理的事实，即希腊的物理学是静力学，而不是动力学，它从不知道钟表的用途，也不会对钟表的缺失感到难过，而我们则是按几千分之一秒进行计算的。亚里士多德的"隐德来希"② 是唯一不受时间影响的——非历史的——发展概念。

因此，这确定了我们的任务。我们西欧文化中的人，因了我们的历史感，不是规则，而是例外，"世界历史"是**我们**的，而非"人类的"世界图像。印度人和古典人不知道**变化着的世界**，也许有一天，当西方的文明灭亡之后，将再也不会有一种文化和一种人类能让世界历史成为醒觉存在的一种如此强有力的形式。

六

那么，什么是世界历史？当然是对过去的一种有秩序的介绍，一种内在的公设，一种形式感的表现。但是，即便是一种非常确定的感觉也还不是一种真正的形式。我们大家肯定感觉和体验到世界历史，而且百分之百地相信，能按照世界历史的本来面貌鸟瞰世界历史，但是，同样可以肯定的是，直到今天，我们所知道的还只是世界历史的各种形式，而不是它的形式本身——这形式本身乃是**我们的**内心生活的相反的图像。

每一个被问到的人肯定都会说，他清清楚楚地看透了历史的内在形式。这种幻觉的原因在于谁也没有严肃地思考过历史的内在形式，在于谁也没有对自己的知识产生过怀疑，因为谁也没有预感到，在这里可以怀疑的所有的东西是什么。事实上，世界历史的形态是

---

① 牛顿独出心裁地把微积分叫作流数术（Fluxionsrechnung），他考虑到某些关于时间的本质的形而上学的观念。在希腊的数学里，根本没有时间的概念。——原注

② Entelechie，意为完成。

一种未经检验的精神财富,这种精神财富甚至在职业的历史学家当中也代代相传,因此迫切地需要一小部分怀疑,这种怀疑精神自伽利略以来剖析和加深了我们生来就有的对自然的认识。

古代—中世纪—近代:这是一组简单得不值一提的和无意义的模式,它绝对主宰着我们的历史思维,一再地妨碍我们正确地理解那小小的局部世界的真正地位——这小小的局部世界自德意志帝国时代以来在西欧的土地上发展起来——一再地妨碍我们正确地理解这小小的局部世界和高级人类的整个历史(按其等级、形态和生命期限)的关系。未来的诸多文化几乎不会相信,这种模式——它不仅具有天真的和直线式的顺序,而且具有荒唐的比例,所以随着一个又一个世纪的推移而变得越来越不像话——能将新近进入我们的历史意识之光的领域自然地包括进去;尽管如此,这个模式的有效性从来没有真正地动摇过。很久以来,历史研究者们就对这个模式提出申诉,这已成为一种习惯,但是这根本无济于事,因为他们只是使这个唯一的模式变得模糊了,**而没有提出任何取代它的方案**。人们照旧大谈希腊的中世纪和日耳曼的古代,以至于没有形成一幅清晰的、具有内在的必要性的图像,在这个图像里,中国和墨西哥、阿克苏姆帝国[①]和萨珊帝国[②],都找到了一个有机的位置。至于把"近代"的起点从十字军东征移到文艺复兴,或从文艺复兴移到十九世纪初这种做法,不过是想证明这个模式本身是不可动摇的。

这个模式限制了历史的范围,但更糟糕的是,它也限制了历史的舞台。由于这个模式,西欧的地区构成了一个静止的极(用数学的语言说,构成了圆锥表面上的一个奇点)。[③]我们不知道为什么会是这

①　Das Reich von Axum,埃塞俄比亚北部古王国,公元三至六世纪为其鼎盛时期。

②　Das Reich der Sassaniden,波斯王朝,公元 224—651 年。

③　在这个问题上,历史学家也受到了地理学的灾难性的成见的影响,尤其是受到了一张地图的诱导性的影响,他们囿于地理学的成见,把欧洲看作是**一个洲**,与此相适应,他们感到有义务从**思想上**把欧洲和"亚洲"区分开来。欧洲这个词应当从历史

样,也许唯一的原因在于我们,这种历史图像的始作俑者,恰恰生长在这里,而那千百年来绵延不绝的最宏大的历史和悠久的强大文化都只能非常谦虚地围绕西欧这一极旋转。这是一个具有最独特的臆想的行星体系。人们把某一个别的地区选作历史体系的自然中心,并将它当作中心的太阳。历史的所有事件都从它那里获得其真实的光,它们的意义也是依据它的**角度**来测定。但是,在这里,实际上是西欧人的不受怀疑约束的虚荣心在说话,在西欧人的思想里,展现出"世界历史"这一幻影。之所以产生世界历史这一幻影,原因在于早已成为我们的习惯的那种惊人的视错觉,由于这种视错觉,我们在远处把中国和埃及的几千年的历史缩小为插曲,而在自己的位置的近处则把自路德,尤其是自拿破仑以来的数十年的历史幽灵般地增强。我们知道,"天空里的云越高,它飘浮的速度就越慢"只是一种表面现象,我们也知道,火车在穿过一片遥远的地区时只是表面上放慢速度,可我们相信,早期的印度、巴比伦和埃及的历史的速度的确比我们不久前的过去的速度要慢。我们还觉得它们的实质比较薄,它们的形式比较沉闷和拖沓,因为我们没有学会计算内在的和外在的距离。

中删除。不存在作为历史的类型的"欧洲人"。把希腊人看作是"欧洲古代的人"(荷马、赫拉克利特和毕达哥拉斯是亚洲人吗?),而且谈论他们的"使命",说亚洲和欧洲在文化上彼此相似,这是十足的愚蠢。这些话源出对地图的肤浅的解释,根本不符合实际。只是由于欧洲这个词及由此产生的错综复杂的思想,我们的历史意识才把俄罗斯和西方结合成为一个完全没有根据的统一体。在这里,在一种读者通过书本获得教育的文化中,一种单纯的抽象导致了大量符合事实的后果。数百年以来,历史学家,通过彼得大帝本身,伪造了一种原始的民族的历史的倾向,尽管俄罗斯的**本能**非常正确地把"欧洲"跟"亲爱的母亲俄罗斯"区分开来,尽管这种对欧洲的敌意在托尔斯泰、阿克萨科夫或陀思妥耶夫斯基的作品里充分地体现出来。东方和西方是具有真正的历史内涵的概念。"欧洲"只是一种空谈。古希腊罗马文化所创造的那些伟大的成就,都是在否定罗马与塞浦路斯、拜占廷与亚历山大里亚之间存在有洲界的情况下产生的。所有被称之为欧洲文化的东西,都是在维斯杜拉河、亚得里亚海和瓜达尔奎维河之间产生的。即便我们承认伯里克利时期的希腊"位于欧洲",但是今天的希腊肯定不在欧洲。——原注

不言而喻,对于西方的文化而言,雅典、佛罗伦萨和巴黎的此在,要比洛阳和华氏城①的此在重要。但是,我们可以把这样的价值估算变成为一种模式的基础吗?如果可以的话,中国的历史学家有权设计一种世界历史,在这种世界历史中,十字军东征、文艺复兴、恺撒、腓特烈大帝等都无关紧要,都可以避而不谈。**从形态学的观点看**,十八世纪为何要比先前的六十个世纪之一更为重要?把几个世纪范围内的,而且主要局限在西欧的"近代"同有数千年历史的古代对立起来,而且把大量的前希腊文化不加更深入的划分统统作为附录计入古代,这难道不可笑吗?为了拯救这一失效的模式,我们不是已经把埃及和巴比伦——它们各自都有一种自成一体的历史,与我们从查理大帝到世界大战的所谓的"世界历史"相比,可谓是有过之而无不及——作为古希腊罗马文化的前奏留下来吗?我们不是装出一副无可奈何的神情把印度和中国文化的那些有影响力的集合贬低为脚注了吗?我们不是把那些伟大的美洲文化,借口它们缺乏联系(和什么东西缺乏联系?),统统加以漠视了吗?

我把今天的西欧人所熟悉的这个模式称为历史的托勒密体系,在这个体系里,那些高等的文化围绕作为所有世界事件的臆想的中心的**我们**沿着它们的轨道运行。在本书中,我将提出一个取代它的体系,并把它叫作历史领域里的**哥白尼发现**,在这个体系里,古典文化和西方文化,与印度文化、巴比伦文化、中国文化、埃及文化、阿拉伯文化以及墨西哥文化相比,并没有占据优先位置,它们都是变化中的单个世界,而且在历史的总体图像中同样重要,甚至在心理观念的伟大和上升的力量方面远远超过古典文化。

---

① Pataliputra,印度著名的古城,曾为孔雀王朝的都城。

七

古代—中世纪—近代这个模式,就其最初的设计而言,是巫术的世界感的一种产物,它最初出现在居鲁士[①]以后的波斯教和犹太教中,并从《但以理书》有关四个国度的学说中获得了一种启示录的草案,尔后在东方的后基督教的宗教中,尤其是在诺斯替教[②]的体系中发展成为一种世界历史。[③]

在那些构成这一重要概念的思想前提的非常狭小的范围内,它的存在是完全合理的。在这个模式里,并没有包括印度的历史甚至埃及的历史。在这些思想家的嘴里,世界历史这个词意味着一幕无与伦比的、极富戏剧性的戏剧,其舞台是希腊和波斯之间的地区。在这出戏中,东方人的那种严格的二元论世界感不是表现为极性的,而是表现为周期性的。[④]也就是说,东方人把世界看作一种灾难,看作世界之创造和世界之没落之间的两个时代的转折点;而在同时代的形而上学里,世界是灵魂与精神、善与恶之间的对立。我们发现,在这个模式里,还包括所有在古典文学或《圣经》以及在这个有关的体系中取代《圣经》的圣书中记录下来的因素。在这个世界图像中,"古代"和"近代"代表了当时的一种确凿的对立,即异教和犹太教或基督教之间、古希腊罗马和东方之间、雕像和教条之间、自然和精神之间的对立,可是,它具有一种**时间的含义**,即在这出戏中,一方总要胜过另一方。历史的转变具有一种救赎的宗教特征。毋庸置疑,这是

---

① Kyros,公元前六世纪前后的波斯王。

② 诺斯替教为公元二世纪形成的一种宗教哲学体系,主张本体上的二元论,强调灵魂得救的条件在于获得"诺斯"(神智)。

③ 参见文德尔班(Windelband),《哲学史》(*Gesch.d. phil.*),1900,第275页以下。——原注

④ 在新约中,极的观念表现在使徒保罗的辩证法中,而周期的观念则表现在启示录中。——原注

一种以狭隘的、完全是地方性的观点为依据的看法,但是这种看法是合乎逻辑的,本身是完美无缺的,因此,它依恋这个地区和这个地区里的人,而不能**自然地**扩展。

但是,在西方的土地上又加上了第三个时代,即**我们的**近代,于是在世界的图像中产生了一种运动的倾向。东方的图像是**静止的**,它所呈现的是一种封闭的、保持在平稳中的反题,以一种独一无二的神的行动作为中心。但是,在被一种全新的人接受和承担之后,它突然——谁也没有意识到这一奇妙的变化——异想天开地发展成为一种**路线**的形式,这条路线从荷马或亚当——今天,人们有可能把他们换成印欧人、石器时代的人或直立猿人——经过耶路撒冷、罗马、佛罗伦萨,一直通向巴黎,视历史学家、思想家或艺术家个人的口味而定,他们可以无限制地、自由地解释这个由三部分组成的图像。

因此,人们给异教和基督教这两个**互为补充的**概念添加了"近代"这个**结尾的概念**,而近代按其意义不允许继续进行这种程序,因为从十字军东征以后,近代一再地"延伸",终于到了不能继续延伸的地步——从"最新的时代"(Neueste Zeit)这一绝望而可笑的措词中我们可以看出这一点。人们认为——但并没有说出来——在此,在古代和中世纪之外,某种已成定局的东西,即第三帝国已经开始,在其中的某处,将有一个完成和一个顶点,将有一个目的,对这个目的,每个思想家,从经院哲学家到我们时代的社会主义者各自都有自己的看法。对于它们的始作俑者来说,这样一种对事物的进程的认识既便当又讨人喜欢,但是,这不过是西方的精神在个别人的头脑里的反映,不过是把西方的精神等同于世界的意义罢了。然后,伟大的思想家们由于精神上的绝望制造出一种形而上学的美德,即他们把这个由于"大家一致同意"而被神圣化的模式不加认真地批判升格为一种哲学的基础,把上帝奉为他们当时的"世界规划"的倡议者。对于具有形而上学的鉴赏力的历史学家来说,"三"这个世界年份的神秘数字有着巨大的诱惑力。赫尔德把历史叫作人类的教育;康德把历史称为自由的概念的演化;黑格尔认为,历史是世界精神的自我扩展,诸如此类。但是,谁只要赋予这种既成的对阶段的三分法一种抽象的意义,就以为对历史的那些基本形式充分地思考过了。

就在西方的文化即将产生的时候,出现了伟大的约阿希姆·冯·弗洛里斯,[①]他是第一个黑格尔类型的思想家,因为他捣毁了奥古斯丁的二元论世界图像;作为一个真正的哥特式的思想家,他豪情满怀地在旧约和新约的宗教之外加上了某个第三者,即圣父的时代、圣子的时代和圣灵的时代。他的教义深深地打动了但丁和托马斯·阿奎那这样最优秀的圣芳济会教徒和多明我会教徒,唤醒了一种世界观,这一世界观逐渐地主宰了我们文化的整个历史的思维。莱辛,他鉴于古典时代把自己所处的时代称作"后代"(Nachwelt)[②]——他从十四世纪神秘主义者的学说中引用了这个思想,因而把人类的教育分为童年、青年和成年三个阶段。易卜生在其《皇帝与加利利人》这部正剧里深入地探讨了这个思想,他借巫师马克西姆这个人物之口直截了当地道出了诺斯替教的世界概念,但在1887年,他在斯德哥尔摩作的著名演讲里却不敢越雷池一步。显而易见,这是西欧的自我感觉的一种要求:以雕像的形式和自己的形象一刀两断。

但是,修道院院长弗洛里斯的创作不过是对神灵的世界秩序的秘密的一次神秘的窥视。一旦它被人们有理智地理解,变成为**科学思维的前提**——自十七世纪以来,人们越来越把弗洛里斯的创作变成为科学思维的前提——它立刻便会失去其全部意义。但是,如果

---

① 参见布达赫(K. Burdach),《宗教改革、文艺复兴、人文主义》(*Refor- mation, Renaissance, Humanismus*),1918,第48页以下。——原注

② "古人"(Die Alten)这一措词——有二元论的意思——早在波菲利乌斯的《绪论》(*Isagoge*)中就出现了。——原注

人们让自己的政治、宗教或社会的信念放任自流，而且赋予那三个神圣不可侵犯的阶段一种完全符合于自己的立场的方向，那么这样一种解释世界历史的方法是完全站不住脚的。实际上，这是每个人根据自己的爱好，把理智的权能、人道、大多数人的幸福、经济的发展、启蒙运动、各民族的自由、征服自然和世界和平等等当作评判几千年的历史的绝对标准，但是事实证明，以上这些美好的愿望并没有理解或并没有达到正确的东西，相反，实际上它们只想要某种不同于我们的愿望的东西。歌德有一句格言："生命中重要的显然是生命本身，而非生命之结果。"这句格言不啻是对一切想要用一个**纲领**去猜出历史形式之秘密的愚蠢尝试的当头棒喝。

我们千万不要忘记，那些研究个别的艺术、科学、国民经济学和哲学的历史学家也具有同样的看法。我们发现，他们用线性上升的观点理解从埃及人（或穴居人）到印象派画家的"绘画"、从荷马的盲人歌手到拜洛伊特的"音乐"、从木桩建筑的居民到社会主义的"社会制度"。他们把线性上升当作一种一成不变的倾向的基础，而没有注意到这样一种可能性，即各种艺术只具有一种从容不迫的生命期限，它们和特定的地区和特定的人群相联系并作为它们（他们）的表现形式，因此，这些通史只是一些单个的发展和特殊技艺——它们除了名称和某些手工技巧以外，并无共同之处——的外表的累计。

我们知道，任何有机体和单个的生命表现的速度、形态和持续时间，是由它所属的**种类的特性**所决定的。对于一棵千年的橡树，谁也不会猜测，它此时此刻正在开始它的发展的本来的历程。一个人看见一条毛虫一天天长大，但他并不指望这条毛虫也许会继续像这样长几年。在这种情况下，每一个人绝对确定地感到了一种**极限**，这种感觉和对我们的内在形式的感觉是同一的。但是，跟高级的人类的历史相比，在我们关于未来的进程的观念中，存在着一种过度的、鄙视一切历史的即有机的**经验**的乐观主义，因此，每个人都希望在偶然的现在中查明那种极其杰出的和线性的"继续发展"的"苗头",不是因为它们在科学上得到了证明,而是因为他希望得到它们。在这里,他盘算着无限的可能性,但却没有考虑到一种自然的终结,也就是说,他从每一瞬间的境况出发,为继续发展勾画出一幅完全幼稚的蓝图。

但是,"人类"并没有目的和观念,也没有计划,就像蝴蝶或兰花的种属没有目的一样。"人类"只是一种动物学的概念或一个空洞的字眼。[①] 但是,当我们让这种幻影从历史的形式问题的范围内消失的时候,立即便会看到惊人地丰富的**现实**形式。在这里,有生命的东西不仅极其丰富,而且具有深度和感人的力量;有机体的这些特点直到现在一直被某种口号、某种枯燥的模式和某些个人的"理想"所掩盖。我看到的不是线形的世界历史的荒凉景象——面对大量的事实,我们只有闭上眼睛才能保持住它——而是众多有强大影响力的文化的景象,它们以原始世界的力量从一种慈母般的地区的母腹里兴旺起来,它们当中的每一种文化在其此在的整个发展进程中都和这一慈母般的地区紧密联系在一起;每一种文化都在自己的材料和人群上打上**自己**的印记;每一种文化都有**自己**的观念,**自己**的激情,**自己**的生命、愿望和情感,以及**自己**的死亡。这里有还没有被智力的眼睛发现的色彩、光和运动。在这里,有欣欣向荣的和日趋衰老的文化,有各种民族、语言、真理、神灵、景观等等,如同有年轻的和年老的橡树、五针松、花朵、枝条和树叶一样,但是却没有日趋衰老的"人类"。每一种文化都有自己新的表达能力,它们出现、成熟、枯萎、永不复返。有许多在最深的本质上完全不同的雕塑、绘画、数学和物理学,每一种都有有限的生命期限,每一种都是自给自足的,就像每一种植物都有自己的花与果,有自己的生长与衰落的类型一样。这些文化乃是

① 歌德在致鲁登(Luden)的信中说道:"'人类吗'?只是一种抽象。向来只有人,将来也只有人。"——原注

最高级别的生物,它们像田野上的花儿一样,在一种崇高的无目的性中生长。像植物和动物一样,它们都属于歌德的活生生的自然,而不属于牛顿的死气沉沉的自然。我把世界历史看作是一种永恒的塑造和改造的图像,看作是有机的形式的神奇的变化和消逝的图像。但是,在职业的历史学家看来,世界历史不过是绦虫一类的东西,只知道不懈地"增加"时代。

但是,"古代—中世纪—近代"这个系列最终耗尽了自己的影响。它作为一种科学的基础,虽然像角落那样狭窄和乏味,但它毕竟是一种独一无二的、并非全然非哲学的构图,我们还要用它去编排我们研究的结果,多亏这个构图,迄今为止对世界历史的分类整理得以留下一些内容;但是,这个模式**充其量**所能容纳的世纪的数量早就达到了。由于历史的材料,即那些完全居于这个模式之外的材料的迅速增加,这个图像开始转变成显而易见的混乱。每个还没有完全失明的历史学家都知道和感觉到这一点,只是为了不使自己完全沉没下去,他不惜一切代价紧紧抓住他所知道的这个模式。"中世纪"这个词是莱登大学的霍恩(Horn)教授在1667年发明的,[①] 现在这个词不得不满足一团无定形的、不断扩展的东西的需要,这一团无定形的东西纯粹是负面的,因为它在任何借口下都不能算入其他两个中庸的编组[②]。在这方面,我们对近代波斯史、阿拉伯史和俄罗斯史的拿不准的处理和评价就是绝好的例证。但首要的是,我们不能继续隐瞒这样一个事实,即这所谓的世界历史最初的确局限在东部地中海地区,只是在后来,即自从民族大迁徙以来(这个事件只对我们西方人具有重要意义,因此被我们过分夸大了,也就是说,它具有一种纯粹西方

① "中世纪"指的是**拉丁文成为教会和学者的语言**的那一时期的历史。东方基督教的强劲有力的命运完全被排除在这一"世界历史"之外,早在波尼法蒂乌斯(译者按:Bonifatius,约675—754,英国传教士,曾在德国黑森建立了第一所本笃会隐修院)之前,这种基督教就通过突厥斯坦传入中国,并通过萨巴传入阿比西尼亚。——原注

② 指古代和近代。

的意义,和阿拉伯的文化毫无关系),随着场地的突然变化,它就局限在西欧的中部了。黑格尔非常天真地宣称,他不打算讨论与他的历史的体系不相符的民族。但是,这只是对那些每个历史学家为了自己的目的必须具备的方法论的前提的一种诚实的供认。我们可以用这些方法论之前提检查每部历史著作的编排。事实上,在今天,这是一个科学的分寸感的问题,哪些历史发展需要**认真地**考虑,哪些不需要,兰克就是一个很好的例子。

八

今天,我们是按照各个洲来思考的。只是我们的哲学家和历史学家并未了解这一点。他们给我们提供了一些自认为普遍有效的概念和观点,但是,他们的眼界并没有超出西欧人的智力氛围,那么,这样的概念和观点对于我们会有什么样的意义呢?

让我们看一看我们的那些最优秀的著作吧。当柏拉图谈及人类时,他指的是与野蛮人相对的希腊人。这完全符合古典的生命和思维的非历史的风格,并在这种前提下导致那些**在希腊人看来**是正确和重要的结论。但是,当康德探讨哲学问题,例如伦理的理想的时候,他断言他的定理适用于全人类和一切时代,只是他并没有把这一点说出来,因为这对他及其读者来说是不言而喻的事。他在其美学中并没有表述菲狄亚斯或伦勃朗的艺术原则,而是表述一般艺术的原则。但是,他确定为思维的必要形式的东西,毕竟只是西方的思维的那些必要的形式。只要看一看亚里士多德的著作及其本质上不同的结论,就足以说明亚里士多德不但是一位聪慧的思想家,而且是具有别样的素质的思想家。俄罗斯的思维对西方的思维的范畴感到陌生,一如西方的思维对中国或希腊的思维范畴感到陌生一样。对我们而言,真正和彻底地理解古典的原始词是不可能的,一如真正和彻底地理解中国或希腊的原始词是不可能的一样①；对于具有不同种类的智力的中国人和阿拉伯人来说，从培根到康德的哲学不过是一种有价值的珍品。

西方的思想家所缺少的，而且**恰恰是不应该缺少的东西**，是对他的结论的**历史的一相对的性质**的认识，因为这些结论本身不过是**某一特定的此在且仅限于这一特定的此在**的表现。西方的思想家应意识到这些结论的有效性的必然限度，相信他的"颠扑不破的真理"和"永恒的认识"只对他是真的，只对他的世界观是永恒的，他有责任超出这以外去寻找别种文化的人以同样的自信从自身出发得出的真理和认识。这就是一种未来的哲学的**全部内容**。只有这样，我们才能理解作为**活生生的**世界的历史的形式语言。在这里，没有任何永恒的和普遍的东西。我们用不着继续谈论思维的形式、悲剧的原则、国家的任务。普遍的有效性始终是一个又一个的错误推论。

但是，当我们转向以叔本华为代表的西欧现代性的思想家的时候，也就是说，当哲学思考的重点从抽象的体系转变成为实践的伦理和生命（生命意志、权力意志、行动意志）的问题取代认识的问题的时候，这个图像就会变得更加令人忧虑。这里，有待考察的不再是康德的理想的和抽象的"人"，而是居住在地球表面上的、生活在特定的时代的、按民族——不管是原始的人还是文化人——组织起来的现实的人；假如人们仍然按照古代—中世纪—近代这个模式和与此相联系的地域限制去确定这些最高的概念的结构，这显然是荒唐可笑的。但是，情况常常是这样。

让我们考察尼采的历史眼界吧。他的那些关于文学艺术的颓废、虚无主义、重估一切价值和权力意志的概念，就深深地扎根于西方文明的本质中，且对于分析那一文明具有决定性的意义。但是，西方文

---

① 真正的俄国人觉得达尔文主义的基本概念是无意义的，就像真正的阿拉伯人觉得哥白尼体系的基本概念是无意义的一样。——原注

明的创造基础是什么？是罗马人和希腊人，是文艺复兴和当代的欧洲，是对（被误解的）印度哲学的肤浅的侧面观察，一句话，是古代—中世纪—近代这一模式。严格地说，尼采从来也没有超出这个模式的范围，他同时代的其他思想家也是如此。

那么，他的有关酒神狄俄尼索斯的概念和孔子时代的高度文明的中国人或一个现代的美国人的内心生活有什么样的关系呢？对于伊斯兰世界，超人这种类型意味着什么呢？自然与才智、异教与基督教、古典与现代等等概念，它们作为造形性的对立，对印度人和俄罗斯人的心灵意味着什么呢？托尔斯泰出于他的最深刻的人道精神拒绝西方的整个观念世界，把它视为某种外来的和遥远的东西，他与但丁和路德有何瓜葛呢？日本人与帕西伐尔和查拉图斯特拉有何瓜葛呢？印度人与索福克勒斯有何瓜葛呢？还有，难道叔本华、孔德、费尔巴哈、黑贝尔、斯特林堡的思想世界就更加广阔吗？他们的整个心理，尽管全都向往世界有效性，不都只是具有纯粹的西方的意义吗？易卜生的妇女问题，如果我们把他的著名的娜拉——一个欧洲西北部的大城市贵妇，她的眼界与她的 2000 马克至 6000 马克的房租和新教的教育相符合——换成恺撒的妻子，换成赛维尼侯爵夫人 ①，换成一个日本女人或一个奥地利蒂洛尔的农妇，肯定会显得滑稽可笑。但是，易卜生本人具有昨天和今天的大城市中产阶级的视界。他的那些冲突——它们的心理前提大约从 1850 年起就已经存在，而且延续时间几乎不会超过 1950 年——既非伟大世界的冲突，亦非下层大众的冲突，更不属于非欧洲的居民所居住的城市的冲突。

所有这一切只具有次要的和区域性的价值，大多数情况下甚至局限于西欧类型的大城市的临时性的"知识阶层"。这些次要的和区域性的价值当然不会是世界历史的和"永恒的"价值。尽管它们在易卜生和尼采这一代人看来非常重要，但它们毕竟误解了世界历史

① Madame de Sérigné（1626—1696），法国作家。

这个词的意义——它并不表示一种选择,而表示一种总体性。事实上,他们把那些不符合现代人的需要的因素隶属于这些区域性的价值,从而低估或忽视了这些因素。而这是一种高度异常的情况。迄今为止,西方人有关空间、时间、运动、数字、意志、婚姻、财产、悲剧、科学等问题的所言所思,仍是狭隘的和值得怀疑的,因为人们总是希望能够找到问题的答案,而没有认识到,发问人有多少,答案就有多少;任何哲学问题实际上都是一种被掩盖的愿望,也就是说,任何哲学问题都要求获得在问题中业已被决定的某种回答。他们并没有认识到,一个时代的那些重大问题并非是永恒的,因此必须假设**一组由历史决定的答案**,它们的**概括能力**——在排除一切个人的价值标准的情况下——才能揭示最后的秘密。对于真正的识人者来说,询问个人的经验、内在的声音、理性、前辈或同时代人的意见,是远远不够的。用这种方式,人们只能获悉对发问者本人和他的时代来说是真实的东西,但这并不是一切。其他的文化现象说另外一种语言。对于不同的人,有不同的真理。对于思想家来说,一切的真理要么是全都有效,要么是全都无效。

可以理解,西方的世界批评能够扩展和加深到何等的程度。一个人只有超越尼采及其一代人的那种无害的相对主义,并且把以下的问题纳入自己的观察范围,即形式感必须达到什么样的精致,心理必须达到什么样的程度,实际的利益必须达到什么样的舍弃和独立,眼界必须达到什么样的无限,然后他才可以说,他理解了世界历史,即**作为历史**的世界。

九

针对所有这一切,即针对那些任意的、狭隘的、来自外界的、由自己的愿望强行规定的、强加给历史的形式,我要对世界的事件提出一种自然的、"哥白尼式的"形式,这形式深深地存在于世界的事件之中,只有摆脱了偏见的目光才能揭示它。

此时,我想起了歌德。歌德所谓的**活生生的自然**正是我们这里所说的在最广泛的范围内的世界历史,亦即**作为历史的世界**。作为艺术家的歌德总是把他的人物的生命及其发展,总是把生成(das Werden)而不是把既成之物(das Gewordene)作为他的描写对象。在这方面,他的《威廉·迈斯特》和《诗与真》便是明显的例证。他讨厌数学。从这两部作品中我们可以看出,机械的世界和有机的世界、死气沉沉的自然和活生生的自然、法则和形式是相互对立的。作为一位博物学家,他所写的每一行字都向我们展示生成之物的形式,即"活生生地发展着的带有印记的形式"。体会、观察、比较、直接的和内在的确信、精确的和感官上的想象力,这些都是他接近动荡不安的现象的秘密的手段。**这些也是一般的历史研究所需的手段**。除此之外,没有其他的手段。正是这种**神灵般的**洞察力,使他在维尔米战役[①] 的晚上,在营火旁说出了这样的话:"此时此地,世界历史的一个新的时代开始了,而且你们可以说,你们是它的目击者。"没有一个将军、一个外交家曾经如此直接地感觉到了历史,更别说哲学家了。这是一个人对历史的一次伟大的行动在其进行的时刻所能说出的最深刻的判断。

正如歌德从树叶出发密切注视植物形式的发展、脊椎动物的产生和地层的生成一样,他密切注视的是自然的命运,而不是**自然的因果性**。在这里,我们应当像歌德那样密切注视人类历史的形式语言、它的周期性的结构以及它从大量简明易懂的细节中产生出来的**有机的逻辑**。

人们通常把人算作地球表面上的有机体,这当然是有根据的。

---

① Die schlacht von Valmy,1792 年 9 月 20 日发生于法国北部维尔米地区的战役,由法国对抗普奥联军,此役法军获胜。

人的身体结构及其各种自然的功能和整个的官能现象,都属于一种包罗万象的统一体。在这里,只有人是一种例外,尽管植物的命运和人类的命运之间有着一种明显而深远的亲缘关系——这是所有的抒情诗的永恒的主题——尽管所有人类的历史和任何其他高级生物群的历史之间有着相似之处——这是无数动物童话、传说和寓言的共同主题。**在这方面**,人们应该采取比较的方法,即让人类的文化的世界纯粹而深刻地对想象力产生影响,而不是把它硬塞进一个预先确定的模式;人们应该把青春、上升、兴旺期、衰败这些字眼——迄今为止,甚至直到今天,它们一直被人们用来表现主观的价值评价和社会、道德和审美方面的纯粹个人的爱好——最终用来客观地表示有机的状态。我们应当把古典文化看作一种自成一体的现象,看作古典的心灵的躯体和表现,把它和埃及、印度、巴比伦、中国和西方的文化并列在一起,并在这些伟大的个体的变化无常的命运中寻找典型的东西,同时在大量难以遏制的偶然性中寻找必然性。只有这样,我们才能发现发展中的世界历史的图像,这个图像对于我们西方人,且唯独对于我们西方人而言是自然的。

因此,就狭义而言,我们的任务是,从这种远见出发,首先用形态学的方法去断定 1800 年至 2000 年之间的西欧和美洲的境况,继而以同样的方法去确定这一时期在西方的整个文化内部所处的编年学位置,去确定这一时期作为传记的一个章节——它以某种形式必然出现在每一种文化中——的意义,去确定这一时期的政治的、艺术的、智力的和社会的形式语言的有机的和象征的意义。

通过比较的观察,我们得出这样的结论:这一时期和希腊化时代具有"同时性",而其目前的顶峰——以世界大战为标志——则相当于从希腊化时代到罗马时代的过渡。**罗马气质具有极其严格的实事求是的精神,缺乏独创性,是野蛮、有纪律、讲求实际、普鲁士式的**;对于使用类比方法的我们来说,罗马人的这种极其严格的求实精神,始终是我们用以理解自身的未来的一把钥匙。**希腊人和罗马人——这意味着把对我们来说已经完成的命运跟我们面临的命运区别开来。**因为人们似乎早就能够和应该在"古代"里发现一种与我们自己的即西欧的发展形成完美无缺的配对物的发展,古代的发展和西欧的发展尽管在表面的任何一个细节上都有所不同,但它们在内在的渴望,即推动这伟大的有机体向其完成发展方面却是完全相同的。我们似乎一步接一步地从"特洛伊战争"和十字军东征、荷马史诗和尼伯龙人之歌,经过多立克式与哥特式、狄奥尼索斯运动与文艺复兴、波利克勒斯①与塞巴斯蒂安·巴赫、雅典与巴黎、亚里士多德与康德、亚历山大与拿破仑,直至这两种文化的世界城市阶段和帝国主义,在这里找到了自身现实的持久的另一个自我。

但是,在这里作为先决条件的对古典的历史图像的解释是多么地片面!多么地肤浅!多么地偏袒!多么地局限!所以,它总是受到人们的抨击!由于我们感到我们和那些"古人"非常相似,所以我们非常草率地完成了这一任务。这种**肤浅的**相似对于整个的古代研究来说是一种危险———旦它从娴熟地对出土文物进行整理和断定变为对它们进行心灵上的解释。我们最终应该克服一种令人崇敬的偏见,这种偏见是:我们与古典世界在精神上有着密切的关系,因为我们错误地认为我们是古典世界的学生和后代,因为我们事实上是古典世界的崇拜者。十九世纪的全部宗教哲学的、艺术史的和社会批评的著作之所以必要,并不在于它们能使我们最终学会理解埃斯库罗斯的戏剧、柏拉图的学说、阿波罗和狄奥尼索斯、雅典的国家和恺撒主义——我们离理解它们很远——而在于最终让我们感觉到,

---

① Polyklet,公元前五世纪的希腊著名雕刻家。

所有这一切对于我们的内心来说是多么地陌生和遥远,也许比墨西哥的诸神和印度的建筑还要陌生。

我们对希腊罗马文化的看法总是在两个极端之间摇摆,但是,古代—中世纪—近代这个模式无例外地从一开始就决定了所有"立场"的角度。一部分人——主要是公众生活的人物——诸如国民经济学家、政治家和法学家,认为"今天的人类"进步很快,所以他们不仅很高地评价它,而且用它衡量较早时期的一切。按照现代的政党原则,克里昂①、马略②、忒密斯多克利③、喀提林④和革拉古兄弟⑤早就"受人尊重了"。另一部分人,即艺术家、诗人、语文学家和哲学家,感到对所说的"现在"不在行,所以他们从过去的某一时代中选择了一种同样绝对的立场,并从这一立场出发,同样教条地严厉谴责今天。前者在希腊文化中看到"尚未过时",后者在现代性中看到"不再需要";不论是前者还是后者都受到那种历史图像的影响,这种历史图像以线性的方式把这两个时代相互紧密地连接在一起。

在这种对立中,浮士德的两个心灵得以实现了。一部分人的危险在于其智力的浅薄。在他们手里,古典文化所剩下的一切,古典的心灵所剩下的余晖,最后都不过是一捆社会的、经济的、政治的和生理的事实,余下的则具有"次要的结果"、"反射"和"伴随现象"的性质。在他们的著作里,我们丝毫感觉不到埃斯库罗斯笔下的合唱曲的神秘力量、最古老的雕塑以及多立克式圆柱的巨大的大地之力、阿波罗崇拜的激情,甚至罗马人的帝王崇拜的深度。另一部分人(主要

---

① Kleon(？—约公元前 422),雅典政治家。

② Marius(约公元前 158—86),罗马将军。

③ Themistokles(约公元前 525—459),雅典政治家。

④ Catilina(约公元前 108—62),罗马贵族。

⑤ Die Gracchen, 即提比乌·革拉古(公元前 163—133)和盖约·革拉古(约公元前 153—121),罗马贵族。

是迟到的浪漫主义者），例如巴塞尔大学的那三位教授，即巴霍夫[①]、布克哈特[②]和尼采，则陷入一切意识形态惯有的危险。他们沉醉于某一种古代的云雾，而这种古代不过是他们受语文学调节的一种感伤性的镜像。他们信赖古代文献的残篇断简，认为古代文献是唯一值得他们珍视的证明书，可是，从未有一种文化是由它的那些伟大的作家如此不完整地呈现给我们的。[③]另一部分人主要依据法律证件、碑文和钱币等枯燥无味的原始资料——布克哈特和尼采鄙视这些原始资料，因而使自己蒙受了很大的损失——并因其往往是最低程度的实情感和事实感而将保存下来的文学归属于这些资料。所以，早在批评的基础方面，人们相互间就不能认真地对待对方。我从未听说过尼采和蒙森彼此有过哪怕一丝丝的尊重。

但是，这两类人都未达到观察的高度，如果观察达到这种高度，这种对立就会烟消云散，尽管他们是有可能达到这种高度的。造成这种恶果的原因，在于他们把自然科学里的因果原则运用到历史研究里。他们无意中采用了实用主义，这种实用主义只是泛泛地复制物理学所描画的世界图景，并没有揭示，而是掩盖和混淆了历史的性质截然不同的形式语言。他们并没有对大量的史料进行深入细致的处理，而是把史料看作一堆原发性的，即作为原因的现象，或看作一堆继发性的，即作为结果或效果的现象。实干家和浪漫主义者都是

---

① Bachofen（1815—1887），瑞士人类学家，其所著《母权论》被视为现代人类学的奠基之作。

② Burckhardt（1818—1897），瑞士文化史家，其所著《意大利文艺复兴时期的文化》被视为现代文艺复兴研究的代表作。

③ 对残篇断简的选择具有决定性的意义，因为它不单单由偶然事件所决定，而且本质上由一种倾向所决定。奥古斯都时期的雅典派是厌倦的、无成效的、迂腐的和怀旧的，它设计出**古典的东西**这一概念，只承认到柏拉图为止的少数希腊的佳作是古典的。其余的著作——其中包括全部丰富多彩的希腊化文学——遭到了摒弃，且几乎全都遗失了。那些按照好为人师者的口味选出来的作品——它们绝大部分被保存下来——决定了"古典的古代"的想象中的图像，这一图像不仅被文艺复兴时期的佛罗伦萨，而且被温克尔曼、荷尔德林、歌德，甚至尼采所采用。——原注

这么做的,因为他们心不在焉,不知道历史有其**独特的**逻辑,可是他们**感觉到**历史中有一种内在的必然性,并且非常强烈地要求确定它,他们没有像叔本华那样,一旦对历史感到闷闷不乐,就背过身去。

十一

现在,我们可以不假思索地谈论两种对待古希腊罗马文化的方法,即唯物论的方法和意识论的方法。前一种方法认为,天平秤盘一端的下沉是因为另一端的上升,并认为这种现象是无例外的,因而是一个令人信服的证据。因此,我们在这里看到的是因果关系,并理所当然地把社会的和性方面的以及充其量是纯粹的政治上的事实看作是因,而把宗教的、智力的以及艺术的事实(只要唯物主义者承认它们是事实)看作是果。与此相反,意识论者则认为,天平的一端的上升是由于另一端的下沉,并且以同样的精确性证明这一说法。他们埋头于祭礼、秘密仪式和习俗,沉湎于诗句和血统的秘密,而对平凡的日常生活几乎不屑一顾,对他们来说,日常生活不过是尘世的不完美的一种令人羞愧的结果。两者都清楚地看到因果关系,而且试图证明,对方显然没有看到事物的真正联系,或者不想看到这种内在的联系,结果是他们相互骂对方是盲目、肤浅、愚蠢、荒谬或轻浮、奇特的怪人或平庸浅薄的市侩。如果有人认真地对待希腊人的财政问题,不告诉我们德尔斐神谕的那些具有深刻含义的格言,却向我们描述神谕祭司用存放在神庙里的财宝进行广泛的金钱交易,那么意识论者一定会大吃一惊。反之,如果有人热衷于神圣的套话和阿提卡青年男子的服饰,不谈古希腊罗马的阶级斗争,而去写一本充斥着许多现代的陈词滥调的书,那么政治家亦会对之发出智慧的微笑。

前一类人早就以彼特拉克为榜样。这类人创造了佛罗伦萨、魏玛、文艺复兴的概念以及西方的古典主义。后一类人从十八世纪中叶开始,随着一种文明化的、大城市的经济政策的发轫,首先出现在英国历史学家格罗特的著作里。其实,在这个问题上,文化人的观点同文明人的观点是相互对立的,这种对立太深刻且太有人情味,以至于我们感觉不到**这两种**观点的弱点,更不用说去克服它了。

在这点上,唯物主义的办事方法也是唯心主义的。也就是说,唯物主义同样不知不觉地把它的观点依赖于它的愿望。事实上,我们最优秀的思想家统统怀着敬畏之情拜倒在古典世界的图像之前,在这种独一无二的情况下,他们放弃了不加限制的批评。对古代的研究,其自由和力量总是由于某种几乎是宗教的胆怯而受到妨害,正是这种胆怯使它的研究结果变得模糊不清。在整个的历史中,一种文化对另一种文化的记忆如此热情的崇拜尚无先例。这种崇拜的另一种表现是,自从文艺复兴以来,我们不顾上千年受到低估和几乎受到蔑视的历史,唯心地用一种"中世纪"把古代和近代连接起来。我们西欧人为了"那些古人"而牺牲了我们的艺术的纯洁性和独立性,因为只有向那"崇高的典范"投去暗示的目光,我们才敢于进行创作;我们总是把我们在自己的心灵深处缺少或希望得到的东西置入我们关于希腊人和罗马人的想象中,也就是说,我们要把自己的感情置入我们关于希腊人和罗马人的想象中。总有一天,会有一位精神饱满的心理学家向我们讲述这一灾难性的错觉的故事,向我们讲述我们自哥特式以来一直尊崇为古典的东西的故事。对于从内心上理解从鄂图三世皇帝——他是南方的第一个牺牲者——到尼采——他是南方的最后一个牺牲者——的西方的心灵来说,有几个任务也许更加富有教育意义。

在意大利旅行期间,歌德热情地谈到意大利建筑师帕拉第奥的那些建筑物,对于后者的冰冷冷的学院派风格,我们今天持非常怀疑的态度。后来,当歌德走进庞贝城时,他毫不掩饰自己的不快,说庞贝城给他"一种奇怪的、半不愉快的印象"。至于他对帕埃斯图姆^①和塞杰斯塔^②的庙宇——希腊艺术的杰作——所说的话,则是尴尬的和不重要的。显然,当古代文物亲自以其饱满的力量和歌德面对面相遇时,他并没有重新认出它们。但是,其他所有的人也都是如此。他们避免观看某些古典的东西,这样他们就能拯救他们内心里的图像了。他们的"古代文物"任何时候都是他们自己创造并用自己的心血培育起来的生活理想的背景,是一种用以贮存他们自己的世界感的容器,是一种幻象和偶像。他们在思想家的房间和诗人的圈子里热烈地讨论阿里斯托芬、尤维纳^③和佩特洛尼乌斯^④的那些对古典城市生活的大胆的描写;他们对南方的肮脏与群氓、喧闹声与暴行、好色的年轻人与妓女们、男性生殖器崇拜与恺撒的纵酒行乐等等,感到极大兴趣;但是,在今天的世界城市里,人们避开这种现实,对之悲叹和嗤之以鼻。尼采在《查拉图斯特拉如是说》里这样写道:"在这些城市里,人们过着糟糕的生活:这里有太多的好色之徒。"他们颂扬罗马人的国家信念,但是鄙视今天和公共事务有任何接触的人。对某一类专家来说,罗马长袍和晚礼服之间、拜占廷的马戏团和英国的运动场之间、古希腊罗马的阿尔卑斯山古道和横贯大陆的铁路之间、古希腊三层桨战船和快速鱼雷艇之间、罗马人的长矛和普鲁士人的刺刀之间,最后甚至是法老开凿的苏伊士运河和现代工程师开凿的苏伊士运河之间的差别,都具有一种神奇的力量,这力量肯定麻痹着他们的自由的目光。他们会把蒸汽机看作是人类热情的象征和精神能量的表现,如果蒸汽机是亚历山大里亚的希罗^⑤所发明的话。对于这类专家来说,大谈罗马人的中央取暖设备和簿记,却避而不谈佩希

① Pästum,意大利南部古城。
② Segesta,西西里北部古城。
③ Juvenal(约60—140),罗马帝国时代著名的讽刺诗人。
④ Petronius(约公元一世纪),古罗马讽刺作家。
⑤ Heron,希腊几何学家和发明家。

奴斯山上对大母神的崇拜，这无异于亵渎神明。

但是，另一些人只看到这些东西。他们以为，只要把希腊人当作和他们一样的人，就能彻底理解这种对我们来说如此陌生的文化的本质；他们在进行推论的时候，活动在一种压根儿不接触古典的**心灵**的相提并论的体系里。他们压根儿没有预感到，诸如共和国、自由和财产这样的字眼，由于时间和地点不同，可以表示精神上毫无相似之处的东西。他们取笑歌德时代的历史学家，因为后者通过撰写古代的历史，真心实意地表达了自己的政治理想，因为后者用来喀古、布鲁图斯、加图、西塞罗和奥古斯都等人的名字——通过他们的拯救或判决——揭示一种个人的崇拜，但是他们自己为了不泄露他们的晨报的党性，就连一章也写不出来。但是，不论是用堂吉诃德的眼睛看待过去，还是用桑丘·潘萨的眼睛看待过去，都是无关紧要的。两种方法都不能达到目的。总之，这两种人都把古典的作品置于显著地位，因为古典的作品碰巧与他们自己的观点完全符合，例如，尼采突出了前苏格拉底时期的雅典，国民经济学家突出了希腊化的时期，政治家强调了共和国时期的罗马，而诗人则强调了帝国时期的罗马。

并不是宗教的或艺术的现象比社会的和经济的现象更原始，也不是后者比前者更原始。对于在这个问题上超越**所有的**、不管是哪一类的个人兴趣，因而获得了洞察力的绝对自由的人来说，根本不存在依赖性、优先权、因果关系、价值和重要性的区别。只有事实的形式语言的较大的或较小的纯洁性和力量，只有形式语言的象征意义的力量，能够赋予个别的事实以自己的等级，至于善与恶、高与低、实用与理想，在这个问题上是不起作用的。

十二

由此可知，西方的没落不外乎是**文明的问题**。文明是所有高级历史的基本问题之一。那么,文明是什么?是把它理解为一种文化的有机的、合乎逻辑的结果,还是把它理解为一种文化的完成和终点?

因为每一种文化都有自己**独特的**文明。迄今为止,文化和文明这两个词一直用来表示一种不确定的、多少带有伦理色彩的区别,而在本书中,它们用来表示周期意义上的区别,即用来表示一种严格而必然的和**有机的先后**。文明是文化的不可避免的**命运**。在这里,文化达到了自己的顶峰,从这个顶峰出发,我们可以解决历史的形态学的那些最后的和最艰巨的问题。文明是高级的人类所能达到的最外在的和最人为的状态。文明是一种终结,是继生成之后的已成之物,是继生命之后的死亡,是发展之后的僵化,是继乡村和多立克式和哥特式所展示的精神童年之后的精神的老年和石制的、石化的世界城市。文明是一种**终结**,不可挽回,但是由于最内在的必然性一再地被达成。

只有这样,我们才能理解罗马人为何是希腊人的**后继者**。只有这样,我们才能理解晚期的古希腊罗马文化及其最深处的秘密。但这样的话,罗马人便曾经是野蛮人,他们并没有走在一种伟大的繁荣的前面,而是结束了这一伟大的繁荣,这一事实有什么意义呢?人们只能用空话反驳这一事实。罗马人是缺少心灵的、非哲学的、缺乏艺术的、有种族成见的,甚至是残暴的;他们重视并肆无忌惮地追求实际的成果,站在希腊文化和虚无之间。他们的想象力全部集中在实际的目标上;他们有用以调整神和人之间以及人与人之间的关系的宗教法,但是却没有任何地道的关于神的传奇,这在雅典是不可想象的。一言以蔽之,希腊的心灵和罗马的才智。这也就是文化和文明之间的区别。这不仅适用于古希腊罗马文化。历史上一再地出现这类铁石心肠的、完全非形而上学的人,在每一种文化的晚期,精神的和物质的命运皆操控在这类人的手中。他们实施了巴比伦的、埃及的、印度的、中国的以及罗马的帝国主义。在这样一些时代里，佛教、斯多葛主义、社会主义日趋成熟，并发展成为最终的世界信念，有了这些世界信念，才能再次从本质上触动和改造濒于灭亡的人类。作为一种历史的发展过程，**纯粹的**文明意味着变成为无机的和僵死的形式的阶段性的**衰老**。

从文化到文明的过渡，在古典世界是在公元前四世纪完成的，在西方世界是在十九世纪完成的。从那时起，那些伟大的思想上的决定不再像俄耳甫斯运动和宗教改革时代那样是在"全世界"发生的——在那里，没有一个村庄会因为小而显得很不重要——而是发生在三个或四个世界城市里，这些世界城市已经吸纳了历史的全部内容，而文化的整个地区则沦为闭塞落后的地区，它只消养活具有高级人类的残余的世界城市。**世界城市和外省**——这是每一文明的两个基本概念——带来了历史的一个全新的形式问题，我们今天的人正在经历这个问题，可是很少意识到这一问题的重要性。取代一个世界的是一个**城市**，一个**点**，在这个点里，聚集着广大的国土的整个生活，而其余的地方则走向枯萎。取代一个形式完整且土生土长的民族的，是一种新的游牧民族，一种寄生虫，即大城市的居民，他们没有传统，纯粹是以无形地流动的群众身份出现的务实的人，无宗教信仰，精明，无成效，他们看不起农民及其最高的形式即乡绅。这是走向无机的东西，走向终点的巨大的一步——可这意味着什么呢？法国和美国已经跨出了这一步，德国正在跨出这一步。在叙拉古、雅典、亚历山大里亚之后是罗马，继马德里、巴黎、伦敦之后是柏林和纽约。位于这些都市的辐射圈以外的整个地区——当时的克里特岛和马其顿与今天的斯堪的纳维亚北部——的命运就是变成外省。①

---

① 我们可以在斯特林堡的发展，尤其是在易卜生的发展中发现这种情形，尽管易卜生对他的问题的那种文明化的气氛始终都不熟悉。《布兰特》（*Brand*，1866）和《罗斯默庄》（*Rosmersholm*，1886）的主题是一种先天的乡土观念和一种理论上获得

从前，为了理解某个时代的观念而进行的战斗，发生在形而上学的、打上祭礼或教条印记的世界问题的基础之上，发生在农民（包括贵族和僧侣）的乡土观念和多立克式早期或哥特式早期的那些古老的、小的、著名的城市的"世俗的"和族长制的精神之间。为了狄奥尼索斯宗教而进行的战斗——例如在希巨昂的克里斯提尼[①]暴君统治时期所发生的——以及在德国的帝国城市和胡格诺派战争[②]中为了宗教改革而进行的战斗，都属于这种性质的战斗。但是，就像这些城市最后战胜了乡村一样——在巴门尼德和笛卡儿的著作中就已经出现了一种纯粹是城市的世界意识——如今是世界城市战胜了这些城市。这是所有的晚期，例如爱奥尼亚晚期和巴罗克晚期的精神过程。而今天，就像希腊化时期一样（在其初期，建立了一座人工的、远离乡村的大城市亚历山大里亚），这些文化城市，诸如佛罗伦萨、纽伦堡、萨拉曼卡、布鲁日、布拉格，都已变成外省城市，它们正在对世界城市进行绝望的内心的抵抗。世界城市取代了"故乡"[③]，意味着世界主义，意味着冷静的务实思想取代了对传统和生长的东西的尊敬，科学的非宗教变成了先前的内心宗教的化石，"社会"取代了国家，自然的权利取代了力争得来的权利。罗马人胜过希腊人的地方，就在于把金钱视为无机的和抽象的量，它和肥沃的土壤的意义以及原始的生活方式的价值毫无关系。从此之后，一种高贵的世界观**也都变成**

的大都市视野的奇异混合。娜拉也是一个由于读了书而离开了轨道的外省女人的原型。——原注

    ① Der Tyrann Kleisthenes von Sikyon，约公元前六世纪初希腊希巨昂城邦的僭主。

    ② Hugenottenkriege，指十六至十八世纪法国天主教徒对胡格诺派（即加尔文派）进行的战争。

    ③ 这是一个含义深刻的字眼，它在野蛮人变成文化人时就获得了它的意义，而在文明人把"哪里好哪里就是故乡"（ubi bene, ibi patria）升格为座右铭的时候，它又失去了自己的意义。——原注

了金钱问题。不是克律希波①的斯多葛主义,而是加图和塞涅卡的罗马晚期的斯多葛主义,把财产设想为生活的基础。②同样,不是十八世纪的社会伦理观点,而是二十世纪的社会伦理观点,把财产视为生活的基础,它要的是行动,而不是职业性的——有利可图的——宣传鼓动,而行动是百万富翁们的事情。隶属于世界城市的不是民族,而是群众。世界城市不了解一切传统的东西,它反对**文化**(包括贵族、教会、特权、王朝),在艺术中反对习俗,在科学中反对认识可能性的极限;它的敏锐而冷静的才智胜过农民的聪明;它的自然主义具有一种全新的意义,这种自然主义,在所有涉及性和社会的问题上,经由苏格拉底和卢梭,远溯至原始人的本能与状态;这种自然主义又叫作"面包与马戏"(panem et circenses),今天,面包与马戏以工资纠纷和运动场的伪装的形式再次出现。所有这一切意味着文化的最后的终结。跟外省相比,世界城市意味着人类生存的一种全新的、晚期的和没有未来的,然而是不可避免的形式。

如果我们真的想去理解当代的重大危机,那么就得**看到**以上这些事实,但是,不是用党员、意识论者和合乎时代的道德家的眼光去观察,不是从某种"立场"的角度出发去观察,而是从超时间的高度出发去观察,即把目光集中在上千年的历史的形式世界上。

我看到以下这些一流的象征:在罗马——在那里,古罗马三执政之一克拉苏是全能的施工现场投机者 (Bauplatzspekulant)——在所有的碑文上赫然在目的罗马民族——在它面前,高卢人、希腊人、安息人、叙利亚人全都吓得发抖——过着极端贫困的生活,居住在没有光的郊区多层兵营般的出租房里(而当时街道的宽度至多不过三米!)。③罗马民族以冷漠的态度或一种体育运动的兴趣接受了军事

---

① Cnrysipp(约公元前 280—206),希腊哲学家。
② 因此,最早迷恋于基督教的,是那些**不配**成为斯多葛派的罗马人。——原注
③ 在罗马和拜占廷,人们建造了六层至九层的供出租的公寓房,由于缺少

扩张带来的结果。许多原始贵族的大家族,他们的祖先曾击败过凯尔特人、闪米特人和汉尼拔,可现在,由于他们没有参加混乱的投机生意,不得不放弃他们常住的房子,沦落为蹩脚的出租公寓的房客。在阿庇亚路的两侧,至今还耸立着罗马的财政巨头们的令人赞叹的坟墓,而老百姓的尸首却随同动物的死尸和大城市的垃圾一起被抛入一个令人毛骨悚然的公墓之中——直到奥古斯都时代,为了防止瘟疫才把那公墓填了起来,使其变成以梅塞纳斯①的名字命名的著名的公园。在人口稀少的雅典,人们是靠游客和有钱的外国人(例如犹太国王希律)的捐赠过活的,一夜之间变得富有的罗马观光者张着嘴呆呆地观看伯里克利时期的作品,但他们很少理解它们,就像美国的游客观看米开朗基罗的西斯廷教堂一样,因为在此之前人们把所有可移动的艺术品都拖走了,或以难以置信的时尚价格买进,取而代之的只有那些庞大的和骄横自负的罗马人的建筑物,它们和那些旧时代的低矮而简陋的房屋并列在一起。对于这些东西,历史学家用不着加以称赞或指责,而是要从形态学的角度加以思考,对于学会看问题的人来说,这里显然存在着一种**观念**,他可以直接地看出来。

由此可以看出,从此以后,世界观、政治、艺术、知识、情感等方面的一切重大冲突都将以这种对立为标志。跟昨天的文化中的政治相反,明天的文明中的政治是什么呢?在古希腊罗马是修辞学,在西方是新闻业,两者都为代表着文明的力量的那种抽象即**金钱**服务。金钱的精神已经悄然地渗透到各民族的生存的历史形式里,而且往往丝毫没有改变或破坏它们。罗马的国家按其形式从大西庇阿至奥古

任何警方对施工的规定,这些公寓房常常和其居民一起倒塌下来。而大部分的罗马市民(cives Romani)——面包与马戏构成他们的整个生活内容——只在被叫作"因苏拉"(insulae)的蚁穴般拥挤的公寓里占有一个价格昂贵的床位[参见波尔曼(Pöhlmann),《古代与现代》(*Aus Altertum und Gegenwart*),1911,第199页以下]。——原注

① Mäcenas(约公元前70—8),罗马贵族,著名的文学赞助人。

斯都时期的变动并不像通常所想象的那么大。但那些大的政党只不过是表面上的决策中心。只有一小撮沉着镇定的人物——他们的名字此刻也许并不十分出名——决定着一切,而在他们下面,是一大群二流的政客、演说家、护民官、议员和新闻记者,这些人是按照外省的眼界选出来的,为的是朝下保持一种人民自决的幻象。艺术方面呢?哲学方面呢?柏拉图时代和康德时代的那些理想只适用于一种高级人类;希腊化时代和当代的那些理想,尤其是社会主义和与之在精神上非常相似的达尔文主义(它的那些关于生存竞争和自然选择的套话完全是非歌德式的),以及又与之相似的易卜生、斯特林堡和萧伯纳的妇女与婚姻问题,波德莱尔的诗歌和瓦格纳的音乐中所表现出的具有印象主义倾向的混乱感觉和一大堆现代的渴望、诱惑和痛苦,并不适合于乡下人或一般的自然人的世界感,而只适合于世界城市的动脑子的人。城镇越小,从事这种绘画和音乐的意义就越小。属于文化的是体操、大型体育比赛和竞技,属于文明的是体育运动。这也就是希腊的角力场和罗马的竞技场之间的区别。[①]艺术本身正变成一种运动——这意味着为艺术而艺术(L'art pour l'art)——是表演给由行家和购票人组成的才智卓越的观众看的,不管表演涉及的是克服荒唐的乐器声音或和声上的障碍,还是涉及"选取"一种色彩问题。一种新的事实哲学应运而生,它对形而上学的思辨只感到好笑;还出现了一种新的文学,对大城市居民的理智、审美能力乃至神经来说,它是一种需要,但是对于乡下人来说,它却是令人费解的和令人厌恶的东西。不管是亚历山大里亚体的诗歌,还是外光画法,都与"老百姓"毫无关系。此外,那时候和今天一样,过渡是以只有在这个时期遇到的丑闻为标志的。例如雅典人对欧里庇得斯的戏剧

---

① 德国的体操自 1813 年起,由雅恩(Jahn)所采取的那些非常土气的、原始的形式迅速发展成为一种体育运动。早在 1914 年,柏林的运动场和节日期间罗马的马戏团之间的区别就已经很少了。——原注

和阿波罗多鲁斯①的绘画作品的愤怒,在反对瓦格纳、马奈、易卜生和尼采的运动中又重复发生了。

我们可以理解希腊人,而毋需谈论他们的经济关系。而要理解罗马人,则**只有**谈及他们的经济关系。喀罗尼亚战役②和莱比锡战役③皆是为了一种观念而进行的最后决战。不论是第一次布匿战争,还是1870年在色当附近进行的普法战争,都和经济因素有关。只是具有实际能力的罗马人赋予了奴隶制以那种巨人般的风格,在许多人的眼里,这种风格支配着古典类型的经济、立法和生活方式,而且的确大大地降低了与奴隶制并存的自由的雇佣劳动的价值和内在的尊严。是西欧和美洲的日耳曼民族,而不是西欧和美洲的罗曼语民族,利用蒸汽机来发展大工业,从而改变了大陆的面貌。显然,蒸汽机和大工业这两种现象和斯多葛主义以及社会主义之间是有内在联系的。只是由弗拉米尼乌斯④所预告的、头一次由马略体现的罗马的恺撒主义,在古典世界的内部懂得了**金钱的崇高意义**——金钱掌握在一些意志坚强、天资聪颖的实干家的手里。不懂得**这一点**,就无法理解恺撒和一般的罗马风格。每个希腊人都具有堂吉诃德的性格特征,而每个罗马人都具有桑丘·潘萨的性格特征——这是他们主要的性格特征,其他的性格特征则是次要的。

十三

至于罗马的世界统治,这是一种**负面的现象**,它不是一方精力过

---

① Apollodor(约公元前五世纪),雅典画家。

② Chäronea,发生在公元前338年,为马其顿建立希腊霸权之战。

③ 发生在1813年10月,是拿破仑与英、普、奥、俄联军之间的一次会战,此战中,拿破仑被击败。

④ G. Flaminius(?—约公元前217),罗马执政官。

剩的结果——自扎马战役①之后，罗马人就不再有精力过剩了——而是另一方缺乏抵抗力的结果。罗马人压根儿没有征服世界，他们只是占有了任何人都可以占有的战利品。罗马统治权的出现，不是像从前的迦太基那样，是竭尽全力动用一切军事和财政的辅助手段的结果，而是古老的东方放弃了对外自决权的结果。我们千万不要对表面上的军事上的成功产生错觉。卢古鲁斯和庞培率领几个训练不佳、指挥不善、情绪恶劣的军团征服了大片的疆域，这在伊普苏斯战役②之时是根本不可想象的。密特拉达狄危机③对于这种从未受过真正考验的物质力量的体系来说是一种真正的危险，可对于汉尼拔的征服者来说根本算不了什么。罗马人在扎马战役之后就不再对某个军事强国进行战争，他们实际上也没有能力进行这样的战争。④罗马人的**经典的**战争是对闪米特人、皮洛士⑤和迦太基进行的战争。他们的辉煌时刻是坎尼战役⑥。没有一个民族能像罗马民族那样，数百年来立于不败之地。普鲁士—德意志民族有过三次伟大的时刻（1813年、1870年和1914年），比其他的民族拥有的伟大时刻还要多。

　　我在这里想要说明的是，**帝国主义**（它的化石，诸如埃及帝国、罗马帝国、中华帝国、印度世界、伊斯兰世界，是可以千百年地继续存在

---

①　扎马战役即第二次布匿战争，此战中大西庇阿打败汉尼拔，取得了战争的胜利。

②　公元前301年，马其顿安提柯王朝同由巴比伦的塞琉王朝、埃及的托勒密王朝以及马其顿其他王朝组成的联军在弗里吉亚的伊普苏斯进行的战争，结果是安提柯王朝大败。

③　Die mithridatische Gefahr，指安纳托利亚北部的本都国王密特拉达狄六世（约公元前63年）对罗马人的战争，结果是前者大败。

④　恺撒对高卢的征服是一种明显的殖民战争，也就是说是单方面发动的战争。尽管这次对高卢的战争构成了罗马后期军事史的顶峰，但这只能说明它的实际的内容正迅速地减少。——原注

⑤　Pyrrhus（公元前319—272），古希腊的伊庇鲁斯国王，曾与罗马人作战，损失惨重。

⑥　Cannä，公元前216年罗马人与汉尼拔之间的战争，罗马虽败，但战士们表现得极为勇敢，绝大部分阵亡。

下去的,而且可以从一种征服者的拳头变为另一种征服者的拳头)是一些死的物体,一些无定形的和缺乏心灵的人群,一种伟大的历史的消耗殆尽的材料,换句话说,我们可以把帝国主义理解为终点的典型的象征。帝国主义是纯粹的文明。西方的命运不可挽回地处于这种现象的形式之中。文化人的精力是向内的,文明人的精力则是向外的。所以,我把塞西尔·罗兹看作是新时代的第一人。他代表着一种更加遥远的、西方的、日耳曼的,尤其是德意志的未来的政治风格。他的名言"扩张即是一切"乃是**每一**完全成熟的文明的最根本的倾向,完全是拿破仑的版本。这一点也适用于罗马人、阿拉伯人和中国人。这里不存在选择的问题。这里,起决定性作用的甚至不是个别人的或整个阶级和民族的自觉的意志。这种扩张的倾向是一种厄运,是某种恶魔般的和童话中的妖怪般的东西,它抓住世界阶段的晚期人类,强迫他为其服务并消耗他,不管他愿意还是不愿意,不管他知道还是不知道这一点。① 生命就是可能性的实现,对于有头脑的人来说,**只有对外扩张的可能性**。② 尽管今天的、尚处在发展中的社会主义大力反对扩张,但总有一天,它也会以一种命运的热情变成扩张的最有气派的代表者。在这里,作为某种人类智力的直接表现的政治的形式语言,已触及到一个深奥的形而上学的问题,那就是由因果原则的绝对有效性证实的事实:**精神是扩张的补充**。

在公元前 480 年至 230 年间(相当于古典世界的公元前 300—50 年这个时期),中国的各诸侯国正在走向帝国主义,在这个时候,要

---

① 现代的德国人是一种在不知和不愿意的情况下变得扩张的民族的出色例子。当他们还自以为是歌德的民族的时候,就已经是变得扩张的民族了。俾斯麦甚至没有预感到由他开创的这个时代的这种更深刻的意义,他还以为自己已经达到了一种政治发展的**终结**。——原注

② 这也许就是拿破仑对歌德说的那句重要的话的意思,他说:"我们今天想拿命运干什么? 政治就是命运。"——原注

反对"罗马式国家"秦①所践行的帝国主义原则连横（其理论上的代表是哲学家张仪）是完全没有希望的，而反对连横的是主张多国联盟的合纵观念的王诩，他是一位强烈的怀疑论者，对这种晚期的人和政治可能性不存在任何幻想。张仪和王诩都反对老子的取消政治的思想，但是张仪提出的连横的思想顺应了扩张性的文明的自然趋势。

罗兹可以说是西方的恺撒式人物的第一个先驱者，他的时代虽说尚未到来，但它定会到来。他正处在拿破仑与下几个世纪的强人之间，就像那个弗拉米尼乌斯一样，自公元前232年起，弗拉米尼乌斯就逼迫罗马人去征服阿尔卑斯山脉南侧的高卢人，从而开拓了罗马人的殖民扩张政策，和罗兹不同的是，弗拉米尼乌斯处在亚历山大和恺撒之间。严格地说，弗拉米尼乌斯是以私人身份对国家产生支配性的影响的，因为当时国家的权力观念正屈服于经济的因素，所以，在罗马他肯定是头一个站在反对派一边反对恺撒的人。随着他的出现，**国家公仆的观念**结束了，代之而起的是只考虑到力量而不考虑到传统的权力意志。亚历山大和拿破仑是浪漫主义者，他们虽然处在文明的前夜，但已经呼吸着文明的凛冽而清新的空气；可是前者喜欢扮演阿喀琉斯的角色，而后者则喜欢扮演维特的角色。实际上恺撒是一个讲求实际的人，天生具有极强的判断力。

但是，罗兹所理解的成功的政治只不过是领土和财政上的成功。他清楚地意识到，这是他身上的罗马式的东西。但是，西欧的文明还不具有这种能力和纯洁性。因此，他只有面对他的那些地图时，才会陷入这种富有诗意的极度的兴奋状态。作为一位清教牧师的儿子，他穷困潦倒地来到了南非，如今已发大财，并把他所获得的巨大财富作为权力手段用于他的政治目的。他所构想的从好望角到开罗的横贯非洲的铁路，他所设计的南非帝国；他从精神上控制着那些矿业巨头——铁面无私的金融家，并迫使他们把自己的财富用来为他的观

---

① 它最后成为了这个帝国的名字：秦＝中国。——原注

念服务;作为大权在握但与国家没有任何明确关系的政治家,他把首都布拉瓦约建造成具有王宫规模的未来府邸;他的战争,他的外交活动,他的道路系统,他的辛迪加,他的军队,他的关于"有头脑的人对文明的巨大责任"的概念——所有这一切伟大而崇高,是一种尚对我们保留的未来的序幕,随着这种未来的到来,西欧人的历史将彻底地**结束**。

谁要是不了解,这种结局是不可更改的,不管我们不得不愿意还是根本不愿意**这种结局**,不管我们不得不喜欢这命运,还是不得不对未来和生活丧失信心;谁要是没有感觉到,在强有力的才智的这种有效性中,在铁石心肠者的这种毅力和纪律中,在以最冷酷最抽象的手段进行的战斗中,都蕴藏着极大的热情;谁要是沉迷于外省人的唯心主义,并且寻求从前时代的生活方式,他就必须放弃一切理解、经历和创造历史的愿望。

由此可见,罗马统治权已不再是一种一次性的现象,而是一种严格的、富有活力的、世界城市的、一味讲求实际的精神的正常产物,一种典型的最终状态,这种最终状态历史上已经出现过好多次,但至今尚未得到证实。因此,我们总算认识到,历史的形式的秘密并不浮在表面上,它不能借助服装或场景的相似性来把握;在人类的历史以及在动植物的历史中,有一些貌似想象的现象,但是这些现象实际上毫无相似之处,例如查理大帝和哈伦·拉希德、亚历山大和恺撒、日耳曼人对罗马的战争和蒙古人对西欧的进攻;而另外一些现象,尽管在外表上非常不同,但却表现了相同的东西,例如图拉真①和拉美西斯二世②、波旁家族和阿提卡平民、穆罕默德和毕达哥拉斯。我们认识到,十九世纪和二十世纪——它们被误认为是一种直线式上升的世界历史的顶峰——其实是每一种成熟到极致的文化的一个年龄阶

---

① Trajan,公元一世纪的罗马皇帝。
② Ramses II (公元前 1279—1213),埃及国王。

段,这个年龄阶段的特征不是社会主义者、印象主义者、电器铁路、鱼雷和微分方程,因为他们(它们)只属于时代的身体,而是十九世纪和二十世纪的文明化的精神,这种精神也具有完全不同的塑造外界的能力,所以当代只是一种过渡阶段,在某些条件下,它肯定会出现。因此,**继今天的西欧的状态之后,还会出现一些完全确定的状态**(这在过去的历史中不止一次地出现过)。因此,我们可以得出这样的结论:西方的未来不是朝着我们眼下的理想方向和随着美好时期的一种不着边际的向上和向前,**而是在数百年范围内历史在形式和持续时间上受到严格限制的和不容回避地确定的单个事件,它从上述的例子中可以看出来,而且它的本质的特征可以被推算出来。**

十四

谁要是达到了观察的这一高度,一切的成果就会自动落在他的头上。有了**这种观念**,所有的个别问题,诸如现代的思想家几十年以来热情但却徒劳地探讨的宗教研究问题、艺术史问题、认识批评问题、伦理问题以及国民经济问题,便可迎刃而解了。

这个观念属于那些真理,这些真理一旦充分明确地表达出来,就不再会遭到反驳。它是西欧的文化及其世界感的内在的必然性之一。它适合于从根本上改变那些充分理解了它并从内心上掌握了它的人的人生观。它大大地加深了对我们来说是自然的和必要的世界图景,因为我们已经学会把我们正在经历的和至今一直往后看的世界历史的发展看作为一个有机的整体,而且我们也学会了往前看,能够粗略地追寻世界历史的发展。迄今为止,只有物理学家在作计算的时候才能梦见类似的事。我再重复一遍,这意味着在历史问题上哥白尼式的观点取代了托勒密式的观点,也就是说,生命的视野极大地扩大了。

直到目前为止,对未来的希望完全由人们自己决定。哪里没有事实,哪里就由感情支配。但是,将来每个人都有义务获悉,什么东西**能够**发生,也就是说什么东西**会**发生。什么东西能够或会发生,这是由命运的不可改变的必然性决定的,是完全不以个人的理想、希望和愿望为转移的。当我们使用自由这个可疑的字眼时,我们指的不再是实现这个或那个的自由,而是指**做必要的事**或**什么事也不做**的自由。实干家的特点在于感觉到这点是"好"的。但是,对它表示同情或对它进行指责,并不意味着能改变它。有生就有死,有青春就有老年,有一般的生命也就有生命的形态和生命的期限的预先确定的极限。当代是一个文明的时代,而不是一个文化的时代。因此,大量的生命内容不像话地被淘汰了。我们可以为之感到惋惜,并把这种惋惜用悲观主义的哲学和抒情诗表达出来,我相信将来人们会这样做,但是,人们不可能改变这种情况。今天和明天,我们不再有可能充满自信地设想我们恰恰希望的东西会诞生或繁荣昌盛,尽管历史的经验大声地反对这一点。

我估计到人们会提出这样的异议:这样一种世界观肯定知道未来的轮廓和方向,因而切断了有广泛影响的希望,一旦它不再只是一种理论,一旦它变成为那些的确考虑塑造未来的名人的实际的世界观,它就会仇视生命,对许多人来说将会是一种厄运。

我不同意这种看法。我们是文明化的人,而不是哥特式的和罗可可式的人;我们不得不考虑一种**晚期的**生命的严厉而冷酷的事实,它的类似之物不是伯里克利时代的雅典,而是恺撒时代的罗马。对于西欧的人来说,再也谈不上伟大的绘画和音乐。几百年以来,西欧人的建筑能力就已经发挥殆尽。他只剩下向外扩张的能力。但是,如果干练的和充满无限希望的一代人及时地得知,这些希望的一部分必然会导致失败,那么我认为这不会带来害处。但愿这是一些最珍贵的希望;谁要是有一点儿价值,就会克服这一点。的确,对于某些人来说，要让他们**确信**他们在那些决定性的年代里在建筑、戏剧、绘画等领域已经没有什么可征服的，这很可能是一种悲剧性的结局。迄今为止，人们一致认为，在这些事情上是没有任何限制的；人们相信每个时代在每个领域里都有自己的任务；必要的时候，人们会借助暴力，问心有愧地找到任务，但是，至少是在死后人们才会明白，他的信念是否有道理，他的毕生之作是**必要的**还是**多余的**。除了纯粹的浪漫主义者之外，所有人都会拒绝这种托词。这种自豪不是罗马人特有的自豪。如果一个人站在储存已经耗尽的矿井前，宁可听人告诉他明天在这里就会遇到一条新的矿脉——就像眼下的艺术以它的那些完全不真实的风格形式所做那样——而不愿有人提示他附近有一个丰富的和未开采过的黏土层，对于这样的人，我们该作何感想？我认为，告诉后代人什么是可能的，因此什么是必要的，什么是时代的内在的可能性中所没有的，这一教训对于他们当然是一种善举。迄今为止，大量的才智和力量由于使用不当而白白地浪费了。西欧人——不论他怎样历史地思考和感觉——正处在某种从来没有意识到自己本来的方向的生命阶段。西欧人摸索着、寻找着，但是，只要外在的机遇对他不利，他就会迷失方向。在这个问题上，若干世纪的工作终于使他能够和应该结合整个文化去通观和检查自己的生命的状态。我对新的一代人的唯一希望是，希望他们在此书的影响下投身于技术而不是抒情诗，投身于海军而不是绘画，投身于政治而不是认识批评。

十五

我还要明确指出世界历史的形态学与哲学的关系。任何真正的历史观察要么是真正的哲学，要么是纯粹的蚂蚁般的忙碌工作。但是，热衷于体系的哲学家，就其结论的持续时间而言，常常会犯下严重的错误。他忽视了这样一个事实，即每一种思想都生存于一个历史的世界中，因而逃脱不了易逝性的普遍的命运。他以为高级的思维具有一种永恒的和不可改变的对象，以为所有时代的重大问题都是相同的，因此它们最终可以得到一次性的回答。

但是，在这里问题和回答是同一回事；每个重大的问题早就是以热情地要求某种完全确定的回答为基础的，所以它只具有生命的象征的意义。没有永恒的真理。每一种哲学都是且**只是**它的时代的一种表现，而且——如果我们所说的是真正的哲学，而不是有关判断形式或感觉范畴的某些经院式的繁琐事理——没有两个不同时代会有相同的哲学旨趣。区别并不存在于不朽的学说和易逝的学说之间，而存在于在一段时间里生气勃勃的学说和从来也没有生气勃勃过的学说之间。已成的思想的不朽，其实是一种幻想。重要的是，要看什么样的人在已成的思想里获得了形式。人越伟大，哲学也就越真实，这里所说的哲学是指一件伟大的艺术作品的内在的实情，它不依赖于可证明性，甚至不依赖于单个句子的无异议性。在最好的情况下，哲学可以穷尽一个时代的全部内容，在自身之内实现它，然后以某种伟大的形式或个性体现它，并使之进一步得到发展。在这里，哲学所披的科学外衣和所戴的博学面具是无关紧要的。最简单的做法莫过于建立一个体系来取代思想的贫乏。但是，如果一个好的思想由一个思想平庸的人说出来，那么它只有很少的价值。唯独对生命的必要性决定着一种学说的等级。

因此，我认为思想家对他的时代的那些伟大事实的洞察力是识别他的价值的试金石。只有这种洞察力能够决定：某人是否仅仅是体系或原理的灵巧的铁匠，某人是否仅仅以熟练和博学活动在定义和分析之中，抑或某人的著作和直觉所表达的是否是他的时代的心灵。一个不能抓住和掌握现实的哲学家永远不会是一流的哲学家。前苏格拉底的哲学家是风度翩翩的商人和政治家。为了在叙拉古实现他的那些政治思想,柏拉图几乎付出了他一生的心力。同一个柏拉图发现了那些几何学定理,使欧几里得能够建立起古典的数学体系。帕斯卡尔——尼采只知道他是一个"垂头丧气的基督徒"——笛卡儿、莱布尼茨都是他们那个时代的一流的数学家和技术家。

中国从管子到孔子的这些伟大的"前苏格拉底式的哲学家",都是像毕达哥拉斯和巴门尼德、霍布斯和莱布尼茨一样的政治家、统治者和立法者。只是随着老子的出现——他是所有国家权力和强权政治的反对者,是小国寡民的和平团体的痴迷者——才开始出现一种讲台和角落哲学,这种哲学不通世故和害怕行动。但是,老子在他的时代,在中国的**旧制度时期**,跟那些认为认识论是有关现实生活的重要关系的知识的坚定的哲学家相比,乃是一个例外。

在这里,我认为有必要对不久前的所有哲学家提出强烈的批评意见。他们所缺少的正是现实生活中的这种决定性的秩序。他们当中没有一个人采取过**一次**行动或提出过一个有影响力的思想,去决定性地干预崇高的政治、现代技术的发展、交通和国民经济的发展,或某种重大的现实问题。他们当中没有一个人能像康德那样重视数学、物理学和政治科学。只要看一看其他的时代,我们便可知道这意味着什么。孔子曾多次出任官职。毕达哥拉斯曾组织了一次重要的政治运动,它使我们想起了克伦威尔的国家,但是这次重要的政治运动至今仍被研究古代的学者们低估。歌德不仅是一位模范的部长级行政官吏——遗憾的是,他没有得到一个大国作为他的活动范围——而且关心苏伊士运河和巴拿马运河的建设,他还预料到这两条运河的准确完工日期以及它们对世界经济造成的后果;除此之外,他还一再地研究过美洲的经济生活及其对古老的欧洲的反作用,研究过正在兴起的机器工业。霍布斯是为英国赢得南美洲的伟大计划的倡议者之一,虽然当时英国只占领了牙买加,但他毕竟博得了荣誉,成为英国殖民帝国的奠基者之一。莱布尼茨肯定是西欧哲学中最有影响力的英才，他不仅是微积分学和解析学的创始人，而且制定和参与了一系列有重大政治意义的计划，其中之一便是草拟了致路易十四的备忘录，陈述了埃及对法国的世界政治的重要性，目的是为了减轻法国对德国的政治压力。他在 1672 年致路易十四的备忘录中所阐述的那些思想远远走在时代的前面，以至于后来人们坚信，拿破仑在其东征的时候就利用了这些思想。早在那个时候，莱布尼茨就明确指出，拿破仑自从瓦格拉姆战役[①] 以后日益清晰地认识到，在莱茵河流域和比利时取得的胜利不可能持久地改善法国的地位，而苏伊士地峡总有一天会成为世界争霸的关键。毫无疑问，国王敌不过这位哲学家的那些深刻的政治和战略论述。

看过这样一些有影响的人物之后，再去看看当今的哲学家，会使人感到羞愧。他们的人格是多么低下！他们的政治与实践的眼界是多么平庸！每当我们想到要他们当中的某一个人证明他的智力的等级足以使他成为国务活动家、外交家、风度翩翩的组织者、某个强大的殖民地的商业和运输企业的领导的时候，却偏偏引起我们的同情，这是什么原因导致的？但是，这并不是他们具有内在的灵性的标志，而是他们缺乏影响的标志。环顾周围，我实在找不出有哪位当今的哲学家是因为对时代的某个决定性的问题作出**深刻的**和先行的判断而享有盛名的。我所发现的不过是千篇一律的地方性意见。每逢我拿起一部现代思想家的著作时，我总要自问：他对世界政治的事实，对世界城市、资本主义、国家的未来、技术与文明的结局的关系、俄罗斯主义以及科学等等的重大问题预感到什么。歌德要是活着，肯定会理解并喜欢这一切；而在当今活着的哲学家当中没有一个认识到这些问题。我再重复一遍，这不是哲学的内容，而是一种没有疑问的征兆，可以表现出哲学的内在需要、哲学的丰饶性以及哲学的象征的地位。

---

① Wagram，指 1809 年 7 月法军在拿破仑领导下战胜奥地利的战役。

我们对于这种负面结果的影响程度不应产生错觉。显然,我们已经看不到哲学的有效性的终极**意义**。我们把哲学和说教、宣传鼓动、专栏文章或专业知识混为一谈。我们已经从鸟瞰式的视角下降到井蛙之见。现在的问题是,今天或明天是否**可能**出现一种真正的哲学。如果不可能,那么宁愿去做一个农场主人或做一个工程师,去干点真实的和实际的事情,而不要在"哲学思维的再次繁荣"的借口下重新咀嚼那些不中用的题目。如果不可能,那么宁愿去设计飞机的发动机,而不愿去创造一种新的,但是同样多余的有关统觉的理论。再次和稍许改头换面表述许多前人有关意志的概念和精神物理学的平行论的观点,那真是一种穷极无聊的生活内容。这可以是一种"职业",但绝不是一种哲学。凡是不能从极深处抓住和改变一个时代的整个生活的学说,压根儿不能算是学说,应该避而不谈。在昨天还是可能的东西,在今天至少不再是必不可少的了。

我喜欢数学和物理学理论的深度和精巧;相形之下,美学家和生理学家不过是技术差劲的人。我喜欢一艘快艇、一座炼钢厂和一台精密机床的富丽堂皇和高度智能化的形式,我喜欢某些化学和光学的操作方法的巧妙和雅致,而不喜欢今天的工艺美术行业(包括绘画和建筑在内)的整个收破烂一样的风格。我更喜欢罗马的引水渠,而不大喜欢罗马所有的庙宇和雕塑。我热爱罗马的大圆形斗兽场和巴拉丁的巨大的拱顶建筑物[①],因为它们以其大量褐色的砖瓦结构向今天的观众展现了**真正的**罗马人的精神,即罗马人的工程师们了不起的务实精神。要是恺撒们的空虚和狂妄的大理石豪华装饰,诸如排列成行的大理石雕像、大理石的柱顶腰线和过分修饰的大理石额枋等等还被保留下来的话,这于我是无所谓的事。看一看那些重建的帝国广场吧——它们就像是现代国际展览会的侧翼建筑物的忠实写

----

① Die Riesengewölbe des Palatin,查理曼在亚琛的皇家礼拜堂和陵寝,始建于790年,教堂的巨大拱顶是日耳曼式的。

照:缠磨人的、大批的、空虚的;它们所炫耀的是材料和体积,这对伯里克利时代的希腊人和罗可可时代的人来说是完全陌生的,但它们却完全类似于公元前1300年拉美西斯二世时期,即埃及的现代性时期在卢克索和凯尔纳克发现的那些废墟。怪不得真正的罗马人鄙视希腊演员,鄙视在罗马文明的基础上产生的"艺术家"和"哲学家"。艺术和哲学的时代已经过去;它们已经筋疲力尽、变得多余了。罗马人对生命的现实的直觉告诉了他这一切。罗马的一条法律就胜过当时所有的抒情诗和各种学派的形而上学。我断言,在今天,在某些发明家、外交家和金融家身上——而不是在所有从事枯燥乏味的实验心理学手艺的人身上——蕴蓄着一位更好的哲学家。这种情况在某个历史阶段一再地出现。一个才智出众的罗马人,不去做执政官或大法官,而去统率全军、组织外省、修建城市和道路,或者在罗马"做第一个"在雅典或罗得岛炮制出后柏拉图学派的讲台哲学的某种新的变种的人,这是很荒谬的。当然,谁也不会这样去做。这不符合时代的倾向,所以只有三流的人才会对此产生兴趣,因为他们总是向前天的时代精神挺进。对于我们来说,这一阶段是否已经到来,这的确是一个非常严重的问题。简要地说,一个只注重广延的效果而排除崇高的艺术和形而上学的生产的世纪,是一个非宗教的时代,一个没落的时代,这与世界城市的概念是完全一致的。这是毫无疑问的。但是,我们并没有**选择了**这一时代。我们不可能改变这样的事实,即我们生在鼎盛期的文明的初冬,而不是生在菲狄亚斯或莫扎特时代的成熟文化的黄金巅峰。一切都有赖于我们要弄明白和理解这种处境和这种**命运**;有赖于我们认识到,我们可以对此自我欺骗,但却不能对此置之不顾。谁要是不承认这一点,就不能算是他那一代的人。他仍然是傻瓜、江湖骗子或书呆子。

今天,在我们着手研究一个问题之前,我们应当问一问自己,这个问题是否被真正的内行人本能地回答了,当今的人会不会去研究它,会不会禁止自己去研究它。总之,只有为数不多的形而上学的任务是留待思想的一个时代去解决的。即便如此,尼采的时代和当代之间毕竟存在着很大的区别,在尼采的时代,浪漫主义的流风余韵仍起作用,而在当代,所有的浪漫主义全都像过眼烟云很快就消失殆尽了。

　　系统化的哲学完成于十八世纪末。康德通过一种扼要的和对于西欧的才智来说多次已成定局的形式表达了它的那些最外在的可能性。如同在柏拉图和亚里士多德之后一样,在系统化的哲学之后出现了一种特殊的大城市的哲学,它不是思辨的哲学,而是实践的、非宗教的、社会—伦理的哲学。这种哲学相当于中国文明中的各种哲学流派,诸如杨朱的"伊壁鸠鲁主义"、墨翟的"社会主义"、庄周的"悲观主义"、孟子的"实证主义",以及古典时期的犬儒学派、昔勒尼学派、斯多葛学派和伊壁鸠鲁学派。这种哲学在西方始于叔本华,他是第一个把**求生的意志**("创造性的生命力")当作他的思想的中心的哲学家;但是,由于他在一种伟大的传统的影响下坚持区分现象与物自体、直观的形式与直观的内容、理智与理性,所以这些过时的区分掩盖了他的学说的更深刻的倾向。瓦格纳在其歌剧《特里斯坦》中按照叔本华的"死为生之解脱"的观念否定了叔本华提出的这种创造性的生命意志,而在歌剧《西格弗里德》中瓦格纳肯定了达尔文主义。尼采在《查拉图斯特拉如是说》中出色地和戏剧性地表述了这种创造性的生命意志。黑格尔派哲学家马克思把创造性的生命意志看作是一种国民经济的假设的动因。马尔萨斯派的达尔文把创造性的生命意志看作是一种生物学的假设的动因。马克思和达尔文共同地、不引人注意地改变了西欧大城市居民的世界感。在德国剧作家黑贝尔的悲剧《朱迪斯》和易卜生剧本的收场白里,创造性的生命意志引起了一系列同类型的悲剧概念,但是,与此同时,它也耗尽了真正的哲学的可能性的范围。

今天，系统化的哲学远非我们的本意，伦理的哲学也已经行将就木。**在西方的思想界内部还剩下相当于古典的怀疑主义的第三种可能性**，这种可能性意味着迄今为止还不为人所知的一种比较的、历史的形态学的方法。一种可能性同时意味着一种必然性。古典的怀疑主义是非历史的，它通过直截了当地说"不"来怀疑。而西方的怀疑主义，假如它应该具有一种内在的必然性，假如它应该是我们的正在接近终点的心灵的象征，那么它势必是完完全全历史的。它的特点是把一切事物看作是相对的，看作是一种历史现象。它的方法是观相学的。在希腊化时期，怀疑论的哲学是作为对哲学的否定而出现的——人们宣布哲学是没有目的的。与此相反，我们认为**哲学的历史**是哲学的最后的和严肃的题目。这就是怀疑。希腊人通过嘲笑自己的思想的过去而放弃绝对的立场，而我们是通过把过去理解为一种有机体而走向这一步的。

在本书里，我试图草拟未来的这种"非哲学的哲学"，也许这将是西欧的最后的哲学。怀疑主义是一种纯粹的文明的表现，它瓦解了此前的文化的世界图像。在这种非哲学的哲学里，所有在此之前的问题复原为遗传学的问题。人们确信：一切**现存**的东西也是**已成的东西**；一切自然的和可认知的东西都是以历史的东西为基础的；作为现实的世界是作为可能的东西的自我在世界中的自我实现。人们还认识到，不仅在什么中，而且在何时与多久中蕴藏着一个深奥的秘密。这种确信与认识将导致这样一个事实，即一切事物，不论它还会是什么样子，也必然是某种活生生的东西的表现。认识和评价也是活生生的人的活动。过去的思想家把外部现实看作认识的产物和伦理评价的理由，而未来的思想家则主要把外部现实看作**表现和象征**。**世界历史的形态学必然会成为一种包罗万象的象征意义**。

因此，高级的思维无权要求拥有普遍的和永恒的真理。真理只涉及某一特定的人类。因此，我自己的哲学**只是西方的心灵的表现**

和反映——西方的心灵不同于古典的和印度的心灵——而且只是处在今天的文明化阶段的西方的心灵的表现和反映,这一点不仅决定着作为世界观的我的哲学的内涵,而且决定着它的实践的影响程度和它的有效范围。

十六

最后,我冒昧说明一下我的意见。1911 年,我曾打算对当代的某些政治现象以及从这些现象中可能对未来得出的结论,以一种补加的视野加以总结。那时候,世界大战——作为历史的危机的业已不可避免的外在形式——已迫在眉睫,因此我试图从先前的几个世纪——而不是数年——的精神出发去理解世界大战。在撰写原本意义不大的著作的过程中,我不禁产生这样的信念,即要想真正地理解这个时代,就必须大大地扩大该政论著作所选择的那些基础的范围。而我目前从事的这种研究是完全不可能真正地理解这个时代的,因为它只局限于某一个时代及其政治的事实范围,或把这个时代保持在实用主义的考虑的框架中,甚至放弃纯粹形而上学的和非常先验的观察,即放弃那些结果的更为深刻的必然性。显然,一个政治问题是不能从政治本身出发去理解的,许多在深处起着配合作用的重要特征常常只是在艺术领域里,常常甚至只是以非常偏僻的科学和纯粹哲学的思想形式清晰地表现出来。十九世纪的最后几十年是介于两个有强大影响力的和在很大程度上可看得见的事件之间的一段紧张而平静的时期,一个事件是法国大革命,它决定了几百年的西欧现实的图像,另一个事件是拿破仑,它至少具有同等重要的意义,而且以增长的速度来临;甚至对这样一个时期的政治的—社会的分析,如果最后不去全面地考虑存在的**所有**重大的问题,那么事实证明这样的分析是不可取的。因为在历史的和自然的世界图像中,没有一件东西,不论其多么细小,不是在一切极其深刻的倾向的全部总和中来体现自身的。因此,我原先的题目就大大地扩充了。有大量意想不到的、大部分是全新的问题和关系浮现在我眼前。最后,我清楚地意识到,只有搞清楚世界历史的秘密,更确切地说,只有把作为一种具有正规结构的有机单位的高级人类的历史的秘密解释清楚,才能真正地查明历史的片断。而迄今为止,人们对这个总题的认识是相当模糊的。

从此以后,那些以前常常被预感到的、有时接触到的、从未被理解的关系,越来越多地呈现出来;这些关系把造型艺术的形式跟战争和国家的行政部门的形式联系起来了。同一文化的政治的和数学的构成物之间,宗教的和技术的观点之间,数学、音乐和雕塑之间,经济的形式和认识的形式之间,都存在着深刻的相似之处。最现代的物理学理论和化学理论本质上取决于我们的日耳曼祖先的神话学概念。悲剧、动力技术以及今天的货币交往,在风格上完全一致。还有这样一个事实——它乍一看显得有点儿古怪,但随后就不言而喻了——即油画的透视法、印刷术、信用体系、远程武器、对位音乐,与另一方面的裸体雕塑、城邦、希腊人发明的硬币,都是同一心灵原则的相同的表现。除此之外,读者还会看到这样一个非常明显的事实,即这些有强大影响力的**形态学上同源的群体**——它们当中的每一个群体象征性地再现了世界历史的整个图像中的一种特殊的人类——在结构上是严格对称的。正是这种透视法揭露了历史的真正的风格。由于这种透视法本身又是一个时代的征兆和表现,所以它只对当今的西欧人来说是内在地可能的和必要的,它只能粗略地和群论领域中的最现代的数学的某些观点进行比较。这些就是我多年来一直思考的问题,但都模糊和不明确,直到有了这种方法,这些问题才以清晰可见的形式呈现出来。

我对当代——那即将来临的世界大战——抱有完全不同的看

法。它不再是那些偶然的，取决于民族情绪、个人影响和经济倾向的事实的一次性的格局，历史学家往往通过某种具有政治或社会性质的因果模式赋予这些事实以统一和客观的必然性的表象，而是**一种历史的时代转折的类型**，这种时代转折在一种范围可以准确划定的伟大历史的有机体内部具有一种传记性的**几百年以来预先确定的位置**。今天，在成千上万的书籍和意见中有大量感情极为强烈的问题和认识，但它们是分散的、零星的、受到某一种专业的眼界限制的，所以它们能够刺激、压抑和迷惑人，但却不能够解放人，这是一种巨大的危机的标志。人们知道这些问题和意见，但却忽视了它们的同一性。我所指的是那些作为有关形式和内容、线条或空间、绘图或绘画、风格的概念、印象主义和瓦格纳音乐的意义的争论之基础的艺术问题，它们最后的意义压根儿没有被人们理解。我所指的是艺术的衰落和对科学价值的日益增长的怀疑，还有那些由于世界城市战胜农民所产生的严重问题，诸如绝嗣和农村劳动力流向城市。我还要提一提动荡不安的第四等级的社会地位，唯物主义、社会主义、议会制中的危机，个人对国家采取的态度，财产问题以及附属的婚姻问题。与此同时，我还要指出从表面上看是从完全不同的领域出现的事实，即大量有关神话和祭礼、艺术、宗教、思维之起源的民族心理学的著作；突然之间，这些著作不再用意识形态的方法，而是用严格的形态学的方法加以处理。我深信，所有这些问题都把**那个**从来没有足够清晰地进入人们的意识的历史之谜当作自己的目的。在这里，我们面临的不是数不尽的任务，而是**一个且是同一个任务**。在这里，每一个人都预感到了这一点，但是没有一个人能从自己狭隘的立场出发找到那唯一的和全面的答案。不过，从尼采开始，人们即将找到这样的答案，尼采已经把所有决定性的问题掌握在自己手中，但由于他是一个浪漫主义者，所以他不敢面对严峻的现实。

但是，这里也是盘点学说的深刻的必然性的所在。这一学说必将出现,而且只能在这个时候出现。它不是对现有的观念和著作的攻击。更确切地说,它证实了几代人曾经寻求和努力完成的一切东西。这种怀疑主义集中再现了所有个别的领域(不论它的意图是什么)里的确具有活生生的倾向的东西。

但是,主要的问题在于要找到那种有助于我们理解历史的本质的对立:**历史和自然的对立**。我曾经说过,人是世界的一个因素和代表,不仅是自然的一员,而且也是历史的一员,而历史是具有另一种制度和另一种内涵的**第二宇宙**,整个的形而上学为了第一宇宙而忽视了第二宇宙。我之所以首先思考我们的世界意识的这个**基本**问题,是由于我发现这样一个事实,即今天的历史学家在围绕感官上伸手可及的事件即已成的事物胡乱地摸索的时候,却自以为已经把握了历史,把握了事件,把握了**生成**。这是所有只凭理智认识和观察世界的人的一种偏见。[①]这种偏见也曾使那些伟大的爱利亚学派哲学家[②]疑惑不解,因为他们断言,对于认识者来说,并没有生成,而只有存在(或已成)。换句话说,他们把历史看作是自然(物理学家的客观意

①　我把此书的哲学归功于至今尚不为人知的歌德的哲学,其次在很小的程度上归功于尼采的哲学。歌德在西欧的形而上学中的地位还压根儿未被理解。人们在谈论哲学的时候,甚至没有提到他的名字。不幸的是,他没有把他的学说放到一个死板的体系里,因此体系化的哲学家就忽视了他。但他是一个哲学家。他的哲学不同于康德的哲学,就像柏拉图的哲学不同于亚里士多德的哲学一样;把柏拉图的哲学纳入一种体系,同样是一件不愉快的事情。柏拉图和歌德代表着**生成**的哲学,而亚里士多德和康德代表着**已成的事物**的哲学。在这里,我们看到了直觉和分析的对立。在歌德的个别批语和诗句中,可以看到一些无法用理智表达的东西,例如在《俄尔甫斯的原始名言》中,在"当你在无限中的时候"和"无人诉说"这样的诗节中,它们都应看作是一种**完全明确的**形而上学的表达。下面这句格言我只字未改:"神灵只对生者有效,而不对死者有效;只对生成的和变化的东西有效,而不对已成的和僵化的东西有效。"因此,理性之所以倾向于神圣的东西,在于它只同生成的东西和活生生的东西打交道,而理智只同已成的东西和僵化的东西打交道,换言之,理智只想利用已成的和僵化的东西(《致爱克曼》)。这个句子包含了我的全部哲学。——原注

②　Die Eleaten,公元前六世纪古希腊的一个哲学流派,其代表人物是巴门尼德和芝诺等,其核心的观点是:只有存在,而没有非存在。

义上的自然),并按照自然的规律处理历史。这必然导致后果严重的错误决定,即把因果原则、定律原则和体系原则——亦即僵化的存在的结构——放到事件的视角之中。人们采取这样的态度,仿佛人类文化的存在就像电或重力的存在一样,本质上可以用相同的方法加以分析。人们有志模仿自然科学家的习惯,所以他们偶尔会问,什么是哥特式、伊斯兰或古希腊的城邦,但从来也不问,为什么一种活生生的事物的这些象征恰恰会**在那个时候、那个地方、以这种形式和以这种期限**必然出现。历史学家一旦发现在空间和时间上远远地分隔开来的历史现象的无数相似性中的一种,就满足于索性把它记录下来,然后对这种神奇的巧合发表一些俏皮的意见,例如把罗德岛叫作"古代的威尼斯",把拿破仑叫作"近代的亚历山大"。他们并不知道,恰恰在这里,作为历史的根本问题(亦即时间的问题)的**命运问题**显现出来,为此,我们必须非常严肃地对待受科学调控的观相学,以便找到以下这个问题的答案:哪一种具有完全不同性质的必然性——它完全不同于因果的必然性——在这里发挥作用。每一种现象事实上隐含着一个形而上之谜,每一种现象从来不会在**一种无所谓的时间里出现。我们还得问自己,除了世界图像中无机的和自然规律的关系之外,还存在着什么样的一种**活生生的关系。是的,这是**整个人类的魅力,而不是康德所说的,只是认识者的魅力。须知,一种现象不仅对理智来说是一种事实,而且是心灵的一种表现;不仅是一个对象,而且也是一个象征。每一种现象,上至最高的宗教和艺术的创作,下至日常生活的平凡琐事,都是这样。这在哲学上是某种新的东西。

终于,一种解决办法清楚地浮现在我的眼前,它是非常粗略的,但是具有丰盈的内在必然性,它追溯到一个独一无二的原则,这原则有待我们去发现。迄今为止,我们还没有发现它,它从我的青年时代起就纠缠着我、吸引着我、折磨着我,因为我感觉到它的存在,感觉到它是一种任务,但是我无法把握它。就这样,由于某种偶然的诱因,我写出了现在的这本书，作为对一种新的世界图像的临时表达。我清楚地知道，一种初次尝试会有各种各样的错误，它不完整，而且肯定有不少自相矛盾的地方。但是，我确信，此书对一个观念作了不可辩驳的表述，这个观念一旦被说出来，我再重复一次，就会不容争辩地被接受。

因此，本书的较为狭义的题目是要分析目前正在全球传播的西欧的文化的没落。但是，本书的目的是要发展一种哲学，以及这一哲学所特有的、目前有待考验的世界历史的比较形态学的方法。本书很自然地分成两部分。第一部分，即"形式与现实"，从那些伟大的文化的形式语言入手，试图深入到它们的源头的最后的根源，因此，这一部分获得了一种象征意义的基础。第二部分，即"世界历史的前景"，从现实生活的事实入手，试图从高级人类的历史实践中获得历史经验的精髓，基于这一点，我们就能够着手塑造我们的未来。

译者导读
货币的本质与机器的奴隶

《经济生活的形式世界》是《西方的没落》的最后一章。斯氏通过经济生活的这两种表现形式揭示了现代资本主义社会中货币的本质以及机器工业的经济如何使企业主和工人同样变成为它的奴隶。

斯氏开宗明义,要理解各伟大文化的经济史,不应到经济领域去寻找,而应到生命和文化领域去寻找。

斯氏认为,以往的国民经济,是建立在一个显然为英国所特有的前提即机器工业之上的,其他所有文化都对它一无所知。大卫·休谟、亚当·斯密、凯里、李斯特、傅立叶、拉萨尔,都是以英国所特有的机器工业为前提构建他们的经济理论的。马克思也不例外,他完全浸淫于英国资本主义的意象中。无论是亚当·斯密还是马克思,他们对经济问题的思考和分析纯粹是理性主义的,他们的出发点是物质及其条件、需要和动机,而不是各代的、等级的和民族的心灵及其创造力。

在这个问题上,斯氏的观点和齐美尔的观点如出一辙。马克思所关心的是作为商品的货币,而齐美尔所感兴趣的是作为文化现象的货币。西美尔指出,所谓的历史唯物主义的货币政治经济学并没有触及货币"对内在世界,包括个人的生命力、个体命运与整个文化的关联的影响"。对现代货币经纪与真正人的历史现象的关联"只能用哲学方式来处理",意味着要"从生命的一般条件和关系来考察货币的本质"。①

斯氏认为,任何经济生活都是一种心灵生活的表现。所以,必须从生命哲学的角度考察经济生活。而经济并不具有体系,只是一种观相。为了探索经济的内在形式即经济的心灵的秘密,需要有一种观相的节拍。而要想在观相方面获得成功,就必须使自己成为行家、善于识人者和伯乐那样的善于相马者。而这种行家的本领是可以学来的,即通过对历史进行一种富有同情心的眺望,这种眺望使人们预感到那些神秘的种族欲望,而这些种族欲望也在从事经济活动的人的身上发挥着作用,它们以象征的方式塑造着外部的环境即经济的"材料"和内在的急需。

斯氏认为,在文化产生之前,主体(人)和客体(自然)是个密不可分的统一体。换言之,在前文化阶段,人类尚未从混沌的自然状态完全分离出来,前文化的人亦即原始人还是一种植物性的存在,深深地扎根于土地,大自然也因此而成为哺育人类的母亲。正如斯氏所说,在史前时期,人类过着一种植物的经济生活,即依靠植物和用植物进行的经济生活。随着觉醒的存在即意识的产生,人类"突然地"跨入了历史,跨入了"文化"或"高级文化"的阶段。随着原始人走向文化的存在,在人的意识中出现了作为"精神"与"世界"的两极。所谓的"精神",是指"人的理解力在某种程度上摆脱了感觉,作为理解力的思维创造性地介入了小宇宙与大宇宙之间的关系"。正是人的"精神"导致了经济思维的产生。凭借经济思维,人们开始培植葡萄、水果或花草的良种,培育良种马匹。顺便一提,英、德、法语的"文化"(culture, Kultur, culture)一词源于拉丁语 colere,含有耕耘、培植的意思。"祭祀"(cultus)一词也来自拉丁语 colere,意指对诸神的

① 参见《金钱、性别、现代生活风格》,刘小枫编,学林出版社,2000,第4页。

景仰与膜拜。可见在那时土地耕耘与文化、宗教的密切关系。凭借经济思想，人们不仅种地，驯养家畜，改变、精制以及交换物品，还想出数以千计的方法和手段，为的是提高种族的生活水平，把对环境的依赖转变为对环境的控制。

斯氏认为，所有高级的经济生活都是凭借农民并超越于农民发展起来的。可以说，农民就是种族本身，是植物性的和没有历史的，他所从事的经济是一种自给自足的生产性的经济，即只是为了满足生产者本身或经济单位（如氏族、庄园）的需要而进行生产的经济。在这种自然经济的时期，尚未产生城市；乡村、城堡、宫内侯领地、修道院、寺院区的标志并不是一座城市，而是一个市场，一个符合农民利益的单纯的见面地点。居民，不管他们是手工业者还是商人，都感到自己是农民，而且想方设法像农民一样工作。在这个时期，交换采取以物易物的形式。人们把物品——它们本质上与心灵和生命有着千丝万缕的联系，是生命把它们生产出来，是生命需要它们——通过交换这一过程从一种生活范围过渡到另一种生活范围。对物品的评价均以生活为参照，并按照当时的一种浮动的、被感觉到的标准。那时，既没有价值的概念，也没有作为一般的衡量标准的物品即货币，因为黄金和硬币也都是物品。

但是，一旦市场变成了城市，就不再有穿越纯粹的农村地区的物流的重点；在这种情况下，城墙里面出现了第二世界，它把"城外的"地地道道的生产性的生活只看作是手段和对象；在这个第二世界里，它的居民即真正的城里人脱离了土地，不再是最初的土地意义上的生产者，他与土地和经过他的手的物品没有内在联系。就这样，随着物品变成了商品，交换变成了销售，用钱思考取代了用物思考。随之，一种纯粹广延性的东西从可见的物品中被抽取出来，就像数学思想从被机械地理解的环境中抽取出来一样。抽象的货币正好相当于抽象的数学，两者完全是无机的。

用钱思考取代用物思考的结果是，跟生命和土地联系在一起的财产变成资产，而资产本质上是流动的，在数量上是不确定的，换言之，资产并不存在于物品之中，而只是存放在即投入在物品之中。

随着城市变成货币市场（货币场所）和价值的中心，货币价值的洪流开始渗入物品的洪流，使之理智化并控制它。随着用货币思维，商人就由经济生活的器官升格为经济生活的主人。而商人的"商务上的"思维从一开始就是掠夺性的。"收益"、"盈利"和"投机"之类的词，就是指从物品送往消费者的途中来赚取利润——这是一种才智的掠夺。

在高度发达的经济即世界城市经济里，金钱成了世界的主宰，金钱的统治取代了此前一切形式的统治，金钱的关系取代了此前一切形式的人际关系，金钱成为衡量一切的价值标准。用齐美尔的话说："金钱是我们时代的上帝，人们相信金钱万能，就如同信赖上帝全能。"齐美尔还指出，金钱"就像神话中有魔力的钥匙，一个人只要得到它，就能获得生活的所有快乐"。不仅如此，金钱还使所有高贵的东西向低俗因素看齐；金钱是所有事物"低俗"的等价物，它把个别的、高贵的东西（这恰恰是自由的个性要寻求的）拉到最低的平均水平："当千差万别的因素都一样能兑换成金钱，事物最特有的价值就受到了损害。"萧伯纳在《巴巴拉少校》的前言里一针见血地指出："对金钱的普遍重视是我们的文明中唯一充满希望的事实……金钱和生活是不可分割的……金钱就是生活。"斯氏也认为，在浮士德式的文明中，"每一种观念，要想得到实现，就必须首先转变为用货币思维。起初，一个人富有，是因为他有权，如今，一个人有权，是因为他有钱。只有金钱能把才智（Geist）捧上王位。民主政体就是金钱与政治力量的一种完美的结合"。

斯氏在"货币"这一节中，还提到历史上多次出现的血统反对金钱的斗争。此外，他还提到，每一种文化不仅具有自己独特的货币思维,而且具有自己独特的货币的象征。例如,公元前247—185年的汉尼拔时代,是金钱在罗马占绝对统治的时代,在金钱统治的势力范围内,自然界里有限的贵金属和材质上有价值的艺术品已远远不能满足人们对现金的需要了,人们对新的能够用作货币的实物的渴望越来越强烈。于是人们看中了奴隶,因为奴隶是另一种实物,他不是人,而是一件东西,所以可以把他想象为一种货币。所以,从那时起,古希腊罗马的奴隶才变成整个经济史中的一种独一无二的现象。斯氏指出,浮士德式的货币完全不同于把奴隶当作货币的古希腊罗马的货币,因为浮士德式的货币的象征是货币被视为一种功能、一种力量,它的价值在于它的效用,而不在于它的单纯的存在。浮士德式的货币不是铸造出来的,而是从一种生活中产生出来的,这种生活的内在等级把思想升格为一种事实的意义,所以应该把浮士德式的货币想象为一种效应中心。用钱思维就能产生出钱——这就是世界经济的秘密。当一个金融大亨将一百万写在纸上的时候,那一百万就存在了,因为他的作为经济中心的人格为他的领域的经济能量的相应提高作了担保。

斯氏关于用货币思维的论断至今仍具有巨大的现实意义。二十世纪二十年代末的世界经济危机,乃至不久前发生的美国次贷危机,都是不搞实物经济,而搞用钱赚钱引起的恶果。

在"机器"这一节里,斯氏简要地叙述了技术的发展过程:自从有动物以来,就有了技术,由于动物是活动的,因而也有运动的技术。觉醒的小宇宙(指人类)和它的大宇宙(即"自然")之间的关系在于用各种感官触摸事物,并由此使单纯的感官印象上升到感官判断,因而它能以因果分析的方式发挥作用。但是,最初的醒觉存在永远是一种工作着的醒觉存在,它与形形色色的纯粹理论全然无关,因此,最初的醒觉存在只是日常生活的微小技术,凭借它以及凭借那些死的东西,人们获得了这些经验。但是,随着对自然的确定——为了按自然行事——转化为一种固定,技术在某种程度上变成独立自主的东西。随着用词汇表示的语言的产生,交往语言所需的一系列符号,诸如与一种意义感觉联系在一起的名称,数(公式、最简单的定律)也应运而生了。现实的内在形式通过这些数得以从偶然的感觉中抽象出来。于是,识别符号的体系发展成为一种理论,即图像,这图像在文明化的技术的鼎盛时期,从日常的技术中摆脱出来,作为无所事事的醒觉存在的一部分。随着发明的日益增多,作为自然的对立概念的技能也随之产生了,人们凭借技能制造出许许多多人工制品,诸如工具、武器、犁、船等等。在此基础上,高级文化的技术应运而生。

斯氏特别指出浮士德式的技术的特点。它怀着对第三维空间的满腔热情,从哥特时代的最早时期就着手探索自然,其目的是为了主宰自然。发现那些人们没有看到的东西,把它带进内心视觉的光的世界中,从而夺取它,这就是浮士德式的发明者和发现者,诸如阿尔贝图斯·马格努斯①、培根、布鲁诺、哥伦布、哥白尼等等一开始就具有的执着的激情。

斯氏认为,作为浮士德式的文明之载体的技术,是西方社会一切灾祸的根源。人们感到机器就像是魔鬼;在信徒的眼中,机器意味着把上帝拉下马。机器让人听任因果关系的摆布,迫使企业家、工程师和工人成为它的奴隶。在浮士德式的文明中,金钱主宰一切;在文明的各大都市中,技术厌倦于作为生命的仆人,而开始使其本身成为暴君。但是,与此同时,金钱正走向它的成功的尽头,金钱与血统之间的最后的斗争正在开始;在这场斗争中,金钱的独裁权力以及在政治上的武器——议会民主政治,即将被恺撒主义所取代,于是,剑战胜了金钱,主人意志(Herrenwille)再次服从掠夺者的意志。恺撒和恺撒主义就是战争和专制独裁的代名词。希特勒和纳粹主义同样是战

---

① Albertus Magnus(1200—1280),科隆的经院哲学家。

争和专制独裁的代名词。斯宾格勒关于"血统战胜了金钱"、"剑战胜了金钱"的论断，已被二十世纪三十年代至四十年代德国在纳粹统治下的现实所证实。

经济生活的形式世界

一、货币

1

高级文化的经济史，其出发点不应到经济本身的基础上去寻找。经济思想和经济行为是生活的一个**方面**，一旦我们把这个方面看作是生活的一种独立自主的**方式**，它就被错误地说明了。我们尤其不能在今天的世界经济的基础上去寻找高级文化的经济史的出发点，因为当今的世界经济自一百五十年以来一直在异乎寻常地、危险地、最后几乎是绝望地发展着，而这种发展只是西方的和动态的，而绝非人类共同的。

我们今天称作国民经济的东西，是建立在纯粹是英国所特有的前提之上的。对所有其他的文化来说，机器工业是完全陌生的，而在英国的文化里，机器工业处于中心地位，仿佛这是理所当然的，并完全控制着概念的形成和所谓的规律的演绎，可没有人意识到这一点。以特殊的形式出现的信用货币——它产生于无农民的英国的世界贸易与出口工业的关系——成为界定诸如资本、价值、价格、资产之类的概念的基础，这些概念随后轻而易举地被应用到其他的文化阶段和生活范围上。英国的岛国地位决定了人们在所有的经济理论里对政治及其与经济的关系的看法。大卫·休谟[①]和亚当·斯密[②]就是这种经济**图像**的创造者。从那以后，有关他们的和反对他们的写作总是本能地以批判他们的体系的构思和方法为前提。凯里和李斯特是这样，傅立叶和拉萨尔也是这样。至于斯密最大的反对者马克思，不管他完全囿于英国资本主义的观念世界，还是大声对英国资本主义提出抗议，这都没有多大关系：反正马克思承认英国的资本主义，只不过想通过另一种结算赋予它的客体以主体的优越性。

从亚当·斯密到马克思，涉及的问题是对处于某一个阶段的某一种文化的经济思想进行自我分析。它完全是理性主义的，其出发点是**物质**及其条件、需要和刺激，而不是各代的、等级的和民族的**心灵**及其创造力。它把人看作是环境的配件，它对伟人、个人和成群的人造就历史的意志一无所知，这意志在经济的事实中只看到手段而看不到目的。它以为经济生活是某种可以通过可见的因果关系彻底加以解释的东西，一种完全具有机械性质且全然自成一体的东西，最后甚至是一种与政治和宗教——它们的范围同样是自成一体的——有着某种因果关系的东西。由于这种观察方式是体系性的而非历史的，所以它相信它的概念和规则适合于任何时候，它的雄心是想建立"这种"经营管理的唯一正确的方法。因此，每当它的真理与事实相遇的时候，它就会遭到彻底的失败，例如资产阶级理论家关于世界大战爆发的预言[③]和无产阶级理论家关于苏维埃经济建立的预言同样遭到了彻底的失败。

---

① 《政治演讲录》，1752。——原注
② 著名的《国富论》，1776。——原注
③ 他们普遍认为，动员的经济后果将迫使战争在数周之内爆发。——原注

因此，假如我们把国民经济理解为生活的经济方面的一种形态学，也就是说理解为高等文化的生活的经济方面的一种形态学，这些高等文化按照阶段、速度和持续时间形成一种类似的经济风格，那么，根本就不存在所谓的国民经济。因为经济并不具有体系，而只是一种观相。为了探索经济的内在形式即经济的**心灵**的秘密，需要有一种观相的节拍。要想在观相方面获得成功，就必须使自己成为**行家**，就像使自己成为善于鉴识人品者和马的鉴赏家一样。在这方面，人们不需要"知识"，就像骑手很少需要"知道"动物学的知识一样。但是，这种行家的才能是可以唤起的，即通过对历史进行一富有同情心的眺望，这种眺望使人们预感到那些神秘的种族欲望，而这些种族欲望也在从事经济活动的人身上发挥着作用，它们以象征的方式塑造着外部的环境，即经济的"材料"和内在的需要。**任何经济生活都是一种心灵生活的表现。**

　　这是一种新的、德国式的经济观，它超越资本主义与社会主义，这两者都是十八世纪的资产阶级朴实的理智的产物，其目的不过是为了对经济的外表进行一种材料上的分析，接着提出一种建设性的建议。迄今为止，我们所学到的东西只是一种准备措施。经济思想，和法律思想一样，面临着自己真正的发展阶段，这种发展阶段在今天以及在希腊化—罗马时代，只有在艺术和哲学不可挽回地成为过去的时候，才能开始。

　　下面，我只打算对这里现有的各种可能性作一粗略的观察。

　　经济和政治**是**一种活生生地奔流而去的此在的两个方面，而不是醒觉即精神的两个方面。在经济和政治里，都显示出宇宙的涌流的节拍，这涌流被描绘在个体的代代相继中。它们绝对不想**拥有**历史，而是要**成为**历史。支配它们的是一去不复返的时间，是**何时**。它们二者都属于种族，而不是像宗教和科学那样属于具有空间的、因果的张力的语言；它们二者把注意力集中在事实上，而不是把注意力集中在真理上。存在着政治的和经济的**命运**，就像在所有的宗教和经济的学说里一样，有一种适合于任何时候的**因果联系**。

因此，生命具有与历史"处于良好的竞技状态"的政治的和经济的方式。它们彼此重叠、相互支持、相互斗争，但政治的方式绝对是第一位的。生命要保存自己，排除阻力达到目的，或者更确切地说，就是要使自己变得更强，以便获得成功。但是，在经济的状态中，此在的潮流只为自己而存在，而在政治的状态中，此在的潮流为其同其他人的关系而存在。这一点适用于从最简单的单细胞植物到在空间中最自由地活动的人群和民族。获取营养与相互斗争：生命的这两个方面的等级差别，在它们与死亡的关系中可以识别出来。**饥饿而死**与**壮烈牺牲**之间的对比就是所有对比当中最深刻的。从经济的角度上看，生命从最广泛的意义上说总是因饥饿而受到威胁、侮辱和贬低；除饥饿之外，还有其他因素，诸如不可能充分地发挥自己的才能、狭小的生存空间、黑暗、压力，不仅是直接的危险。有许多民族由于生活的颠沛流离而丧失了种族的张力。这里，人们因某事而不是为某事而死。政治为了某种目的而让人们献出生命；人们为了某种观念而倒下；但是，经济只是让人们走向毁灭。**战争是一切伟大的事物的创造者，而饥饿则是一切伟大的事物的毁灭者**。在战争中，生命因死而得到提升，常常被提升到那种不可抗拒的力量的高度，仅仅是这种力量的存在就已经意味着胜利；但是，在经济生活中，饥饿唤起一种丑恶的、下贱的、完全是非形而上学式的生命恐惧，在这种恐惧之下，一种文化的高级的形式世界突然崩溃，人类这种猛兽为了生存而进行的赤裸裸的斗争就会开始。

这里已经谈到所有历史的双重意义，它体现在男人和女人的对比之中。有一种私人的历史，它把"空间里的生命"表现为一种世代相传的生殖系列；也有一种公共的历史，它把空间里的生命当作一种政治上处于良好状态的东西**加以捍卫和保护**：这就是此在的"纺锤的一半"和"剑的一面"。这两种历史表现在家族和国家的那些观念中，同时也表现在家庭的原始形式中，在这样的家庭里，保护婚床的那些善良的神灵，诸如古罗马每家每户的护身神革尼乌斯和天后朱诺，都受到双面门神雅努斯的保护。对于家族的这种**私人的**历史，经济会给予帮助。家族的力量不可能与一种繁荣的生活的持续时间分开，获取营养不可能与生殖和怀孕的秘密分开。这种关系以最纯粹的形式表现在健康地和卓有成效地扎根于泥土中的、种族上强壮的农民家族的生活之中。此外，如同在肉体的图像中性器官与循环器官联系在一起一样，家庭的中心从**另一种**意义上说是由神圣的灶神维斯塔形成的。

正是由于这个原因，经济史完全不同于政治史。在政治史里，那些伟大的不同凡响的命运处于中心地位，这些命运虽然是在时代的那些有约束力的形式中发生的，但它们各自从严格的意义上说是个人的。而经济史和家族史所涉及的是形式**语言**的发展过程，而所有一次性的和个人的东西都是不大重要的私人命运。只有成千上万的事情的基本形式才在考虑之列。但是，经济毕竟只是一切以某种方式表现出的有意义的生活的基础。其实，重要的并不是个人或民族"处于良好状态中"，营养充足和丰富，而是人们为什么目的而活着；人在历史中爬得越高，他的政治的和宗教的追求内在的象征意义和表现力的意志，就越是广泛地超过这样的经济生活在形式和深度上所具有的一切事物。只有随着文明的到来，当整个的形式世界开始退潮的时候，单纯的生活的那些轮廓才会赤裸裸地和强烈地表现出来：在这个时候，有关"饥饿与爱情"——它们被视为生命的驱动力——的那句平庸浅薄的格言不再是伤风败俗的；就是在这样的时候，生命的意义不再是使自己变强去完成某个任务，而是造福于大多数的人，是追求舒适和安逸，"面包和马戏"；也是在这个时候，人们才把经济政策当作目的本身去代替伟大的政治。

由于经济属于生命的种族方面，所以它跟政治一样具有一种习俗，而不是具有一种道德，这又是贵族与僧侣、事实与真理的区别。每一个职业阶级，和每一个社会阶层一样，对好与坏（而不是对善与恶）有着一种**理所当然的**情感；谁要是没有这种情感，他就是不正派的和下贱的。因为在这里荣誉也是人人注意的中心，它把对得体的事情具有敏锐的**感觉**以及从事经济活动的人们的分寸感与宗教的世界**观**及其罪恶的基本概念区分开来。在商人、手工业者和农民当中存在着一种非常明确的职业荣誉感；同样，在店主、出口商、银行家、企业家、矿工、水手、工程师，甚至在我们所知道的强盗和乞丐——当他们感到自己是职业同志的时候——当中，也存在细微的，然而是同样明确的等级差别。谁也没有规定或记下这些习俗，但它们确实存在；它们像各处和各个时候的等级习俗一样与众不同，总之，它们只在成员的圈子中才具有约束力。除了贵族阶层的美德，诸如忠诚、勇敢、骑士风度和友谊——这些美德在任何职业团体中都可以看到——之外，也出现了关于勤勉、成功和劳动的伦理价值的轮廓清晰的观点，以及一种惊人的距离感。这类东西也是人所**具有**的，所以用不着知道许多东西——只有当习俗遭到违反的时候，人们才会意识到它。与此相反，宗教的诫条是永恒的和放之四海而皆准的，但它们是永远不能实现的理想，人们必须首先学习它们，然后才能懂得和遵守它们。

　　宗教禁欲主义的基本概念，诸如"忘我"和"无罪"，在经济生活内部是没有意义的。对于真正的圣徒来说，经济压根儿就是一种罪恶。[①]经济不仅让富人收取利息和喜欢财富，而且让穷人对利息和

---

　　① 在格拉提安（译者按：Gratian，公元十二世纪教会法学创始人）的《教令辑要》里有这么一段话："Negotium（买卖，意指任何种类的职业活动）negat otium neque quaerit veram quietem, quae est deus（买卖即是商业，它意味着'放弃休息和神仙般的真正宁静'）。"——原注

财富产生忌妒。有关原野上的百合花的那句名言对于深深地陷入宗教（以及哲学）里的人来说，绝对是真实的。他们以其本质的全部的重量置身于经济、政治以及"这个世界"的其他所有事实之外。耶稣的时代、圣伯纳德的时代以及今天的俄罗斯人的基本感情都向我们证明了这一点；同样，第欧根尼或康德的生活方式也向我们证明了这一点。因此，人们自愿选择贫困和漫游，或者逃到和尚庙或学者的书斋里。的确，**从未有**一种宗教或哲学从事经济活动，它总是只在一个**教会的**政治机构或一个理论团体的社会机构中出现；它始终是对"这个世界"的一种妥协，而且是权力意志的一种标志。①

2

那种可以被称为植物的经济生活的要素，是凭借植物和在植物之中所发生的，如果没有这个要素，植物本身不过是某一自然过程的现场和无意志的东西。这种植物性的和梦幻般的要素照旧是人体的"经济"的基础，在人体的经济里，这个要素以循环器官的形式过着它的奇特的和无意志的生活。但是，当我们看到动物的身体在空间中自由地活动的时候，醒觉开始走近此在，而醒觉是一种理解的感受，

①　彼拉多的问题实际上也是经济与科学的关系的问题。信教的人手持教理问答，试图改善他的政治环境的繁忙景象，但总是毫无结果。政治环境仍旧从容不迫地走着自己的路，听凭他独自进行思考。圣徒只有一种选择：要么适应这种环境——这样他就变成了一个教会政客和没有良心的人——要么逃离这种环境，隐居起来，甚至逃往彼岸世界去。但是，同样的事也在城市的思想界里再次发生，而且闹出许多笑话。这里，已经建立了一种充满抽象的美德，而且当然是唯一正确的伦理—社会的体系的哲学家想对经济生活进行开导，使它知道应该采取什么样的态度和朝什么样的目标行动。不管你把体系称作是自由主义的、无政治主义的还是社会主义的，不管体系源自柏拉图、普鲁东还是源自马克思，奇观都是一样的。但是，经济也是无忧无虑地继续发展的，让那个思想家去选择吧，他要么过隐居生活，把他对这个世界的悲叹倾诉在纸上，要么作为一个经济政治家加入这个世界，而在后一种情况中，他要么使自己成为笑柄，要么立刻让自己的理论见鬼去，以便为自己通过斗争得一个领导地位。——原注

它迫使人们独立自主地**关心**生命的维护。在这里,开始出现生命的**焦虑**,而生命的焦虑随着感官的日益敏锐,导致触觉和嗅觉、视觉和听觉的产生,接着,导致在空间的各种活动,诸如寻找、搜集、跟踪、以巧计诓骗、掠夺等等,这些活动在某些物种,诸如海狸、蚂蚁、蜜蜂、许多鸟类和肉食动物的身上发展成为一种初级的经济技巧,而这种经济技巧又是以一种考虑为前提的,在这里,考虑意味着理解力在某种程度上摆脱了感觉。人之真正为人,是因为他的理解力在某种程度上摆脱了感觉,是因为他的思想创造性地介入了小宇宙与大宇宙之间的关系。女人对付男人时所使用的诡计还是十分动物性的。同样,农民为了争得小小的利益而表现出的狡猾,也是十分动物性的,两者与狐狸等的狡猾毫无差别,两者只需用理解的**一瞥**就能看透她(他)的牺牲品的全部秘密。但是,经济思维毕竟高于狐狸的狡猾,因为它种地、驯养家畜,改变、精制以及交换物品;此外,它想出数以千计的方法和手段,为的是提高生活水平,把对环境的依赖转变为对环境的控制。这是一切文化的基础。种族总要利用某一种经济思想,这种经济思想可以变得非常强大,以使它能摆脱自己的目标,建立一些抽象的理论,沉醉于乌托邦式的遥远的地方。

所有高级的经济生活都是凭借农民并超越于农民发展起来的。农民本身只以经济生活为前提。[①] 可以说,农民就是种族本身,是植物性的和没有历史的,它完全为了自己而生产和消费,它有一种独特的世界观,按照这种世界观,所有其他的经济实体都是附带的和可鄙的。而现在,这种**生产性的**经济遭到了一种**掠夺性的**经济的反对,后者把前者当作一种物品加以利用,换言之,把前者作为营养、贡品或掠夺的来源加以利用。政治和贸易在起初是完全不可分开的,两者

---

① 猎人和牧民的漫游队伍也完全是这样,但是,高等文化的经济基础总是培养出这样一种人,这种人牢固地附着在土地之上,并滋养和支撑着那些高级的经济形式。——原注

都是主人派头的、个人特有的、好战的,两者都渴望权力和战利品,这就随之产生了另一种完全不同的世界观,它不是从一个角度去观照世界,而是自上而下地去观察世界的熙熙攘攘的场面。 这种世界观非常清楚地表现在选择狮和熊、鹰和隼作为纹章上的动物上。原始的战争常常也是掠夺性的战争,原始的贸易总是和抢劫和海盗行为最紧密地联系在一起。冰岛的民间英雄故事就讲述了古斯堪的纳维亚海盗常常和当地的居民约定举行两个星期的和平集市,以便做生意,过后就拿起武器,开始将大批的东西掠为己有。

具有成熟形式的政治和贸易是一门凭借智力上的优势战胜对手以取得实物成果的艺术,政治和贸易都是取代战争的另一些手段。每一种外交都是生意性的,每一种生意都是外交性的,两者都以对人的透彻的认识和观相的节拍为基础。我们发现,在腓尼基人、埃特鲁里亚人、诺曼人、威尼斯人和汉萨同盟的成员中间,有许多具有创业精神的伟大的航海家;同样,具有创业精神的还有聪明的银行家,诸如曾统治十五、十六世纪欧洲工商业的德意志商业和银行业的巨擘弗格尔家族、意大利佛罗伦萨的政治家和文学艺术的赞助者美第奇家族;还有诸如克拉苏以及我们这个时代的矿业及托拉斯大企业主这样的有强大影响力的金融家。要想使自己的行动获得成功,需要有**统帅**的战略才能。在政治和贸易领域里,对家族的那种自豪、父亲的遗产和家族的传统以同样的方式形成;"大宗的财富",就像王国一样,也有自己的历史。[①] 波利克拉特斯 [②] 和棱伦 [③]、洛伦佐·美第奇 [④]

---

① 萧伯纳的《巴巴拉少校》(*Major Barbara*)中的安德谢夫就是这个领域里的真正统治人物。——原注

② Polykrates,公元前六世纪古希腊萨摩斯岛的僭王,经常进行海盗活动,给萨摩斯岛带来了财富和政治地位。

③ Solon(公元前 638—558),雅典政治家。

④ Lorenzo deMedici(1449—1492),佛罗伦萨政治家和文学艺术的赞助者。

和尤金·沃仑韦伯①，压根儿不是从商人的野心发展成为政治的野心的仅存的例证。

但是，真正的君王和国务活动家想要的是统治，真正的商人想要的只是发财致富；在这里，掠夺性的经济的手段和目的彼此分离。②人们为了权力而进行掠夺，为了掠夺而专事权力。伟大的统治者，如秦始皇、提比略、腓特烈二世，也希望"拥有大量的土地和臣民"，但是这种愿望是与一种崇高的责任感联系在一起的。有的人心安理得地有权要求获得全世界的财富，而且认为这是理所当然的，他可以过着喜笑颜开的甚至是挥霍的生活，只要他同时感到自己是一项使命的承担者，例如拿破仑、塞西尔·罗兹以及三世纪的罗马元老院。因此，涉及到他自己的时候，他几乎不知道私有财产的概念。

专心致志于纯粹的经济利益的人，例如罗马时代的迦太基人，以及在更大程度上的当代美国人，也不可能进行纯粹的政治思考。在重大的政治决策中，他总是被人利用，总是受骗上当，正如威尔逊总统的例子所表明的——尤其是当缺乏政治家的本能被道德的情绪所取代的时候。所以，当代的那些大的经济联合会，例如雇主协会和雇员协会，一次又一次地遭到政治上的失败，除非它们找到一个真正的政治家做它们的领袖，而他这时又会利用它们。经济的和政治的思考，尽管形式上高度协调一致，但在方向上，因而在所有的战术细节上根本不同。大的商业成功③会唤起对**公共**权力的一种放纵感。在"资本"这个词里，我们不难发现这种弦外之音。但是，只有在少数个人那里，他们的意愿的色调和方向，以及他们衡量时局和事物的标

---

① Jürgen Wullenweber（1492—1537），德国北部港口城市吕贝克的市镇长官。
② 作为政府的一种手段，这种掠夺性的经济叫作**财政经济**。在这种情况下，整个民族成了以赋税和关税形式征收贡物的对象，但是赋税和关税的使用压根儿不是为了整个民族的生活变得更加舒适，而是为了巩固它的历史地位并加强它的力量。——原注
③ 这是从最广泛的意义上说的，这里包括工人、新闻记者、学者提升到领导地位。——原注

准,会发生改变。只有当一个人的确不再感到他的企业是私事,其企业的目标不再是单纯的积累财产的时候,他才有可能从一个企业家变成一个政治家,例如塞西尔·罗兹就是这样的人。但是,与以上的例子恰好相反,政治界的人士却要面临这样的危险,即他们有关历史任务的意愿和思考堕落成纯粹为私人生活操心。在这种情况下,贵族就能变成拦路抢劫的强盗骑士;我们发现,有一些广为人知的王侯、部长、政治煽动家和革命英雄,他们的热情在懒洋洋的舒适生活和大量的财富积聚中已经消耗殆尽,在这方面,凡尔赛与雅各宾俱乐部、企业家与工人领袖、俄国的统治者与布尔什维主义者之间没有什么区别。而在已经变得成熟的民主国家里,那些"出了名的人"的政治,不仅与生意是同一的,而且与大城市里最肮脏的投机生意是同一的。

然而,一种高级文化的神秘的进程恰恰在这里表现出来。起初,出现的是原始的等级,即贵族和僧侣,及其时间和空间的象征性。在一个秩序井然的社会里,政治生活,跟宗教体验一样,有其固定的位置,有其能胜任自己的任务的代表,有其为事实和地地道道的真理给定的目标,而经济生活则在深处沿着一条安全的道路无意识地运转着。此在的洪流落入城市的石头的外壳里,而才智和金钱从这里起承担了历史的领导职务。早先显现出象征性的冲击力的英雄和圣徒现在变得很少了,他们退缩到狭小的范围里。取代英雄和圣徒的是资产阶级的冷静的和清楚的思想。其实,订立一个制度和完成一宗交易需要同样的专家的智力。政治生活和经济生活、宗教的知识和科学的知识,相互渗透、相互接触、互相混合,任何象征性的等级都几乎无法将它们区分开。此在的洪流在那些大城市的熙熙攘攘中失去了其严格而丰富的形式。初级的经济风貌开始显露出来,并且要弄完全定形的政治的残余,与此同时,满怀信心的科学把宗教纳入自己的对象。一种批判性的和让人感到高兴的世界情绪弥漫在经济和政治上感到自我满足的生活中。但是,从这种生活中涌现出了具有真正的政治和宗教力量的少数人物,他们最终取代了那些没落的等级,并且变成全体人民的命运。

于是,由此产生出经济史的形态学。首先,有一种属于"人"的**原始经济**,这种经济跟植物和动物的经济一样,在生物学的时期之内,改变了自己的形式。这种原始的经济完全支配着原始的时代,并在那些高级文化之间和之中无限缓慢地和杂乱无章地继续运转——因为它并没有可辨认的规则。动物和植物得到饲养和种植,通过驯服、培育、嫁接和播种使之改善;火和金属得到利用,无机的自然的种种性能通过技术的处理可以为生活服务。所有这一切都充满了政治和宗教的伦理和意义,虽然当时人们还不能明确地区分**图腾与禁忌**、饥饿、心灵恐惧、性爱、艺术、战争、祭祀习俗、信仰和经验。

从概念和发展的角度上看,**高级文化**的这种具有严格的形式、在速度和持续时间上明显地受到限制的**经济史**与此全然不同,每一种高级文化都有自己的经济风格。无城镇的乡村经济属于封地。随从国家从城市出发进行统治,出现了用货币进行交易的城市经济,这种经济随着每一种文明的来临,同时随着世界城市的民主政治的胜利,而发展成为金钱的独裁。每一种文化都有自己的独立发展起来的形式世界。阿波罗风格的货币(即模制的硬币)同浮士德式的动态关系的货币(即信用单位的记账)截然不同,就像古希腊罗马的城邦国家同查理五世的国家截然不同一样。但是经济生活,如同社会生活一样,形成为一座金字塔。在乡村的底层,保持着一种完全原始的、几乎未受文化影响的状态。晚期的城市经济——它已经是少数果断的人的活动——始终看不起在它的周围继续活动的早期的农业经济,而后者也对在城墙内盛行的理性化的风格充满怀疑和仇恨。最后,世界都市带来了一种文明化的世界经济,这种经济从少数中心的完全狭窄的范围内辐射出去,使剩下的地方作为一种地方经济从属于自己,而在偏僻的地区,全然原始的——"家长式的"——习俗普遍存在。随着城市的发展,生活变得越来越不真实、越来越精致和复杂。在恺撒统治下的罗马、在哈伦·拉希德统治下的巴格达,以及在当今的柏林,大城市的工人觉得许多东西是理所当然的,而在远在乡下生活的富裕农民看来,大城市的工人认为是理所当然的东西不过是荒谬的奢侈品,但是,这种理所当然的东西是难以得到和难以保住的;一切文化的劳动定量以惊人的标准增加,所以,在每一种文明之初,我们都可以看到经济生活的一种强度,其过度紧张往往会危及生命,而且不可能长期维持下去。最后,形成了一种僵化的和持久的状态,这是一种由经过精心考虑的因素和非常原始的因素组成的混合物,希腊人在埃及,我们在当今的印度和中国都能发现这种混合物,除非由于一种年轻的文化——例如戴克里先时代的古典文化——从地下兴起,这种僵化的状态才会消失。

跟这种经济运动相比,人们作为一种经济**阶级**处于良好的竞技状态,就像人们作为一种政治的**等级**跟世界史相比处于良好的竞技状态一样。**在经济结构内部**,每个个体都有一个经济地位,就像在**社会内部**每一个人皆有一种级别一样。这两种归属同时有权提出自己的情感、思想和态度。生命希望继续存在,而且还希望具有某种意义;而我们的概念的混乱由于以下的事实更加提高了:今天以及希腊化时期的政党和某些经济集团希望通过提升到一个政治等级使自己具有某种程度的贵族风度,从而使自己的生活变得更幸福,例如马克思把工厂工人的阶级提升到一个政治等级。

我们的概念之所以混乱,是因为贵族被认为是第一个和真正的等级。军官和法官,以及与政府和行政有关的高级职务,都是从贵族这个等级中派生出来的,它们是具有**某种意义**的类似等级的构成物。所以,学者①也属于僧侣阶层,也具有一种非常显著的等级的自成一

① 包括医生在内,他们在史前时代很难和僧侣和术士区分开来。——原注

体性。但是,这些等级的伟大的象征意义连同城堡和大教堂一起结束了。第三等级算不上是一种等级,而是一种残余,一种五行八作的和多种多样的收藏品,这种收藏品除了在政治抗议的时刻以外,很少能有什么意义,也就是说,只有当它在斗争中站在某一方的时候,它才会获得某种意义。人们感到自己并不是市民,而是一个"自由主义者",所以,他个人虽然不能**代表**某种伟大的事业,但是出于信念而**属于它**。由于这种社会形式的缺点,经济的形式在"市民的"职业、行会和协会中更加明显地表现出来。至少是在城市里,人的称呼主要是由他靠什么生活决定的。

经济上,最初的而且原本几乎是唯一的生活方式是农民的生活方式。[①]农民的生活方式完完全全是一种**生产性**的生活方式,它是任何其他的生活方式的基础。在古代,原始的等级的生活完全是靠狩猎、饲养家畜和田产维持的,就连晚期的贵族和僧侣也把它们看作"发财致富"的唯一高贵的可能性。与这种生活方式相反的是商业**的起中介作用的**和掠夺性的生活方式。[②]这种商业的生活方式的特点是,少数的人拥有巨大的力量,这在很早的时候就已经是不可缺少的,这是一种精致的寄生生活,是完全非生产性的,因而是与土地无关的、浮动的、"自由的",精神上也不受人世间的风俗习惯的约束,这是一种无忧无虑的靠别人的生活来维持的生活。在这期间,又出现了第三种经济,即**技术的加工**的经济,它是在无数的手工业、工商业和行业里发展起来的,它们把对大自然的思考创造性地加以使用,它

---

① 包括牧人、渔夫和猎人。此外,正如类似的古代传说和风俗习惯所证明的那样,在农民与采矿者之间,还存在一种奇怪的、十分深刻的关系。金属是从矿井里引诱出来的(abgelockt),谷物是从地里长出来的,野生动物是从森林里赶出来的。但是,对于矿工来说,金属也是一种**活着的和生长着的**东西。——原注

② 这里所指的商业,包括从原始时代的航海到世界城市的证券交易所;所有的河道、公路和铁路运输,都属于这种生活方式。——原注

们的荣誉和良知是与成就联系在一起的。①它们的最古老的行会是由铁匠组成的行会,它可以追溯到史前时代;与此同时,它们还用大量令人不快的传说、风俗和观念充实它们的原始图像。而铁匠由于傲视农民,加之害怕周围的环境——这种害怕常常在受人尊敬和遭人唾弃之间转换——所以他们就像阿比西尼亚的黑犹太人、法拉沙人一样,往往变成为有自己种族的真正的部落。②

在生产性的、加工性的和中介性的经济体系中,就像在一切属于政治和一般生活的领域里一样,都有**比邻而居的主体和客体**,也就是说,一些群体负责下令、决定、组织和发明,而另一些群体只负责执行。这种等级上的差别可以让人感到是不讲情面的,或者几乎让人觉察不到;③等级的晋升要么是不可能的,要么是理所当然的;职业的尊严在缓慢的过渡中几乎是相同的,或者是完全不同的。传统和法律、才能和财产、人口数目、文化阶段以及经济情况控制住这种对立,但是,这种对立就像生活本身一样存在着,而且是**无法变更的**。尽管如此,但**从经济上看**并没有一个"**工人阶级**";那是理论家们的一种捏造,他们所看到的只是英国——这是一个还处于过渡时期的、几乎无农民的工业国家——的工厂工人的处境,并把英国的模式扩展到所有时代的所有文化,直到政治家们把这个模式升格为建立政党的一种手段。实际上,在车间和办事处里,在办公室和船仓里,在公路上,在矿井中,在田野里和草地上,都有数不胜数的纯粹服务性的行业。这些从事计算、搬运、跑腿、锤击、缝纫和照料孩子的人,只能维

---

① 机械工业及其纯粹西方类型的发明家和工程师也属于这种经济;实际上,现代农业的一大部分,例如在美国,也属于这种经济。——原注

② 甚至在今天,冶金和金属工业较之化学和电力工业也要高贵一些;在技术世界里,它们是最古老的贵族,祭礼的秘密的残余还支配着它们。——原注

③ 这种等级上的差别也表现在奴役和奴隶制上,尽管在今天的东方和"畜奴"时期的罗马,恰恰是奴隶制在经济上往往不过是强迫性的劳动契约的一种形式,除此以外,几乎让人觉察不到。自由的雇员常常生活在更加冷酷无情得多的依赖境遇中,很少受人尊敬,而那形式上的解雇法在许多情况下实际上没有什么价值。——原注

持自己的生活,根本说不上尊严和刺激,而尊严和刺激是军官和学者的合乎身份的任务,是工程师、管理员和商人的个人成就,但是,所有这些行业彼此之间是根本无法比较的。脑力劳动和繁重的体力劳动、劳动地点是在乡村还是在大都市、工作的范围和紧张程度,让雇农、银行职员、司炉工和满师的裁缝生活在经济的完全不同的世界里,只有,我再重复一次,处在很晚的状态的政党政治才会用口号引诱他们加入一个抗议的联合会。与此相反,古希腊罗马时期的奴隶是一个国家法的概念,也就是说,就古希腊罗马的城邦的政体而言,奴隶**并不存在**;但是,在经济上,古希腊罗马的奴隶可能是农民、手工业者,甚至是拥有大量财产、宫殿和别墅、一大群下属——包括"自由人"——的经理或批发商。除此之外,在晚期罗马时代,他还会变成什么样子,留待下文分解。

3

随着任何时代早期的到来,一种以固定的形式出现的经济生活随之开始了。[①] 在自由的乡下,居民的生活完全是农民式的,他们并没有城市居民的经历。乡村、城堡、宫内侯领地、修道院、寺院区的标志并不是一座城市,而是一个**市场**,一个符合农民利益的单纯的见面地点,这个见面地点同时和理所当然地获得了某种宗教和政治的意义,但还说不上是一种特殊的生活。居民,不管他们是手工业者还是商人,都感到自己是农民,而且想方设法像农民一样地工作。

从那种每个人既是生产者又是消费者的生活中分离出来的东西

---

① 对于埃及和哥特文化初期的这种经济生活,我们了如指掌;而对中国和古希腊罗马的这种经济生活,我们大体上知道;至于阿拉伯文化的**经济**的假晶现象(Pseudomorphose),自从哈德良之后,它是高度文明化的古希腊罗马的货币经济的一种内在的分解。这种货币经济在戴克里先统治时期发展成为一种早期的货物流通,在此之后,在东方明显地出现了魔术式的交易方式。——原注

便是**货物**(Güter),货物流通是任何早期流通的关键词,不管单个的物品是从远方运来的,还是在村庄甚至是在庭院里流通的。一件物品,其本质与**心灵**和生命有着千丝万缕的联系,是生命把它生产出来,是生命需要它。一个农民把"他的"奶牛赶到市场上去,一个妇女把"她的"首饰存放在箱子里。人们"富裕了"(begütert),也就是说人们占有了物品,"占有物"(Besitz)这个词可以追溯到财产的植物性的起源,恰恰是这一种此在,而不是另一种此在,从根本上与财产融为一体。在这个时期,交换是一种过程,物品通过交换这一过程从一种生活范围过渡到另一种生活范围。对它们的评价均以**生活为参照**,而且按照当时的一种浮动的、被感觉到的标准。这里既没有价值的概念,也没有一种作为一般的衡量标准的物品,因为黄金和硬币也都是物品,由于黄金和硬币稀有,且不易破碎,所以它们很有价值。①

在这种货物流通的节奏和过程中,商人只不过是一个**中间人**。②在市场上,掠夺性的经济和生产性的经济相互碰撞,但是,甚至在船队或骆驼商队到达的地方,贸易也只是作为乡村交易的**器官**产生出来。③这是"永恒的"经济形式,这种经济形式一直保持到今天,它以

---

① 不论是早期荷马时代的意大利维拉诺瓦墓群(Villanovagräber)中的铜币[参见维勒尔斯(Willers),《罗马铜币史》(*Geschichte der römischen Kupferprägung*),第 18 页],还是以妇女的礼服(布)、小斧子(Beile)、环和刀的形式出现的青铜硬币,都不是货币,而是财富的一种十分明显的象征[参见康拉迪(Conrady),《钱》(*tsien*),《中国》,第 504 页]。早期哥特时代的历届政府模仿古希腊罗马让人打造的硬币不过是国家主权的象征,在经济生活中,它们只算作是物品:一块黄金和一头奶牛等值,而**不是相反**。——原注

② 所以,商人往往并不是固定的和封闭的乡村生活的产物,而是乡村生活中出现的一个外来者,他对乡村生活漠不关心,也没有先决条件。这就是腓尼基人在古希腊罗马的最早时期所扮演的角色,这就是罗马人在密特拉达狄(Mithridate)时期的东方,犹太人、拜占廷人、波斯人、亚美尼亚人在哥特时期的西方,阿拉伯人在苏丹,印度人在东非,以及西欧人在今天的俄罗斯所扮演的角色。——原注

③ 因此,贸易是在很小的范围内进行的。由于当时的对外贸易是十分冒险的和激发人们的想象力的,所以人们习惯于过高地评价它。大约在 1300 年的时候,威

在缺少城市的地区流动地贩卖日用品的货郎这一非常古老的形象表现出来;甚至在形成小的流通范围的城郊僻巷里,在学者、官吏以及一般说来不参加大城市的经济生活的群众的私人经济里,都存在着这种经济形式。

随着城市的心灵的形成,萌生了一种完全不同的经济生活。一旦市场变成了城市,就不再有穿越纯粹的农村地区的物品流通的重点;在这种情况下,城墙里面出现了第二世界;对于这个世界来说,"城外的"地地道道的生产性的生活只是作为手段和对象,从这个第二世界里产生出另一种物品流通。这是起决定性作用的事情:真正的城里人**不是**最初的土地意义上的生产者。他与土地和经过他的手的物品没有内在的联系。他不与土地生活在一起,而只是从外面去观察它,只考虑他自己的生计。

随之,物品变成了商品,交换变成了销售,**用钱思考取代了用物思考。**

随之,一种纯粹广延性的东西,一种确定界线的形式从可见的经济物品中被抽取出来,就像数学思想从被机械地理解的环境中被抽取出来一样。抽象的货币正好相当于抽象的数字,两者完全是无机的。经济图像仅仅归因于数量,而质量恰恰是物品的本质特征。对于早期的农民来说,"他的"奶牛最初只是一头牛,后来才是一件交换物品;对于一个真正的城里人的经济眼光来说,在一头奶牛的偶然的形象中只有一种抽象的货币价值,这种价值随时都可以换成钞票。

尼斯和汉萨同盟的那些"大"商人,其实力几乎和更受人尊敬的手工业师傅的实力不相上下。甚至 1400 年左右的美第奇家族或弗格尔家族的营业额也只相当于今天一个小城镇的店铺生意的营业额。通常有成群的商人参加的那些最大的商业船队远不及当代的那些内河驳船,而且也许每年只做**一次**较大的航行。英国著名的羊毛出口是汉萨同盟贸易的主要对象,大约在 1270 年的时候,羊毛出口的总额几乎达不到两列今天的货车所运载的货物 [参见桑巴特(Sombart),《现代资本主义》(*Der moderne Kopitalismus*),第 1 卷,第 280 页以下]。——原注

同样地,一个真正的技师在一处著名的瀑布前所看到的,并不是一种无与伦比的自然景观,而是一种可计量的、未被开发的能量。

所有现代货币理论的一个错误,就在于它们的出发点是价值记号,甚至是作为支付手段的物质,而不是经济思维的形式。[①] 实际上,货币就跟数和法律一样,是**一种思维的范围**。我们对于周围的世界有一种金钱的考虑,就像我们对于周围的世界有一种司法的、数学的和技术的考虑一样。从对一所房子的感官体验中我们可以得出完全不同的抽象结论,这要看我们是作为商人、法官,还是作为工程师在思想上是怎样考察这所房子的,这要看我们在评价这所房子的时候,所参照的是一张资产负债表、一桩诉讼,还是一种坍塌的危险。但是,用货币思考与数学最为接近。从生意的角度上看,思考意味着计算。货币价值是一种数字价值,可用计账单位来衡量。[②] 这种精确的"价值本身",跟数本身一样,首先是没有根的城里人所想出来的;而对农民来说,他所参照的只是一些匆匆提及的、带感情的话,他在进行交换的时候,按各自的具体情况,提出这些话作为要求或理由。凡是他不需要或不想占有的东西,对他而言就"没有价值"。只有在真正的城里人的经济图像中,才有客观的价值和价值种类,它们作为思维的因素独立于他的个人的需要,按照这种观念,这些客观的价值和价值种类是普遍行之有效的,尽管实际上每一个人都有自己的价值体系和形形色色的价值种类,并且根据它们觉察到市场的价值迹象(即价格)是"便宜的"还是"昂贵的"。[③]

---

① 马克和美元不是"金钱",就像公尺和克不是"力"一样。钱币是实际价值。只是由于我们不了解古希腊罗马的物理学,所以我们把万有引力和重量单位混为一谈,就像我们根据古希腊罗马的数学把数和量混为一谈一样,而且由于我们模仿古希腊罗马的硬币,我们同样把货币与硬币(Geldstück)混淆了。——原注

② 因此,相反地,我们可以把公制度量衡即厘米和克称作一种货币,实际上,所有的货币质量都以物理学的重量定理为前提。——原注

③ 同样地,所有的价值理论,尽管它们自称是客观的,但都是——而且必然是——从一种主观的原则发展出来的,例如马克思的价值理论,它对"价值"下的定义

早期的人类是对物品进行**比较**，并且只凭理智（Verstand）进行比较，而晚期的人类是**计算**商品的价值，而且是按照一种死板的、缺乏质量的标准来计算。现在，人们不再用奶牛来衡量货币，而是用货币来衡量奶牛，结果则由一个抽象的数字即价格来表达。这种价值标是否和以什么样的方式在一种**价值符号**中找到象征性的表现——因为书面的、口头的或表象的数字符号是数字种类的象征——这取决于各种文化的经济风格，而每一种文化又都产生一种不同的货币。这种货币种类只是由于城市居民的存在而存在，因为城市居民用这种货币进行经济思考，此外，城市居民决定，价值符号是否同时可以作为支付手段，就像古希腊罗马的由贵金属制成的硬币，**也许**还有巴比伦的银制秤砣同时可以作为支付手段一样。与此相反，埃及的德本（deben），按磅秤出的生铜块，则是一种交换的标准，但是，它既不是价值符号，也不是支付手段。西方的和"同时发生的"中国的钞票①是一种手段，但不是标准。事实上，关于贵金属的硬币在**我们的**经济种类中所扮演的角色，我们习惯于彻头彻尾地自我欺骗：这类硬币不过是模仿古希腊罗马的风俗制成的商品，由于它们是用信用货币的账面价值来衡量的，所以它们有一种行情（Kurs）。

　　这种思考方式的结果是，跟生命和土地联系在一起的财产（Besitz）变成为资产（Vermögen），而资产本质上是流动的，在数量上是不确定的，换言之，资产**不存在**于物品之中，而只是"**存放**"即投入在物品之中。从自身的角度上看，资产纯粹是货币价值的数的

是，凡是造成手工劳动者的利益的东西都具有价值；在这种情况下，发明者和组织者的成绩在他看来是没有价值的。但是，由此认为马克思的价值理论是错误的，那也是不妥当的。所有这些理论对于它们的支持者来说是正确的，而对于它们的反对者来说则是错误的，至于人们是否会成为支持者或反对者，起决定性作用的不是理由，而是生活。——原注

　　① 西方的钞票是十八世纪由英格兰银行以极小的规模发行的，中国的货币则可追溯到战国时代。——原注

一定的量。[1]

作为这种思维的所在地的城市变成为货币市场（货币场所）和价值的中心,货币价值的洪流开始渗入物品的洪流,并使之理智化并控制它。**但是,随之而来的是,商人就由经济生活的器官升格为经济生活的主人。**用货币思维永远是一种商人的"商务上的"思维。它是以土地的生产性的经济为前提的,因此它从一开始就是掠夺性的,因为根本没有第三条路可走。营利、盈利和投机之类的词,预示着采取欺诈手段从物品运往消费者的途中赚取利润——这是一种**靠智力进行的掠夺**——因此对早期的农民是不适用的。只有设身处地理解真正的城里人的精神和经济眼光,才能认识到这些词的含义。真正的城里人不是为需要,而是为出售,"为了钱"而工作。

这种生意人的观点逐渐渗透到每一种活动中。乡下人和物品交易有着内在的联系,他既是给予者,又是收受者;商人在早期的市场上几乎也不例外。但是,由于货币交易,在生产者和消费者之间,就像在两个被分隔开的世界之间一样,出现了"第三者",他的思想立即被商业生活所支配。他迫使生产者供货,迫使消费者向他要货;他把中介升格为垄断,继而升格为经济生活中的主要事情,迫使另外两个方面按照**他的**利益处于良好的竞技状态,按照**他的**计算制造商品,在**他的**供货的压力下降低商品的价格。

谁要是掌握这种思维,谁就是金钱的巨匠。[2] 在所有的文化中,发展都走这种道路。吕西阿斯[3] 在其反对谷物商人的演说中明确指

---

① 我们可以把资产的"高度"（Höhe,数目）同物品财产的"范围"（Umfang,规模）相比。——原注

② 例如货币市场上的那些现代的海盗,他们介入中介人当中,用"钱"作商品进行赌博,就像左拉在他的那部著名的小说（《金钱》,1891）里所描写的那样。——原注

③ Lysias（约公元前445—380）,希腊演说家。

出,比雷埃夫斯[①]的投机商人为了制造一种有利可图的恐慌,常常散布载运谷物的船队遇难或战争爆发的谣言。在希腊化—罗马时期,为了哄抬物价,流传着这样一种风俗:人们商定,压缩粮食生产或中断进口。在埃及的新王朝时期,人们通过票据贴现这样一种完全可与西方的银行往来相媲美的方式使美国式的粮食囤积成为可能。[②]亚历山大大帝在埃及的财政主管人克莱奥米尼通过簿记交易将全部谷物储备控制在自己手里,因而在希腊造成了广泛的饥荒,并由此获得巨额利润。谁要是在经济上有另外的想法,他就会沦为大城市的货币效应的单纯的对象。这种思维方式不久就支配着全体城市居民的醒觉意识,进而支配着所有关心经济史的控制(Lenkung)的人的醒觉意识。农民和市民不仅意味着农村和城市的差别,而且意味着物品和货币的差别。荷马时期的和普罗旺斯的王室宫廷的灿烂文化,是某种与人一同长大并与人融为一体的东西,甚至在今天,我们也多次地在古老家族的乡间生活中看到这种情形;而市民阶级的更为精致的文化,所谓的"舒适",则是某种外来的东西,是能用钱**买到**的东西。[③]所有高度发达的经济都是城市经济。一切文明所向往的世界经济,我们应当称它是世界城市经济。甚至这种经济的命运也是在少数几个地方被决定的,也就是说,是在巴比伦、底比斯、罗马、拜占廷和巴格达、伦敦、纽约、柏林和巴黎的货币场所里被决定的。[④]余下的则是一种地方性的经济,这种经济只在小范围内寒酸地运转,没有

---

① Piräus,雅典的港口城市。

② 参见普赖西格克(Preisigke),《希腊化埃及的转账制度》(*Girowesen im griechischen Ägypten*),1910;当时的那些贸易形式,在第十八王朝统治下,已达到同样高的水平。——原注

③ 资产阶级的自由的理想也是如此。在理论上以及在宪法中,每个人在**原则上**可以是自由的,而实际上,在城市的私人生活中,他只有依靠金钱才能得到自由。——原注

④ 在其余的文化中,货币场所又被称作证券交易所(Börsenplätze),如果我们把它理解为一种十全十美的货币经济的**思想器官**的话。——原注

意识到自己的活动范围完全是依赖性的。最后，金钱是智力的能量的形式，统治者的意志，政治的、社会的、技术的以及思维的创造力，以及对美好生活的渴望，全都概括在这种形式中。萧伯纳在《巴巴拉少校》的前言里完全正确地指出："对金钱的普遍重视是我们的文明中唯一充满希望的事实……金钱和生活是不可分割的……金钱**就是**生活。"因此，文明表示文化的一个阶段，在这个阶段，传统和个性已失去了它们的直接的效力；每一种观念，要想得到实现，就必须首先把它转变为用货币思维。起初，一个人富有，是因为他有权，如今，一个人有权，是因为他有钱。只有金钱能把才智捧上王位。民主政体就是金钱与政治力量的一种完美的结合。

在每一种文化的经济史中都贯穿着一场殊死的斗争，那就是作为一种种族的**心灵**扎根于泥土的种族传统反对金钱精神的斗争。某种文化晚期开始时的农民战争——在古希腊罗马是公元前700—500年，在西方是1450—1650年，在埃及是旧王朝末期——都是血统反对金钱的最初的尝试，因为金钱从正在变得强大的城市那里把它的手伸向土地。普鲁士政治家施泰因曾发出这样的警告："谁要是调动土地，他就会把它化为灰尘。"他的警告预示着**每一种**文化的危险；假如金钱不能侵蚀财产，那么它就闯入农民甚至是贵族的思想里；然后，继承下来的、和家族融为一体的财产作为资产显现出来，而资产只是投入地产的资金，本来是流动的。[①]金钱追求的目标就是调动**所有的**东西。世界经济就是在抽象的、思想上完全脱离土地的、流动的价值中的变成了事实的经济。[②]古希腊罗马的货币思维，从汉尼

---

① "农民"（Farmer）只是与一块田地有着实际联系的人。——原注

② 这种思想的日益增长的强度在经济图像中表现为**现有的货币供应量的增长**，而现有的货币供应量实际上是某种完全抽象的和想象中的东西，它与作为一种商品的黄金的可见的储备毫无关系。例如"货币市场的僵化"就是发生在一小撮人的头脑里的纯智力的过程。货币思维的日益增强的能量在所有的文化中唤起这样一种感觉，即货币价值与计账单位相比大大降低了，例如在梭伦和亚历山大统治时期，货币价

拔时代开始,便把整个城转换成硬币,把人民群众变成为奴隶,并把两者变成为金钱,它从四面八方朝罗马运动,以便在那里作为一种权力产生影响。浮士德式的货币思维"开发了"一个又一个的大陆、大河流域的水力、广大地区的居民的体力、煤层、原始森林、自然法则,并把它们变为财力;为了实现统治者的计划,它采取了各种各样的手段,诸如出版、选举、预算和军队等等。从生意的观点来看,从未被占有的世界存货中总能获取新的价值,正如约翰·加布里埃尔·博克曼①所说,人们从"黄金蕴藏着的幽灵中抽取出新的价值";除此而外,那些东西本身并没有经济价值。

4

每一种文化不仅具有自己独特的货币思维方式,而且具有自己独特的货币的象征,它通过这种象征把它在经济图像中的评价原则清楚地表现出来。这是一种使思想形象化的表现方式,其意义与为耳朵和眼睛设计的口头的、书面的和图像的数字以及其他的数学符号完全相等。在这里,存在着一个几乎尚未被探究过的深奥而丰富的领域。甚至一些基本问题都还没被正确地提出来。所以,在今天,要想解释那种以埃及的实物交易和现金转账为基础的货币观

值就跌得相当厉害。实际上,这些商业的价值单位已成为某种人为的东西,它们与农民经济的被感受到的原始价值根本无法进行比较。因此,用什么样的数字来计算提洛岛上的阿提卡提洛同盟的财富,来计算迦太基的和约中所涉及的款额或公元前64年庞培的战利品,以及我们是否在几十年内会从以亿计——在1850年左右,人们还从未听说过,但今天大家都知道了——过渡到以兆计,这些都已经无关紧要了。在公元前430年和公元前30年,一个塔伦的价值缺乏可以与之比较的标准,因为黄金跟牲畜和谷物一样,不仅它们的数字价值,而且它们的意义,在进一步发展的都市经济中也在不断变化。只有这样一个事实是不变的,即不要把货币供应量跟价值符号和支付手段的现有量混为一谈,因为货币供应量是思维的**另一个自我**。——原注

① John Gabriel Borkmann,易卜生的戏剧《博克曼》中的人物。

念——这种货币观念同样以巴比伦的银行业、中国的簿记，以及犹太人、帕西人①、希腊人和哈伦·拉希德时代以来的阿拉伯人的资本主义为基础——是根本不可能的。只可能指出阿波罗式的和浮士德式的货币的根本区别，前者**把货币看作是量**，而后者**把货币看作是功能**。

在古希腊罗马人看来，周围的世界从经济的角度上看不过是可以变换自己的位置、移动、相互排挤、相互碰撞和相互消灭的物体的总和，就像德谟克利特所描写的自然一样。人是众多的物体当中的一种物体。城邦是作为这些物体的总和的一种高级的物体。生活的全部需要是由物体的量组成的。所以，一种物体也再现了金钱，就像一尊阿波罗的全身雕像再现了一种神灵一样。大约在公元前650年，出现了多立克式神庙和各方面都显得自由潇洒的雕像的石头实体，与此同时，也出现了**硬币**，这是一种以带有美丽压纹形式出现的有一定重量的金属。作为量的价值早就存在，而且像这种文化本身一样历史悠久。在荷马时代，一个塔伦相当于具有一定的总重量的黄金器具和黄金饰品。在阿喀琉斯的盾牌上印有"两塔伦"，到了罗马人统治的时代，人们通常在银器和金器上加上重量说明。②

但是，具有古典形式的货币实体的发明是如此的不同凡响，以至于我们压根儿无法理解它的深刻的和纯古典的意义。我们把它看作是"人类的那些著名的成就之一"。从那以后，到处都有人在铸造硬币，就像街道的广场上到处胡乱竖立着雕像一样。我们力所能及的不过如此。我们可以模仿形状，但却不能赋予它同样的经济意义。硬币**当作货币**是一种纯古典的现象，而且只有在一种完全按欧几里得的观念设想的环境中才是可能的；但是在这里，作为货币的硬币也

① 印度袄教徒，公元七世纪到八世纪逃到印度的信袄教的波斯人的后裔。

② 参见弗里德兰德尔（Friedl änder），《罗马风俗史》（*Röm. Sittengesch.*）第4卷（1921）第301页。——原注

能创造性地支配整个经济生活。诸如收入、资产、债务、资本这类概念在古希腊罗马的城市里所具有的意义和在我们的城市里所具有的意义完全不同,因为它们所指的不是从一个点放射出去的经济能量,而是在手头的有价物品的总和。资产永远是一种流动的**现金储备**,它由于有价物品的增减而发生变动,而且和地产毫无关系,因为在古典的思维中,这两者是完全分离的。贷款就是现金的借出,并盼望这笔借款仍以现金偿还。喀提林 [①] 尽管拥有大量财物,但他仍旧很穷,因为没有人借给他为政治目的所需的现金;[②] 罗马政治家所负的巨额债务,由于没有相应的地产作为基础,所以只好把希望寄托在剥削某省的动产上。[③] 只有用**实体的**货币进行思考,我们才能理解一系列的现象:在第二次僭主政治统治下,大批的富人被处死;罗马的公敌名单,其目的是为了攫取正在流通的现金供应量的较大部分;在圣战中,福基斯人销毁了德尔斐神殿的财宝;科林斯的艺术珍品被穆米乌斯所销毁;恺撒在罗马、苏拉在希腊、布鲁图斯和卡修斯在小亚细亚,销毁了最后的供奉神灵的贡品。这些掠夺者压根儿不考虑他们的战利品的艺术价值,因为他们所需要的是贵重的材料、金属和象牙,[④] 其黄金部分是可以取下来的,人们不时地把它拿下来称称重量。因此,

---

① Catilina,古罗马的贵族。

② 参见萨卢斯特(Sallust),《喀提林》,35,3。——原注

③ 对古典的人而言,很难想象一种在实体上尚未全面地划定界线的东西,例如地产,怎样能变成实体的货币,这可以从那些竖立在希腊田地上的、表示那块土地的地产抵押的石柱上看出来,也可以从罗马人用整数和磅购买上看出来,在购买的时候,卖主把一大块土当着证人的面递给买主换成一块硬币。因此,以物易物的物品交易从来不存在,与之类似的东西,如耕地市价,也不存在。在古希腊罗马人看来,土地价值和货币价值之间的有规则的关系,就像艺术价值和货币价值之间的关系一样,是不可能实现的。精神产品,亦即非实体的产品,例如戏剧和湿绘壁画,不具有任何经济价值。——原注

④ 早在奥古斯都时代,由贵金属和青铜制成的古典的艺术品就所剩无几了。甚至有教养的雅典人也非常缺乏历史感,他们不会因为一尊由黄金和象牙制成的雕像出自菲狄亚斯之手而爱惜它。值得记住的是,菲狄亚斯为帕台农神殿创作了著名的雅典娜雕像。——原注

它们的经济用途从一开始就是一目了然的。那些在打胜仗时掠获的雕像和器皿,在观众的眼里就只是现金,因此,蒙森致力于奥古斯都元首政治的研究,试图根据出土硬币来确定瓦鲁斯战役①的地点,因为罗马的老兵随身携带了他的全部贵金属财产。古希腊罗马的财富不是存款,而是一大堆钱;古希腊罗马的货币场所并不像今天的证券交易所和埃及的城市底比斯那样,是一个信贷中心,而是一座城市,这里集中了世界现金储备的很大的一部分。可以认为,在恺撒时代,古希腊罗马的黄金的一半任何时候都存放在罗马。

但是,大约从汉尼拔时代开始,当这个世界进入金钱的绝对统治的时候,在金钱统治的势力范围内,自然界里有限的贵金属和材质上有价值的艺术品已远远不能满足人们对现金的需要了,人们对新的能够用作货币的实物的渴望越来越强烈。于是,人们看中了奴隶,因为奴隶是另一种实物,他不是人,而是一件东西,所以可以把他想象为一种货币。只是从那时起,古希腊罗马的奴隶才变成为整个经济史中的一种独一无二的现象。硬币的这些特性也扩展到有生命的东西上,因此,除了金属储备之外,还出现了人力储备,即皇帝的总督和包税人通过掠夺经济上"被开发的"地区,将它们变成人力储备。一种稀奇古怪的双重货币由此应运而生。奴隶有一种不适用于地产的行情。他被用来积累巨大的现金资产。正是由于这个缘故,罗马时代出现了庞大的奴隶群,这种现象用其他任何一种需要是根本无法解释的。只要人们雇用的奴隶的数目是职业上所需要的,奴隶的数目就很小,况且很容易从战俘和负债的奴仆那里得到补充。②只是在

---

① Varusschlacht,奥古斯都统治时期,瓦鲁斯被派到莱茵河以东地区实施罗马控制权,公元 9 年,日耳曼人用计将瓦鲁斯及其军团引入条顿堡林区,几乎予以全歼,瓦鲁斯本人自杀。

② 有人认为,甚至在当时的雅典或埃伊纳,奴隶也曾占到总人口的三分之一,这种看法完全是一种谬误。相反,公元前 400 年以后的历次革命是以大量的自由贫民为前提的。——原注

公元前六世纪,开俄斯①才进口买来的奴隶(Argyroneten)。当初,这种买来的奴隶和人数上比之多得多的有偿工人之间的差别是政治上的和法律上的,而不是经济性质的。由于古典的经济是静态的而非动态的,不懂得有计划地开放能源,所以罗马时代的奴隶并没有受到剥削,而是被雇用的,所以他们的数目可以尽可能地大。人们宁愿要精通某种职业的上等的奴隶,因为他们的生活费和其他的奴隶一样多,但却被证明是一种更高的价值;人们出租他们,就像把现款借给别人一样;人们允许他们经营自己的生意,以便他们能发家致富;人们给他们的自由劳动以低价,所有这一切至少只是为了补偿这宗资本的维持费用。②大多数奴隶并没有被雇用。他们以其作为一种货币储备的形式而实现自己的目的,这是一种人们伸手可以拿到的货币储备,它的规模不受当时有的黄金数量的自然限度的约束。正是由于这种缘故,对奴隶的需要无限地增长,结果不仅导致了一次又一次纯粹为了掠夺奴隶而进行的战争,而且引发了私人企业家在罗马默许下沿着地中海的所有海岸猎取奴隶的活动,并为总督们开辟了一条新的发财之道,因为他们把整个地区的居民迁出,并把后者卖作奴隶去还债。在提洛岛的市场上,每天有上万的奴隶被卖掉。恺撒前往不列颠的时候,希望罗马人由于自己的黄金短缺而感到的失望能通过大量的奴隶战利品而得到补偿。对于古典的思维来说,当科林斯被毁灭时,为铸造钱币而把雕像销毁和把居民拿到奴隶市场上去拍卖,都是为了同一个目的,即把实体的东西变换成金钱。

在这方面,浮士德式的货币与把奴隶当作货币完全不同,前者的

---

① Chios,爱瑟海中的一个岛屿,相传是荷马的出生地。

② 这种奴隶制不同于我们的巴罗克时代的黑人奴隶制,后者表明是**机械工业**的最初阶段:一种"活的"能量的组织,即把人最后变成为煤炭;只有当人们对人变成为煤炭感到习以为常的时候,奴隶制才被认为是不道德的。从这个角度看,北方在美国内战中的胜利(1865)意味着煤炭的能量在经济上战胜了简单的体力能量。——原注

象征是货币被视为一种功能，当作一种力量，它的价值在于它的效用，而不在于它的单纯存在。这种经济思维的新的风格早就出现了，例如大约在公元 1000 年，诺曼人就把他们掠夺来的土地和人**组织成一种经济力量。**① 我们可以把诺曼公爵们的会计学中的纯粹账面价值跟《伊利亚特》同时代的"金塔伦"进行比较——支票、账户、存根这些概念就出自诺曼人的会计学。② 人们在该文化刚一开始时就提出了现代信贷的概念，这个概念是人们对此种经营管理的力量和持续时间的信任的产物，它和我们的货币理念几乎是一样的。罗杰二世③ 把这种财政方法转用在西西里的诺曼王国上，大约在 1230 年，霍亨斯陶芬家族的皇帝腓特烈二世把罗杰二世的财政方法发展成为一种在其动力上远远超过榜样的强有力的制度，从而使他成为"世界上第一个资本势力"。④ 当这种具有数学的思维力量和皇室的权力意志的财政方法从诺曼底进入法国，并于 1066 年大规模地运用于被征服的英国的时候——直到今天，英国的土地名义上仍是皇室的领地——这种财政方法在西西里受到意大利的城市共和国的效仿，而在这些城市共和国里占统治地位的贵族不久便把这种财政方法从乡镇预算用到了他们自己的商业会计中，从而使这种财政方法在整个西方世界的商业思想和运算中传播开来。稍后，这种西西里式的实践被德意志骑士团（Deutschritterorden）和阿拉贡王朝⑤ 所采纳，也

① 古王国时期的埃及行政和西周初期的中国行政也有类似的情况，这一点是明白无误的。——原注

② 在这些会计室里工作的职员（clerici）就是现代银行职员的原型（英语里的 clerh）。——原注

③ Roger Ⅱ（1095—1154），诺曼骑士，西西里国王（1130—1154）。

④ 参见哈姆佩（Hompe），《德意志皇帝史》（*Deutsche Kaisergeschichte*），第 246 页。另见雷奥纳多·皮萨诺（Leonarao Pisano），《算盘之书》（*Liber Abaci*）(1202)，这部著作甚至在文艺复兴之后仍是会计学的权威著作，它除了介绍阿拉伯的数字体系之外，还引入了作为借方的负数，因而得到腓特烈二世这位伟大的皇帝的资助。——原注

⑤ Aragonische Dynastie，西班牙东北部的一个王朝。

许,腓力二世统治下的西班牙和腓特烈·威廉一世统治下的普鲁士的可当作榜样的会计学也应归因于这种西西里式的实践。

然而,决定性的事件是1494年意大利数学家卢卡·帕西奥里所发明的复式簿记,它与公元前650年左右的古典硬币的发明是"同时代的"。歌德在其长篇小说《威廉·迈斯特》里盛赞这种复式簿记,称它是"人类才智最优秀的发明之一";的确,这种复式簿记的发明者当之无愧地可以与他的同时代人哥伦布和哥白尼并驾齐驱。我们的账户记账应归功于诺曼人,我们的簿记则应归功于伦巴第人。值得注意的是,诺曼人和伦巴第人均是日耳曼部族,正是它们创作了早期哥特时代的**两部**最富有希望的法学著作,也正是它们对远洋的渴望推动了美洲的**两次**发现。"这种复式簿记,和伽利略以及牛顿的体系一样,产生于同一种精神……它用它们所使用的手段把现象整理为一个精美的体系,它可以说是建立在机械思维原则基础上的第一宇宙。这种复式簿记用同样的方法为我们开辟了经济世界的宇宙,后来的那些伟大的自然研究者也用同样的方法为我们开辟了行星世界的宇宙……这种复式簿记所依据的是这样一种合乎逻辑的基本思想,即把一切现象仅仅理解为量。"①

这种复式簿记是对价值空间的一种纯粹的分析,它所参照的是一种坐标体系,而坐标体系的源头就是"公司"(Firma)。古希腊罗马的硬币只允许用价值量来进行算术运算。在这里,我们又看到了毕达哥拉斯和笛卡儿之间的对立。我们可以谈及一家企业的积分法,在经济以及科学中,图示的曲线是相同的视觉辅助手段。古典的经济世界,就像德谟克利特的宇宙一样,是按照**材料**和**形式**来划分的。一种以硬币的形式表示的材料是经济运动的载体,并在使用它的地方对同等价值量的需求量施加压力。**我们的经济世界是按力量和质量来划分的**。货币张力的力场只存在于空间中,并赋予每一件物

---

① 桑巴特,《现代资本主义》,第2卷,第119页。——原注

品——不管它属于哪一种——以正的或负的有效价值。[①]"书上没有的,世上就没有。"(Quodnon est in libris, non est in mundo.)但是,这里所设想的功能性货币的象征——这种功能性货币**唯一**可以和古典的硬币相比——既不是账面批注(Buchvermerk),也不是汇票、支票或钞票,**而是在书面上完成功能的一种行为**,从最广泛的意义上说,有价证券是这种行为的唯一的**历史证据**。

然而,与此并行的是,西方由于对古希腊罗马深感钦佩而铸造了硬币,西方认为,硬币不仅是主权的标志,而且是有凭有据的货币,还是与经济思维完全相适应的货币。由于同样的原因,早在哥特时代,人们就接受了罗马法及其将事物和实体性的量等量齐观的做法,还接受了建立在作为量的数的概念基础上的欧几里得数学。就这样,这三种智力的形式世界得以发展起来,但是,这种发展不同于浮士德式的音乐的发展,因为前者是以**量的概念的进一步的解放**的形式进行的,而后者是以纯粹的、鲜花般盛开的方式进行的。数学在巴罗克时代的末期就已经达到了目的。而法学甚至到现在还没有认识到自己本来的任务,但是,在本世纪,法学会提出自己的任务,而且要求在罗马的法学家看来是理所当然的东西,即要求经济思维和法律思维的内在一致性,还要求对两者同样地熟悉。通过硬币获得象征意义的货币概念与古希腊罗马的物权的精神完全一致;但对我们来说,事情根本不是这样。我们的整个生活是动态的,而不是静态的和斯多葛式的;所以,对我们来说,最根本的东西是力量、成绩、关系、能力——组织才能、创新精神、信用、观念、方法和能源,而不是实体的东西的此在。所以,我们的法学家的"罗马式的"实物思维,就像一

---

① 我们有关电的性质的观念与票据交换(Clearing)的事情经过有一种密切的关系,在票据交换的过程中,几个商号(张力的中心)的正的或负的货币状况是用一种纯粹的思维活动予以补偿的,并且真正的状况是通过一种记账象征性地表现出来的。——原注

种自觉或不自觉地从硬币出发的货币理论一样，与我们的生活是格格不入的。我们通过模仿古希腊罗马、直到世界大战爆发不断地积累起来的巨大的硬币贮存数虽然为自己创造了一个路边的角色，但是它和现代经济的内在形式、任务和目标**没有任何关系**；即便因为战争致使这笔巨大的硬币**贮**存数从交易中消失了，也不会因此而使什么东西有所改变。①

不幸的是，现代的国民经济是在古典主义的时代产生的。在古典主义时代，不仅雕像、花瓶和死板的戏剧被视为唯一真正的艺术，而且压印得漂亮的硬币被视为是唯一真正的货币。韦奇伍德②用他的那些色调柔和的浮雕和杯子所追求的目的其实就是亚当·斯密用他的价值理论所追求的目的：伸手可及的量的纯粹的现在。因为凭劳动量的大小来衡量一件物品的价值，完全与把货币等同于硬币相符合。在这里，"劳动"不再是效果的世界里的一种**效果**，不再是按照内在的等级、强度和影响程度完全不同的**工作**，这工作在越来越广泛的范围内继续产生影响，并且像电的力场一样可以测量，但是不能为它划定界线，换言之，它是**工作**的完全从物质上展示出来的**结果**，是**工作出来的东西**，即某种伸手可及的东西，这种东西，只有它的规

① 在我们的文化中，一个国家的信用有赖于它的经济能力和政治组织，也就是说，一个国家的经济能力和政治组织赋予财政运转和记账以真正的货币创造的性质，而不是有赖于贮藏在某处的黄金供应量。唯独古典化的迷信把黄金储备升格为真正的信用测量标准，因为黄金储备的水平并不取决于意愿，而取决于能力。但是，流通中的硬币是一种商品，它与国家的信用（Landeskredit）相比具有一种行情（Kurs），信用越差，黄金的价格就越高，直到黄金无法支付，并从交易中消失，以致从此以后，黄金这种商品只有凭**其他**的商品才能保持下来；所以，黄金像任何一种商品一样，是凭账面的计算单位来衡量的，而不是像金本位制这个术语所暗示的那样，在小额的支付中，黄金可以作为一种手段，就像邮票有时也可以作为支付手段一样。在埃及——它的货币思维与西方的货币思维惊人地相似——甚至在新王朝统治时期，都没有任何类似于硬币的东西。书面汇款完全足够，而从公元前650年到通过建立尼罗河口的亚历山大里亚进入希腊化的时期，大量流入埃及的古典硬币通常被切成碎块，像商品那样按重量来计算。——原注

② Wedgwood（1730—1795），英国著名陶艺设计师。

模是值得注意的。

但是，与此完全相反，欧美文明的经济是以一种完全按其内在的等级来区分的劳动为基础的，完全不同于以往中国和埃及的经济，更别说古希腊罗马的经济了。我们生活在一个经济动力学的世界中，这是不无理由的，在这个世界里，个人的劳动不是按欧几里得的方式递增的，而是彼此以函数的关系联系着。纯粹的**执行**工作——只有马克思注意到这种工作——不过是创新的、下达指令的和组织起来的劳动的一种函数；其他工作的意义、相对价值和必须具备的能力，全是从这种工作中派生出来的。自从蒸汽机发明以来，整个世界经济是一小撮才华出众的人物的创造，没有他们的优质劳动，其他的一切就只是纸上谈兵。但是，这种成就是创造性的思维，而不是一种"量"。① 正是由于这个原因，这种成就的等值物并不是一定数量的硬币，换言之，这种成就本身就是货币，即浮士德式的货币，它不是铸造出来的，而是从一种生活中产生出来的，**应看作是一种效应中心**，这种生活的内在的等级把效应中心的想法升格为一种事实的意义。**用钱思维，就能产生出钱**——这就是世界经济的秘密。当一个金融大亨将一百万写在纸上的时候，那一百万就存在了，因为他的作为经济中心的人格为他的领域的经济能量的相应提高担保。这就是信用这个词对于我们的意义，除此而外，没有别的。但是，如果"剥夺剥夺者的所有权"这句著名的话意味着把那些优越的能力从其创造物中去掉的话，那么，世界上的所有金币也不足以赋予手工劳动者的工作以一种意义，因而也不足以赋予它以一种货币价值，因为要是那些优越的能力从其创造物中消失了，那么这些创造物就会失去灵魂和意志，变成了空的外壳。在这方面，马克思和亚当·斯密均是古典的经济学家，也是罗马的法学思想的真正产物，因为马克思只看到现成的量，而没有看到函数；他想把生产手段与那些人的活动割裂开来，这

---

① 所以，对我们的物权来说，至今还没有"这种成就"。——原注

些人的才智,通过发明方法、组织有效能的企业、占领销售地区,把一堆钢铁和砖块变成一座工厂,如果他们的力量无用武之地,他们就不来了。[①]

谁要是想提出一种关于现代劳动的学说,他就得思考所有生活的这一基本特征;在人们所过的每一种生活中,都有主体和客体,并且生活的形式越是丰富多彩,生活本身越是重要,主体和客体之间的差别就越明显。任何此在的洪流都是由少数领导者和大多数被领导者组成的;同样地,**任何经济都是由领导工作和执行工作组成的**。从马克思和那些社会伦理的空想家的井蛙之见中我们只发现了后者,即小人物和群众,但是后者只有靠前者才能存在,而且只有从最高的能力出发,才能领会这个劳动世界的精神。蒸汽机的发明者是有决定意义的,但他不是司炉。在这里,**思想**是最紧要的。

同样地,用货币思维也有主体和客体,即靠自己的人格产生和控制金钱的人,以及靠金钱维持生命的人。浮士德式的货币是从浮士德式的经济动力学中抽取出来的**力量**,而且它关系到个人的命运,关系到他的生命命运的经济方面——无论他由于他的人格的内在等级代表这种力量的一部分,还是跟这种力量相比只是一种质量。

5

资本这个词道出了这种思维的核心,它不是这些价值的化身,而是使这些价值**保持运转**的东西。资本主义只是随着一种文明的世界城市的此在而出现的,它只局限在很小的一个圈子中,这个圈子中的人通过自己的人品和才智再现这种此在。与资本主义相反的就是地

---

① 假定工人们接管了工厂的领导职务,那么事情并不会因此而发生改变。他们要么什么也不会,以致一切都完蛋了;要么他们会做一些事,于是他们在内心里感到自己是企业主,并从此以后只考虑如何保住自己的权力。任何理论都无法把这个事实从世界上消除掉,这就是生活。——原注

方经济。只是由于硬币对古典的生活的绝对统治,才产生了静态的资本,也是由于硬币对古典的生活的政治方面的绝对统治,才产生了起点或"出发点",这起点通过它的存在像磁铁一样吸引越来越新的大批的东西。只是账面价值的统治权——账面价值的抽象体系通过复式簿记仿佛从人身中分离出来,并依靠其自身的内在动力继续运转——导致了现代资本的产生,它的力场遍及全球。[①]

在古典资本的影响下,古典世界的经济生活采取了一种黄金流的形式,这种黄金流从各个行省流到罗马,再从罗马流到各个行省,而且它还在寻找越来越新的地区,这些地区的已加工好的黄金储备尚未得到"开发"。布鲁图斯和卡修斯把小亚细亚的神庙的黄金用长列的骡队运到腓立比战场——人们可以理解,在一次战役之后,对营地的劫掠会是一种什么样的经济行动——而且,格拉古早就指出,从罗马运往各行省的酒罐装满了酒,回来的时候则装满了黄金。对外族的黄金财物的这种搜寻正相当于今天人们对煤炭的搜寻,后者在更深刻的意义上说并不是一种"物",而是一种能量财富。

但是,如果城邦把自给自足的经济理想奉为理想,这也符合古希腊罗马对近处和现在的偏好。经济的原子化本应和古典世界的政治的原子化相适应。任何微小的生命单位都渴望拥有自己的、完全封闭的经济流,这种经济流独立于所有其他的经济流,也就是说,它是在视觉所及的范围内运转的。西方的"公司"(Firma)的概念和这种原子化的经济形成鲜明的对比,公司被视为一种被想象为完全非人格化的、非实体的力量中心,它的影响扩散到四面八方,扩散到无

---

① 只是从 1770 年起,银行才成为信贷中心和一种经济力量,在维也纳会议上,这种经济力量第一次干预了政治。在此之前,银行家主要关心的是汇票业务。中国的甚至是埃及的银号具有另一种意义;古希腊罗马的银号,甚至在恺撒时期的罗马,至多只能称作是现金兑换处。它们收纳现金税款,以归还现金为条件出借现金,因此,神庙由于拥有以献祭贡品形式出现的金属储备而变成了"银行"。提洛的神庙在几个世纪里一直以百分之十的利率出借贷款。——原注

边无际的地方。公司的"老板"（Inhaber）通过其以金钱来思考的能力并不代表这个力量中心，而是像拥有一个小宇宙一样去**占有**和**操纵**——也就是控制——这个中心。对于古典的思维来说，公司和老板的二重性似乎是完全不可想象的。①

所以，西方的文化和古典的文化分别代表着**组织**的极大和极小，因为古典的人甚至完全没有组织的概念。古典人的财政管理是被升格为规则的临时措施，因此，雅典和罗马的富裕市民会因装备军舰而增加负担；罗马的营造司②的政治权力和他的债务有赖于这样一个事实，即他不仅操办了比赛、修建了街道和建筑物，而且还要还债，当然，他可以通过掠夺他的行省把付款弄回来。收入的来源，只有当人们需要它们的时候才会被想到，然后再根据当时的需要——根本不会考虑到将来的需要——利用它们，尽管它们因此必然会遭到破坏。掠取属于自身的神庙里的财宝，海盗式地抢劫自己的城市的船只，没收自己的同胞的财产，成了司空见惯的财政方法。如果有剩余，就把它们分给市民，例如，在雅典，尤布路斯③就是因为这种做法而深得人心的。④ 那时既没有预算，也没有经济政策。罗马各行省的"经济管理"是元老院议员和财务官从事的一种公开的和私人的掠夺，他们压根儿不考虑支出的价值是否和怎样得到补偿。古典的人从来不考虑有计划地加强他的经济生活，而总是想到眼前的成果，即已获得的现金量。如果没有古老的埃及，帝国的罗马早就走向灭亡了：幸好在古老的埃及存在着一种千余年只考虑其经济组织的文明。罗马人既

---

① 公司的概念早在晚期哥特时代就以"比价"（ratio）或"转让"（negotiatio；译者按：指商业票据的转让）的形式出现；要把这个概念完全用古希腊罗马的语言表达出来，这是不可能的。罗马人用"交易"（Negotium）这个词表示一种具体的过程，"做生意"，而不是"有生意"。——原注

② Ädil，古罗马司掌公共建筑物、保安警察等的官吏。

③ Eubulos，公元前四世纪雅典政治家兼财政家。

④ 参见波尔曼（Pöhlmann），《希腊史》（*Griechische Geschichte*），1914，第216页以下。——原注

不懂得也不可能模仿古老的埃及的这种生活方式。[①] 但是，在古老的埃及，统治农民的罗马官员获得了取之不竭的货币来源，这种偶然事件使得罗马人没有必要把剥夺公敌的人权变成为**一种习俗**。这种以屠杀的形式进行的财政运作，最后一次发生在公元前 43 年，不久后，埃及就被罗马并吞了。[②] 那时，布鲁图斯和卡修斯在小亚细亚搜刮了大量黄金，拥有这批黄金就意味着拥有一支军队，意味着对世界的统治；为了这批黄金，有必要把意大利两千最富有的居民非法处置，并把他们的头颅装在袋子里拖到罗马广场，用以换取赏金。甚至连亲属、儿童、老年人或从不关心政治的人都无一幸免，如果他们拥有一大笔现金的话。否则的话，成果就太少了。

但是，随着古典的世界感在早期帝国时代的消亡，这种以金钱进行思考的方式也就消失了。由于人们又过着农民式的生活，**硬币又变成了货物**。[③] 而且，这也可以解释哈德良统治以后黄金何以会大量

---

① 参见格尔克—诺尔敦（Gercke-Norden），《古代科学导论》（*Einleitung in die Altertumswissenschaft*），第 3 卷，第 291 页。——原注

② 参见哈特曼（Hartmann）所著《罗马史》中的"克罗迈耶尔"章（Kromayer），第 150 页。——原注

③ 这个时期的犹太人也是罗马人，不过犹太人当时是农民、手工业者和小商小贩［参见帕尔范（Parván），《罗马帝国中的商人的国籍》（*Die Nationalität der Kaufleute in röm. Kaiserreich*），1909；另见蒙森（Mommsen），《罗马史》，第 5 卷，第 471 页］；也就是说，犹太人所从事的是在哥特时期就已变成他们的商业活动**对象**的职业。今天的"欧洲"跟俄国人相比处于相同的地位，后者非常神秘的精神生活把"用货币思维"视为一种罪恶，高尔基的《底层》（*Nachtasyl*）中的朝圣者和托尔斯泰的全部思想代表着这种神秘的内心生活。今天，在这里，如同在耶稣时代的叙利亚一样，我们有两个上下重叠的经济世界：一个是从西方侵入的、上层的、外来的和文明化的经济世界（最初几年的完全西方式的和非俄罗斯的布尔什维主义属于作为酵母的从西方侵入的经济世界），另一个是没有城市的、只生活在货物当中的下层的经济世界，它不精打细算，而是直接交换生活必需品。我们必须把表面的口号看作是一种呼声，从这呼声里，简朴的、完全忙于他的灵魂的俄国人听出了上帝的意愿。俄国人中间的马克思主义是以一种满怀热情的误解为基础的。他们忍受了彼得大帝主义的高级经济生活，但他们既没有创造它，也没有承认它。俄国人并不反对资本，但他并不**理解**资本。凡是善于阅读陀思妥耶夫作品的人，都会在他的作品里预感到一个年轻的人类，对这个年轻的人类来

129

流向远东地区,这一点至今还无法加以解释。由于一种新的文化的兴起,以黄金流的形式出现的经济生活破灭了,所以奴隶也不再是金钱,而与黄金的流出并行的是奴隶的大量解放,这是从奥古斯都统治时期起任何帝国的法律都无法阻止的,而在戴克里先统治时期,他所颁布的那个著名的最高价格敕令不再涉及到货币经济,而是涉及到**货物的交换制度**,至此,古典的奴隶类型也不复存在了。

二、机器

6

技术同在空间中自由活动的生命本身一样古老。只有植物——正如我们所看到的大自然一样——是技术的发展过程的纯粹舞台。动物,由于它是活动的,因而也有运动的技术,以便维持自己的生命和保护自身。

说,**根本不存在货币**,只有货物与生活有关,而生活的重心并**不**在于经济方面。"对剩余价值的恐惧"在战前曾使某些人走向了自杀,这种恐惧不过是以下这一事实的一种没被人理解的文学的伪装,即对于没有城市的货物思维来说,用钱来赚钱乃是一种罪过,从发展中的俄罗斯宗教的角度上看乃是一种罪恶。今天,随着沙皇统治下的城市的毁灭,人们在习惯于城市思维、迅速地消失的布尔什维主义的表皮下,在那些城市里又过着乡村的生活,这意味着人们已经摆脱了西方的经济。这种天启般的仇恨——跟耶稣时代的纯朴的犹太人对罗马人的仇恨一样——不仅针对作为城市以及作为一种西方式的政治权力的所在地的彼得堡,而且把它视为西方的货币思维的中心,正是这种思维毒害和误导了整个的生活。下层的俄罗斯群众正让一种没有神父的、建立在《约翰福音》基础之上的第三种基督教产生,它与其说接近于浮士德式的基督教,不如说更接近于巫术的基督教,因此,它以**洗礼**的一种新的象征体系为依据,它远离罗马天主教和维滕贝格新教,它预感到未来的十字军东征将把目光从拜占廷移向耶路撒冷。这是它**唯一**关心的事情。可以想象,它将再次落入西方经济的魔掌,就像原始基督教徒落入罗马经济的魔掌和哥特时期的基督教徒落入犹太人的经济的魔掌一样,但是它在内心里不再参与西方的经济。——原注

130

觉醒的小宇宙与其大宇宙——"**大自然**"——之间的原始关系，就在于用各种感官触摸事物，这种触觉从单纯的感官**印象**上升到感官**判断**，因而它能以判断的方式（亦即"区分的方式"）发挥作用，或者换一个具有同样意义的说法，**能以因果分析的方式**发挥作用。然后，那被确定的东西被充实成为最原始的经验——"标志"——的尽可能完整的体系，这是一种不由自主的方法，人们通过它才能在自己的世界里感到得心应手。正是这种不自觉的方法使许多动物获得了异常丰富的经验，它们超过了人类的自然知识。但是，最初的醒觉永远是一种**有实际行动的**醒觉，它与形形色色的纯粹理论全然无关，因此，最初的醒觉是日常生活的微小技术，凭借它以及凭借**那些死的东西**，人们获得了这些经验。这就是**文化**与神话之间的区别，因为在这个层次上，宗教与凡俗之间并没有分界线。所有的醒觉**都**是宗教。

当对自然的确定——为了按自然行事——转化为一种固定的时候，高级生命的历史就发生了一种决定性的转变，因为通过固定，自然**被蓄意地改变了**。由此，技术在某种程度上变成独立自主的，而那由欲望所左右的原始经验则变成了一种人们清楚地"意识到的"原始**知识**。思想已经从感觉中解放出来。只是用词汇表示的**语言**开创了这个时代。由于语言从说话中派生出来，从而产生了交往语言所需的一系列符号，这些符号比记号多得多，它们是与一种意义感觉联系在一起的一些**名称**，人用这些名称支配神力（Numina）——不管它是神祇还是自然力——的秘密；它们还是**数**（公式、最简单的定律），现实的内在形式通过这些数得以从偶然的感觉中抽象出来。

于是，识别符号的体系发展成为一种理论，即**图像**（Bild），这图像在文明化的技术的鼎盛时期以及在其原始的初期，从日常的技术**中摆脱出来**，作为无所事事的醒觉的一部分，而不是相反，即图像并没有产生出技术。人们"知道"自己想要什么，但是，为了获得知识，人们必须经历许许多多的事情，人们千万不要对这种"知识"的性质产生错觉。借助于数的经验,人们能够支配这种秘密,但是还不能揭示它。现代魔术师的形象:一个具有许多杠杆和标记的开关板,工人只需用手指一按,就可以产生巨大的效果,而无需知道它们的本质,开关板不过是人类技术的一个象征而已。我们周围的光的世界的图像——正如我们通过批判和分析将其发展为理论和图像一样——不过是这样的一个开关板,在这个开关板上配有某些事物的特定的标记,故而只需触动某一个标记,某种效果就肯定会随之出现。但是,秘密本身依旧是使人感到压抑的。[①] 但是,醒觉通过这种技术有力地干预事实世界;生命把思想当作一种咒语**加以利用**,并且在某些文明的鼎盛时期,在它的大城市中,终于迎来了那样的时刻:技术的批判开始厌倦于为生命服务,并提出自己要当生命的暴君。西方的文化现在正感受到这种具有真正悲剧性尺度的无拘无束的思想的恣意狂欢。

人们已经偷听了自然的步伐,并且记住了它的符号。人们开始用手段和方法——它们利用了宇宙的节奏的法则——去模仿自然。人敢于扮演神祇的角色,因此很容易理解:这些人造的事物——因为在这里,**技能**(Kunst)是**作为自然的**对立概念而出现的——的最早的制造者和行家,尤其是锻工技艺的保护者,何以被其他的人看作是不可思议的,看作是敬畏和憎恶的对象。这样的发明的财富与日俱增,它们常常被发现,又被遗忘,被模仿,被回避,被改进,但是最终它们为各大洲提供了各种**不言而喻**的手段的贮存——火、金属加工、工具、武器、犁、船、房屋建筑、动物饲养和谷物播种。尤其是金属,某种非常神秘的吸引力将原始人吸引到埋藏有金属的地方。古老的商道,通过有人定居的乡村生活,越过划船运送货物的海洋,通往秘密埋葬

---

① 物理知识的"正确性",亦即它们的作为**"解释"**的适用性,直到目前还没有被任何现象驳斥,换言之,物理知识的正确性完全独立于它们的技术价值。对于实践来说,一种肯定是错误的、自相矛盾的理论,有可能比一种"正确的"和深刻的理论更加有价值。物理学早就避免使用常识意义上的"正确"与"错误"等字眼,并把它们只用于公式,而不用于自己的图像。——原注

着的矿藏;后来,在这些商道上流行着各种祭礼和装饰花纹;一些传说中的名称,诸如锡岛与黄金之国,长久地保留在人们的想象里。原始贸易是金属贸易:于是第三种经济,即一种外来的、冒险的、畅行各地的经济,侵入了生产性的和加工性的经济。

在此基础之上,高级文化的技术应运而生,在其等级、色彩和激情里体现了这些伟大的神灵的整个心灵。古典人以欧几里得的方式来感受他的周围的世界,对技术的思想早就心怀敌意,这几乎是不言而喻的。如果我们认为古典的技术是指某种毅然决然地凌驾于米克涅时代的广为传播的技能之上的东西的话,那就没有古典技术可言了。[①] 古希腊的三层桨战船乃是放大了的划艇,古典的弩砲和投石器乃是手臂和拳头的替代物,它们不可能与亚述的和中国的战争机器较量;就希罗及其志同道合者而言,突然萌发的念头并不是发明。他们缺乏内心的砝码,缺乏此时此刻的充满命运的东西,缺乏深层的必要性。人们到处玩弄——为什么不呢? ——那些大概来自东方的知识,但是谁也没有关注那些知识,尤其是人们并没有想到把这些知识认真地推广到生活的塑造之中。

浮士德式的技术则与此完全不同,它怀着对第三维空间的满腔热情,从哥特时代的最早时期开始就着手探索自然,其目的是为了**主宰**自然。在这里,而且只有在这里,认识和利用的结合才是理所当然的事。[②] 理论从一开始就是**劳动的假设**。古希腊罗马的苦苦思索者,

---

① 迪尔斯(Diels)在其《古典的技术》(*Antike Technik*)一书中所收集的材料,其实是一种内容丰富的毫无价值的东西。如果我们把本来属于巴比伦文明的东西,例如日晷和水钟,或本来属于阿拉伯的早期的东西,例如化学和加沙的神钟,从那里抽走,所剩下的就只有门栓一类的东西了,要是在任何其他的文化里引用门栓一类的东西,这将是对这种文化的侮辱。——原注

② 中国的文化几乎发现了所有西方的发明——其中就有指南针、望远镜、印刷术、火药、纸和瓷器——但是,中国人只是用花言巧语从自然骗取东西,而没有压制它。他也许感到自己的知识的长处,并把它加以利用,但他并没有热衷于充分地利用它。——原注

像亚里士多德的神祇那样"看着";阿拉伯的苦苦思索者则像炼金术士那样寻找魔法［例如哲人之石（Stein der Weisen）］以便用它**毫不费力地**获得自然的财宝;[①]西方的苦苦思索者则希望按照自己的意志去**控制**世界。

浮士德式的发明者和发现者是某种独一无二的东西,他的意志的原始力量、他的眼光的闪光力量、他的根据实践思考的钢铁般的能力,在从另一文化的角度看问题的任何人看来,想必是可怕的和难以理解的,但是对于我们来说,它们却是与生俱来的。我们的整个文化有一种发现者的心灵。发现那人们**没有**看到的东西,把它带进内心视觉的光的世界中,从而夺取它,这就是浮士德式的文化从一开始就具有的最执着的激情。它的所有伟大的发明都是慢慢地在内心深处成熟,它们被具有先见之明的杰出人物宣布和实验,最后随着一种命运的必然性一同出现。所有这些发明已完全近似于早期哥特时代的僧侣们的无忧无虑的思索。[②]在这里,我们可以看出,所有的技术思想均来源于宗教。这些满怀热情的发明者在他们的修道院的斗室里,用祈祷和吃斋向上帝**索取**它的秘密,他们把这种活动看作是一种**礼拜**。在这里,浮士德的形象出现了,它是一种真正的发明者文化的伟大象征。"实验科学"（scientia experimentalis）——罗杰·培根最早用这个术语给自然研究下定义——也就是用杠杆和螺旋来对大自然进行**大规模的**询问,其结果是,展现在我们眼前的是在当今的平原上布满了工厂的烟囱和输送塔。但是,对于所有的发明者来说,也存在着真正的、有魔鬼插手其间的、浮士德式的危险,即魔鬼在精神上会把他们引向它向他们承诺世间一切权力的那座山。这就是那些古怪

①　正是这种精神,将犹太人、波斯人、亚美尼亚人、希腊人、阿拉伯人的事务概念与西方民族的区分开。——原注

②　在传说中,阿尔贝图斯·马格努斯过着大魔术师一般的生活。罗杰·培根（Roger Bacon）曾思考过蒸汽机、汽船和飞机［参见斯特鲁恩茨（F. Strunz）,《中世纪自然科学史》,1910,第88页］。——原注

的多明我会士如彼得·佩雷格里努斯所梦想的永动机的意义,借助于这种永动机,人们似乎可以剥夺上帝的万能。他们一再地屈服于这种雄心壮志;他们迫使上帝交出它的秘密,以便自己成为上帝。他们谛听宇宙节拍的规律,以便操控它们。因此,他们还创造了**机器的观念**,即把机器看作是一种只服从于人的意志的小宇宙。但是,他们也因此越过了那条难以捉摸的边界线,使其他人的朝拜的虔敬之心在那里看到了罪恶的开端,为此,他们——从培根到乔尔丹诺·布鲁诺——遭到了毁灭。真正的信仰一再地感到:机器就是魔鬼。

发明中蕴藏着的激情早在哥特式建筑中就已经表现出来——我们可以把它跟多立克式建筑刻意的形式贫乏作一比较——我们的所有音乐也表现出这种激情。接着,书刊印刷和远程武器出现了。继哥伦布和哥白尼之后,出现了望远镜、显微镜、化学元素,最后出现了早期巴罗克的技术方法的大全。

然而,紧随其后,随着理性主义的产生,蒸汽机被发明了,这一发明颠覆了一切,从根本上改变了人们对经济的看法。在此之前,自然为人类作出了许多贡献,而如今,自然变成了被套上轭的**奴隶**,她的劳动仿佛遭到了嘲弄,可以用马力加以衡量。人们从黑人的体力——它被用在有组织的企业里——过渡到地壳中的有机储备,在那里,千万年的生命力以煤炭的形式储存着,而在今天,人们把目光投向无机的自然,它的水力已经被用来支援煤炭。随着马力上百万地和上亿地增加,人口的数量也在不断地增加,而增加的程度,没有一种其他的文化曾认为是可能的。这种增长是**机器的一种产物**,因为机器希望人们伺候和操纵它,因此每个人的力量也成百倍地增加。为了机器,人的生命成为宝贵的。**工作**成为伦理思考中的大话、虚夸的话。在十八世纪,这句大话在所有的语言里失去了它的无关紧要的意义。机器在工作,而且迫使人同它合作。整个文化变成了某种程度的工作,在这种情况下,大地也为之颤抖。

现在,在几乎不到一百年的时间里,发展出了一部如此伟大的戏剧,以至于属于一种具有不同心灵和不同热情的文化的人们不得不突然感到,自然在当时已经开始动摇。除此之外,政治席卷了城市和民族;人类的经济已深深地介入植物界和动物界的命运之中,但这仅仅触及到生命的边缘,而且又变得模糊了。但是,当所有别的东西下落不明和沉没的时候,这种技术却留下了它的时日的痕迹。这种浮士德式的激情已经改变了地球表面的面貌。

这是一种朝外和朝上拥去的生命感,正是由于这个缘故,它和哥特式的生命感非常相近,就像在蒸汽机的童年时期歌德的浮士德的独白所表现出来的那样。沉醉在幸福之中的心灵意欲飞越空间和时间。一种不可名状的渴望把他引诱到一望无垠的远方。人希望脱离大地,全神贯注在无限广阔的宇宙上,摆脱身体的纽带,在星际太空中盘旋。这就是圣伯纳德①的火热的、向上飘动的激情最初所追求的东西;这就是格吕恩瓦尔德②和伦勃朗在他们的画面背景中所想出的东西;这就是贝多芬在其最后的四重奏的那些远离地球的声音中所构思的东西;这一切再次出现在这一系列发明的充满才智的陶醉中。因而出现了一种异想天开的交通:在几天的时间里游弋世界各大洲;用漂浮的城市渡过海洋;钻通山脉;在地下的迷宫里歇脚;从老掉牙的、早就耗尽自己的能力的蒸汽机转向内燃机;从马路和铁路最终升格为在高空中飞翔;因而发生了口语在瞬间传遍重洋的情况;因而萌生了一种野心,想要打破一切记录,突破一切空间,想要为巨大的机器建造巨大的厂房,建造庞大的船舶和巨大的拱桥。这是一些高耸入云的、荒唐无稽的建筑物,是一些挤在一点上并且服从一个孩子的手的神奇力量;这是一些用钢铁与玻璃做的、发出隆隆响声的、颤动的和嗡嗡作响的工厂,在这些工厂里,渺小的人就像一个独裁的君主

---

① Der heilige Bernhard(1091—1153),西多会教徒。
② Grünewald(1470—1528),德国画家。

一样来回地走动,而且总算感到自然就在他的脚下。

而且,这些机器在其形式上越来越没有人情味,越来越禁欲、神秘、深奥难解。它们用一些微妙的力、电流和张力所织成的无限的织品笼盖着大地。它们的形体越来越成为精神的,越来越变得寂静。这些车轮、轧辊和杠杆不再说话。所有起决定性作用的东西都隐退到内心深处。人们感到机器就像是魔鬼,这是对的。在信徒的眼中,机器意味着把上帝拉下马。机器让人听任因果关系的摆布,而且变得沉默起来,变得不可抗拒,由人以一种有远见的博学多才使其运转起来。

7

小宇宙从来也没有感到自己优越于大宇宙,但是在这里,那些微不足道的生物凭借其精神力量就足以使那些没有生命的东西依赖于自己。这是一种无与伦比的胜利,只有**一种**文化才有幸获得这种胜利,而且也许它只能获得几个世纪。

但是,恰恰由于这个原因,浮士德式的人变成了**他的创造的奴隶**。他的命数和他的生活的素质已经被机器推向了一条既不能停止也不能倒退的道路。农民、手工业者,甚至商人,与**机器在其发展的道路上培养出来的三种人物**,即企业家、工程师和工厂工人相比,突然显得无关紧要了。从手工业即加工的经济的一个很小的分支中,已经长出了一棵大树——**只是在浮士德式的文化里**——它使所有其他的职业黯然失色,这棵大树就是**机器工业的经济世界**。① 它强迫企

---

① 马克思说得很对,这是市民阶级的一种创造,而且是最值得骄傲的一种创造。但是,由于马克思对古代—中世纪—近代的模式完全着迷了,所以他未能注意到,只有浮士德式的文化的资产阶级才是机器的命运的主人。只要机器的命运还支配着尘世,每个非欧洲人就要试图探索这种可怕的武器的秘密,不过在内心里非欧洲人是反对机器的,不论他是印度人还是日本人,也不论他是俄罗斯人还是阿拉伯人。在巫

业家和工厂工人服从它。二者都是机器的奴隶，而非机器的主人，这机器只有在现在展示出它的魔鬼般的神秘力量。但是，如果当代的社会主义理论只想看到工厂工人的贡献，并利用劳动这个词来表示工人的贡献的话，那么劳动只有通过工人的极有效的和决定性的成绩才成为可能。有一句著名的话："强壮的手臂能使每个车轮停止运转。"这种想法是错误的。是的，能使车轮停止运转，但这并不需要工人来做。让车轮运转起来，工人是办不到的。在机器这个人为的和复杂的王国里，组织者和管理者是核心人物。是思想而不是手使这个王国凝结在一起。但是，恰恰由于这个原因，要想保护这种常常遭受危险的建筑物，有**一种**人物甚至比经营企业的**业主**——他使城市拔地而起，而且改变了风景的面貌——的全部能量还要重要；这是一种在政治争执中容易被遗忘的人物，他就是**工程师**，他就是机器的有知识的牧师。不仅工业的水平，而且它的**此在**，都有赖于成千上万有才能的、受过严格训练的、掌握技术并且不断向前发展技术的人才。工程师不声不响地是机器的主人和命运。他的思想是作为现实的机器的一种可能性。有人担心煤层会耗尽，这完全是一种唯物主义的顾虑。但是，只要有上流的技术开路人，就不会有这类危险。但是，如果这支军队——它的思想劳动跟机器的劳动一起构成了一个内在的统一体——后继无人，那么，尽管企业家和工人百般努力，工业也必然会逐渐消亡。假定未来几代人当中最有才华的人觉得心灵的健康比这个世界里的一切权力更为重要，假定在形而上学和神秘主义——今天的理性主义正在接替它们——的影响下，恰恰是脑力劳动者中的佼佼者日益感到机器的**撒旦主义**——在这方面，罗杰·培

术的心灵的本质中存在着这样一种深刻的认识，即作为企业家和工程师的犹太人避开机器的原本的创造，而把注意力集中在机器制造的生意方面上。但是，俄罗斯人也以恐惧和仇视的目光看待车轮、缆线和铁轨的这种暴虐；如果他今天和明天也去顺从这种必然性，那么以后他会**把这一切从他的记忆和环境中**去掉，从而在自己的周围创造一个全新的世界，在那个世界里，再也没有这种魔鬼的技术的容身之地。——原注

根和圣伯纳德迈出了第一步——那么，没有什么东西能够阻挡这出伟大的戏剧的终结，这是一场智者们玩的游戏，在这场游戏中，手只允许起到助手的作用。

西方的工业改变了其他文化的古老商道的位置。经济生活的洪流正在向"煤炭女王"的所在地和广大的原料产地移动。自然正被耗尽，地球成为浮士德式的用能量思维的牺牲品。**工作着的大地**是浮士德的观点；在《浮士德》第二部里，浮士德由于看到了工作着的大地而死去；在这里，富有进取精神的工作获得了人们的交口称誉。这种富有进取精神的工作和古典的帝国时代的静态的、饱和的存在形成鲜明的对照。工程师与罗马的法律思想毫无关系，他将实现他的意愿，即让**他的**经济获得它自己的权利，在这种权利中，力量和效能将取代人和物。

8

但是，金钱对这种精神力量的冲击也是巨大的。工业和农民一样仍然和大地紧密相联。工业有自己的位置，它的原料是从大地里涌现出来的。只有金融寡头们是**完全**自由的和完全不可触及的。自1789年以来，银行以及证券交易所，由于长成为庞然大物的工业对贷款的需求，已发展成为一种独特的力量；如同金钱在**所有**文明里一样，银行以及证券交易所也希望成为**唯一的**力量。生产性经济和掠夺性经济之间的古老的争斗，现在发展成为思想家们的一场无声的、在世界城市的基础上进行的巨人的战斗，这场战斗是技术的思维为了自己的自由和用货币思维进行的一场殊死之战。①

---

① 一小撮头脑敏锐、意志坚强的纯种人（Rassemenschen）的这种强烈的争斗——朴实的市民既看不到也无法理解这种争斗——从远处，即从世界历史的角度看来，不过是企业家和工人的社会主义之间的利益之争，这种强烈的争斗实际上并没有什么意义。工人运动是它的领袖们制造出来的，对占据工业领袖地位的业主企业家的

在浮士德式的文明以及在其他每一种文明中,金钱的独裁向前迈步,正接近一种自然的顶点。现在,一件只有钻研了货币的本质的人才能理解的事情发生了。如果金钱是某种伸手可及的东西,那么它的此在将会是永恒的;但是,由于它只是思维的一种形式,因此,**一旦它把经济世界思考完毕**,也就是说,一旦它缺乏材料,**它就会逐渐消亡**。它闯入农民的乡村生活,使土地成为动产;它从商业上使各式各样的手艺转变成思想;今天,它又成功地威胁到工业,为的是使企业家、工程师和执行者的生产性的工作同等地变成为它的战利品。机器,本世纪真正的女王,连同它的人类随从,都面临着沉溺于一种更强大的力量的危险。但是,与此同时,金钱正走向它的成功的尽头,**金钱与血统**之间最后的斗争正在开始,在这场斗争中,文明即将获得它的最后的形式。

　　恺撒主义的到来打破了金钱的独裁及其政治武器民主政治。在世界城市的经济及其利益取得对政治的塑造力的长久胜利之后,生命的政治方面毕竟显得更为强大。剑战胜了金钱,主人意志再次服从掠夺者的意志。如果我们把金钱的那些力量叫作资本主义,[①] 如果我们把那种意志叫作社会主义,这种意志试图超越所有的阶级利益,建立一种强大的政治经济秩序,即建立一种**高贵的**操劳和责任的体系,这种政治经济秩序以固定的形式动员一切力量参与历史的决战,那么,这同时意味着**金钱和法律**之间的搏斗。经济的那些**私人**的权力想要为自己争得大量的财富开辟自由的道路。任何立法都不允许挡它们的路。它们想按照自己的利益制定法律,为此,它们动用它们自己创造的工具——民主政治和被它们收买的政党。为了抵挡这种

仇恨早已把工人运动投入证券交易所的怀抱。高喊"阶级斗争"的实用的共产主义,今天早已成为一种过时的、已经变得不真实的陈词滥调,实际上实用的共产主义不过是大资本的可靠的仆人,这种大资本清楚地知道如何去利用它。——原注

　　① 那些工人政党的利益政治也属于资本主义,因为它们并不想克服货币价值,而是想占有它们。——原注

冲击,法律需要一种高贵的传统和强大家族的野心,这种野心并不满足于财富的积聚,而是要求满足于超越一切金钱利益的真正的统治者的任务。**一种力量只能为另一种力量所推翻**,而非被一种原则所推翻。跟金钱相比,不存在另外的力量。只有血统能够制服和废除金钱。**生命**自始至终都是具有小宇宙形式的宇宙的奔流直下的洪流。这是作为历史的世界内部的事实。在世代相继的不可抗拒的节奏面前,由醒觉存在在其精神世界中建立起来的一切终将消失。在历史中,重要的是生命,而且始终只有生命、种族、权力意志的胜利——而不是真理、发明或金钱的胜利——才是重要的。**世界史即是世界法庭**:它总是偏袒较强大的、较充盈的、较有自信的生命,也就是说,把权力判给此在,而不管此在在醒觉存在的面前是否是正当的。它总是为了种族和权力而牺牲真理和正义。把那些认为真理比行动重要、正义比权力重要的人和民族判处死刑。就这样,一种高级文化的戏剧——那是一个由神灵、艺术、思想、战役和城市所构成的奇妙的世界——重新跟永恒的血统的原始事实一道结束了,而永恒的血统和永远旋转着的宇宙洪流是同一件事。脑子很机灵的和形象丰富的醒觉存在重新沉没在为此在的默默奉献中,正如中国和罗马的帝国时代所表明的那样;时间战胜了空间,时间无情的步伐把这个星球上的易逝的文化这一偶然事件嵌入人这一偶然事件之中,在这种形式中,生命这一偶然事件在一段时间里逐渐流逝,而在此之后,在我们的眼睛的光的世界里,地球史和星际史的川流不息的地平线开始显露出来。

　　一种命运已经把我们置于这一文化及其发展的这一时刻中,在这一时刻里,金钱正在庆祝它的最后的胜利,金钱的遗产,即恺撒主义,正轻手轻脚地和不可阻挡地来临——但是,对于我们来说,这意味着我们的愿望和责任的方向被局限在一个狭小的范围内,没有这一点,生活是不值得过的。我们没有达到这一目标或那一目标的自由,而只有做必要的事或什么事也不做的自由。历史的必然性所提出的任务,**将要由**个人或反对他的人来完成。

　　愿意的人,命运领着走;不愿意的人,命运拖着走。[①]

<hr/>

① Ducunt fata volentem, noientem trahunt. 语出罗马哲学家塞涅卡。

译者导读
货币思维的发展

《货币与社会：拜金主义的历史》一文虽然不是斯宾格勒的原作，但由于它在内容上和斯氏的《货币与机器》非常契合，故选录于此。

此文的作者达维多夫高度评价了斯氏的《西方的没落》，指出该书之所以取得巨大的成就，原因在于斯氏所说的正是饱经战乱的德国人民所想的或所感觉到的，原因在于"斯宾格勒向对当时的处境感到震惊的德国人解释，战争只不过是文明的危机的症状"。

达维多夫在文章的开头提到了古希腊政治家、历史学家波利比乌斯（Polybius，约公元前 200—118）和十九世纪俄国社会学家丹尼列夫斯基（1822—1885）。前者最早提出政权交替形式中的周期性的理论，并对这种周期性作了完全近乎情理的解释；波氏认为，任何单一的政体都是不稳定的，必然要向另一种政体蜕变；罗马人之所以所向披靡并保持相当的稳定性，就是因为它是一种包含君主政体、贵族政体和民主政体因素在内的混合政体；但是，政体与自然界的规律一样，也必然要经过发生、发展和衰亡的过程，造成衰落的根源有外在的和内在的两个方面，外在的根源没有确定的程序，而内在的则有固定的规律，即政体走向极盛后开始暴露出来的不可克服的尖锐矛盾。后者早于斯宾格勒提出了文化历史类型的观点，推动了俄罗斯有关周期的研究。

人类社会经济上的超级周期不仅存在，而且日益受到人们的重视和研究。匈牙利医生和论辩家马克斯·诺尔道（Max Nordau，1849—1923）指出了与他同时代的欧洲的退化征候；斯宾格勒按照文化有机体的生命周期，把西方浮士德式的文化分为前文化时期（500—900），文化时期——其中又分为文化的早期（900—1500）和文化的晚期（1500—1800），文明时期（1800—2200），并且断言，从十九世纪开始，西方文化走到了它的尽头，象征西方文化的"浮士德式的精神"在其无穷无尽的追求中已经耗尽了自己的生命力，整个西方文明将在2200年灭亡。1996年，美国哈佛大学教授亨廷顿写道："冷战结束时产生的欣快感引起了和谐的幻想，不久人们就意识到，这不过是正在消逝的幻想。"2001年的9·11恐怖袭击事件，发生在东南亚、俄罗斯、美国和阿根廷的经济崩溃，轰炸南斯拉夫，武力占领伊拉克和阿富汗，美国的次贷危机等等，无不以铁的事实证明，所谓的和谐不过是一种幻想而已。两次作为共和党总统候选人的布坎南甚至撰写了题为《西方的死亡》的书。

达维多夫强调指出，斯氏关于"用货币思维"的论点对于经济学家极具吸引力，这是因为用货币思维取代用物思维的时候，文化就进入了它的发展的最后阶段，即停滞和退化的阶段。达氏指出，在2004年召开的有关经济理论的国际学术讨论会上，学者们根据斯氏的这一论点首次深入研究了商品—货币关系的超级周期的主题；接着，在2005年和2006年召开的国际学术交流会议上，学者们进一步阐明了有关商品—货币关系的超级周期的思想。

关于商品—货币关系的超级周期，达氏作了如下的描述："在最初阶段，货币的存在促进了生产力的蓬勃发展，但是很快就出现了贪赃受贿现象，然后是用货币思维，接着是拜金主义，在其发展的最后阶段，不仅商品，就连任何人都具有货币的等价物作用。假如用货币思维没有受到占主导地位的意识形态（基督教、儒教等等）的制约，就会出现收入的显著差别，而收入的巨大差别不仅导致通货膨胀，而且导致消费结构的改变……广大居民阶层的需求的降低导致生产的缩减，而生产的减少导致失业现象，失业现象反过来又导致需求的降低。"这种恶性循环，"由于商品—货币关系萎缩，生产力随之下降，从而引起严重的政治上的后果"。出路呢？"要么超级周期重新经历所有的阶段，要么用及时采取的意识形态减弱它的影响。"

达维多夫用古代中国（从周、秦到西汉和东汉）、古希腊罗马、基督教的世界、我们时代的大量例子喻明这样一个道理：凡是用货币思维取代用物思维、用货币经济取代实物经济的地区和国家，都将走向没落，古今中外，概莫能外。在当今的时代，用钱思维即一切向"钱"看的人的确不少，他们争相追逐权势、金钱与种种物质享受，结果堕落成为罪人。达维多夫用从古代到当代的史实证明了斯宾格勒在《西方的没落》中提出和预言的文化历史周期的正确性。

货币与社会:拜金主义的历史

尤里·达维多夫

经济上的超级周期与货币思维

人类社会发展中的周期过程始终不渝地吸引着学者们的注意,早在公元前二世纪,希腊政治家和历史学家波利比乌斯就已经指出政权交替形式中的周期性,并对这种周期性作了完全近乎情理的解释(政权的遗传性的移交)。遗憾的是,在俄罗斯(早在十九世纪,俄罗斯的学者们就已经开始推动有关周期的研究,例如丹尼列夫斯基提出的文化—历史类型的观点),自从《联共(布)党史简明教程》问世之后,在几乎半个世纪的时间里,人们只可能研究资本主义的周期,因为谁要是讲述不符合于公认的知识的历史概念,就有可能大祸临头。众所周知,当丹尼列夫斯基在十九世纪提出文化—历史类型的概念的时候,他的思想遭到了俄罗斯舆论界的非难,因为后者当时信奉"进步的宗教",并一致认为,这种进步在经过一百五十到两百年之后,就会停止。结果是,丹尼列夫斯基著作的第一版,在出版十五年之后,在作者逝世的时候,并没有卖光。

比丹尼列夫斯基走运的是,匈牙利医生和论辩家马克斯·诺尔道指出与他同时代的欧洲的退化的征候。理所当然,公众对他于1901年所作的预断,即在二十世纪末,欧洲的议院将通过准许同性恋者结婚的法律,抱之以嘲笑。不过,他的著作畅销各地,人们拿自己昔日的偶像取乐。奥斯瓦尔德·斯宾格勒的著作《西方的没落》取得了更大的成就,该书在第一次世界大战德国投降前两个月正式在书店里出售,在两个星期的时间里被抢购一空。这是因为斯宾格勒向对当时的处境感到震惊的德国人解释,战争只不过是文明的危机的症状。

关于斯宾格勒的《西方的没落》在二十世纪的遭遇,亚美尼亚哲学家斯瓦先这样写道:"该书在第一代人里由于灾难性的因素取得成就;在第二代人里遭到禁止,在第三代即我们这一代人里,该书的成就遭到并非来自上面而是来自下面的否决,即欧洲的平安局势。"在斯瓦先发表上述看法五年之后,即1996年,美国哈佛大学教授亨廷顿对当代世界的局势作了不那么乐观的评价:"冷战结束时产生的欣快感引起了和谐的幻想,不久人们就意识到,这不过是正在消逝的幻想。"继这番话之后,亨廷顿用两页的表格列举了发生在1993年的六个月里的冲突。

在那之后,还发生了某些对亨廷顿的表格稍加补充的事件:2001年9月11日的恐怖袭击行动,发生在卢旺达的人类历史上最惨烈的大屠杀(在两星期之内,八十万人惨遭屠杀);发生在东南亚、俄罗斯、美国和阿根廷的经济崩溃,轰炸南斯拉夫,武力占领伊拉克和阿富汗,巴黎上千辆的汽车被烧毁,等等。两次作为共和党总统候选人的布坎南甚至写了题为《西方的死亡》的书。所有这一切,综合起来说,不仅说明了出现在我们记忆中的文明的慢性病及限制文明的发展的种种因素,例如环境污染、人口过剩、资源枯竭,而且重新使我们去考察丹尼列夫斯基和斯宾格勒的构想。

这种构想的本质在于,世界史被视为一系列文化的历史的总和,每一种文化以其对世界（文化的心灵）的独特的感知而区别于其他的文化。这种心灵经历了从诞生、发展到死亡的过程；当能够领悟这种文化的最后的人死亡的时候，它也随之死亡。每一种文化经历了相同的发展阶段，斯宾格勒从存在于不同时代的文化的生活里举出大量的例子来说明这一点。斯宾格勒还认为，每一种文化及其发展的所有阶段都具有确定的、始终如一的时间长度，对于这种看法我们绝对不会同意。这种论点的出现很有可能与接受过数学教育的德国人斯宾格勒的思维方式有关，因为他力求做到最大限度的有序性。

对于经济学家来说，斯宾格勒关于用货币思维的看法极具吸引力。在斯宾格勒看来，用货币思维的特点在于，"当用货币思维取代用物思维的时候，文化就进入了它的发展的最后阶段，即停滞和退化的阶段"。在仔细地分析斯宾格勒的所有论据之后，作者得出了这样的结论：事实上，用货币思维并不是与文化生活的最后阶段同时发生的症状，而是这种症状的原因。在 2004 年召开的有关经济理论的国际间的学术性讨论会上，学者们根据斯宾格勒的这一论点首次深入研究了商品—货币关系的超级周期的主题思想，接着，在 2005 年召开的第四届哲学家代表大会以及在 2006 年召开的"历史与计算机"协会的代表会议上，学者们在自己的学术报告中进一步阐明了有关商品—货币关系的超级周期的主题思想。

我们可以以如下方式描述这些超级周期。在最初阶段，货币的存在促进了生产力的蓬勃发展，但是很快就出现了贪赃受贿现象，然后是用货币思维，接着是拜金主义，在其发展的最后阶段，不仅商品，就连任何人都具有货币的等价物作用。假如用货币思维没有受到占主导地位的意识形态（基督教、儒教等等）的制约，就会出现收入的显著差别，而收入的巨大差别不仅导致通货膨胀，而且导致消费结构的改变，用匈牙利经济学家亚诺什·柯尔瑙的话说，导致商品和劳务从对物价上涨敏锐地作出反应的家务的经济成分中"抽出"。广大居民阶层的需求的降低导致生产的缩减,而生产的减少导致失业现象,失业现象又反过来导致需求的降低,等等。在这种情况下,假如大的经营主体在地方上独立出来,那么,它们有可能致力于自给自足的经济政策,而闭关自守的经济政策的实现导致商品—货币关系的虚脱和向自然交换的转变,这在历史上屡见不鲜。由于商品—货币关系萎陷,生产力随之下降,从而引起严重的政治上的后果。在这种情况下,要么超级周期重新经历所有的阶段,要么用及时采取的意识形态减弱它的影响。

我们可以用古代中国、古代罗马以及当代多灾多难的文明的例子仔细考察商品—货币关系的超级周期的状态。这种集录可能会引起人们的惊讶,因为初看起来,简陋的木柄犁的文明和移动式电话机的文明之间毫无共同之处。但是,两者之间毕竟存在共同之处,这就是货币。货币在其发展的过程中经历了几个阶段,而这些阶段也影响到人类社会内部的关系。货币是作为商品的等价物而出现的,在这个阶段,货币的存在,其命运实际上只是由市场决定的。此外,政府也干预货币的命运,它以自己的印章认证商品等价物的数量和质量的相互关系。在这种情况下,已有可能出现硬币损坏和通货膨胀的现象。然后,政府开始发行国债,并以自己的印章保证国债可以换成商品等价物,但是,在货币发展的最后阶段,政府压根儿没有任何保证,这为舞弊行为提供了巨大的可能性。

古代中国

由于俄罗斯的读者较之欧洲的读者不那么了解中国的历史,所以有必要较为详细地考察中国的商品—货币关系的演化。在公元前八世纪,中国是由大约两百个国家在宗主国周的统治下组成的混合体,而周这个宗主国一年比一年更加名存实亡。在这个时期,青铜的制造向前发展,人们普遍使用由青铜制成的劳动工具;集体的所有制瓦解了,私有的奴隶占有制发展起来;在那些大国里,人们开始铸造硬币;出现了大量新的城市,因为每一个国家都需要有自己的文化—政治中心。双轮马车成为主要的作战单位,这导致职业军队的建立,而职业军队是由数目不大的、受过良好训练的军人组成的,这些军人在进行军事行动的时候,遵守骑士的道德准则。结果是,产生了军事贵族这一阶层;后来,由军事贵族这一阶层形成了国家的行政管理机构。公元前六世纪,孔子提出的"君子"的概念,正是军事贵族所要求的。在"战国"时期(公元前481—221年),这种要求进一步得到加强,因为军事贵族这一阶层在社会中的地位,由于从职业军队过渡到由农民和无业游民中招募来的群众组成的军队,而强烈地动摇了。除此之外,尽管战争是用温和的方法进行的,在战国时代的初期,仍有一百七十个国家被比它们走运的邻国吞并,这导致被征服的国家的贵族丧失了自己的特权;孔子的哲学阻止了这一点,与此同时,孔子的哲学不赞成社会的机动性。

在战国时期,铁器在中国得到了广泛的推广,这促进了手工业的发展,与此相适应,出现了拥有五十万人口的从事商业和手工业的城市。形成了由"商人"组成的新的社会阶层,这些商人积累了大量的资金,并且放高利贷。公社变成土地私有者的有自治权的群体,在他们当中甚至出现非常富有的人,这些人期望参加政权。帝王们开始招贤养士,即把与当地的贵族没有血统关系的人士招引来作为自己的顾问。普遍建立了云游学者——国家的行政管理方面的专家——的制度。公元前四世纪,齐国的统治者无条件地邀请上千的学者到自己的京城来;这些学者可以过着游手好闲的生活,没完没了地讨论哲学上的问题。从这一事实的角度来看,在这个时期出现这么多的哲学流派和哲学派别就是理所当然的事情了。

专制制度的改革"悬而未决",公元前356年,在秦国首次成功地进行了专制制度的改革,领导这次改革的是法家学派的代表人物商鞅。改革的结果是,出现了示范的极权主义的国家,某个无德的家伙,一心只想并吞其他的邻国。而秦始皇成为了后来的独裁者不可企及的梦想(商鞅的书是毛泽东的案头书)。实行了连环保和更加严格的惩罚制度,一人犯罪,株连九族,即犯人的家族和犯人母系的亲戚逐个地被杀害。原先的特权被取消了,代之以二十个等级的贵族身份,获得贵族身份的人要么是由于战功显赫,要么是用粮食换取,这一切有助于社会的机动性。国家垄断铁和盐的生产。商业和手工业被视为是次要的职业;政府采取了旨在限制商业利润的措施,无定居的商人甚至沦为奴隶。很难想象,这样的措施会促进货币思维。

变成兵营的秦国征服了所有其余的国家,公元前221年,秦国的国王宣布自己为皇帝,史称秦始皇。随之,在整个中国建立了秦国的各种制度,秦国的官员开始掌权。由于征服中国进行得很快(主要征服发生在十年的时间内),所以在秦始皇于公元前210年猝死之后,就爆发了席卷全国的反秦起义,这次起义的结果是,公元前202年建立了新的王朝汉。

新的王朝的政策促进了社会的分化。所有对买卖土地和奴隶的限度性规定被取消了,事情发展到这样的地步,即买卖土地和奴隶被认为是合法的,尽管明文规定不允许把人变成奴隶;这导致了拦路抢劫行人的现象。强迫农民以货币的形式纳税导致农民破产和卖身为奴隶。钱财成为社会地位的重要标志,出现规模为一亿到两亿硬币的大财主。越来越广大的居民阶层陷入贫困化的境地,奴隶被迫在非人的条件下维持自己的生活;公元前一世纪之交,军事上的冒险行为把国家引向规模宽广的危机;在公元前一世纪最后的二十五年里,频频爆发人民的起义。从被保存下来的皇帝的三个顾问的报告中我们可以得知,危机的原因在于大地产和奴隶占有制的加强,不过,它们都垮台了。

公元 9 年，外戚王莽发动了宫廷政变，宣布自己为皇帝，并着手进行旨在消除私有的奴隶占有制、地产以及高利盘剥的改革。王莽的改革不仅符合广大人民的利益，而且符合官吏的利益，也许他成功地驾驭了形势，但是他并不走运。公元 11 年，发生了最后几千年里最可怕的生态灾难。黄河不仅溢出河岸，而且在几百公里的范围内改变了它的入海口。结果是，原先人口稠密的广阔地区被淹没了，人们无法在这里生活；十多万人死亡，几百万人失去了赖以生存的手段，沦为了难民；国家里开始出现饥荒。

我可以完全同意汉学家瓦西里耶夫对当时的形势所作的评价："对于在人民的某种宗教—文化传统的范围内接受教育的人（包括王莽在内），这意味着伟大的上天对改革表示不满，而且预先对此发出了警告。王莽不仅被迫悔悟地认错，而且废除了他所颁布的指令的相当大的部分。"在此之后，王莽命在旦夕，公元 23 年，王莽被起义者五马分尸。公元 25 年，东汉王朝建立。东汉的统治者们虽然作了某些旨在稍许改善奴隶和居民的贫穷阶层处境的改革，但是，社会的分化却更加剧烈。

耕地的集中过程采取了巨大的、在此之前不可思议的规模。"豪门大族"的不动产从一个地区扩展到另一个地区，他们拥有上千的奴隶，成群的马、绵羊和母牛，还拥有大型的作坊。有些大地主甚至把小城市置于自己的管辖之下，它们越来越成为独立自主的经济实体，能够满足于自己的内部市场。结果是，商品的供给明显地减少了，商品—货币关系开始急剧衰退，物价飞涨，城市生活消失了——在东汉统治的近两百年（从公元 25—220 年）的时间里，城市的数目减少了（显然，主要是在二世纪）两倍多；有自治权的城市完全消失了。国家的状况由于自由居民的人数减少（依附"豪门大族"的农民不用纳税）而变得复杂化；税收的减少妨碍了生命攸关的水利工作的进行，这更加使处境恶化。

在二世纪下半叶，年幼的皇帝们成为和"豪门大族"紧密联系在一起的御前宦官手中的玩具；由于明白易懂的原因，宦官们通过积累钱财肯定自我，他们积蓄钱财的热情是极端的。在二世纪上半叶，在宫廷的圈子里开展了关于当前形势的讨论，相当大的一部分政治活动家认为，危机的原因在于商品—货币关系。在写给皇帝的报告中，有人建议禁止货币，停止使用金属硬币。在204年，政府通过决议，把用货币形式纳税改为用实物形式纳税，但是，这个决议无济于事，因为在这个时候，皇帝的权力实际上已不复存在——在镇压了"黄巾"起义之后，实际的权力只属于镇压了这次起义的统帅们。很快，这些统帅们就正式把中国分为三个部分。在其中的魏国里，货币被完全取消了。

总的来说，中国从出现货币到公元204年这段历史时期，可以看作为商品—货币关系的完整的超级周期，这个超级周期在秦始皇和王莽统治时期被迫中断了。尽管这个超级周期两次被中断，但它毕竟是完整的周期——从作为有效的经济工具的货币的产生到对货币的热情消灭货币本身为止。

以后，在中国的历史上很难发现这样准确的周期，这主要因为在中国，限制人们的欲望的意识形态流传甚广；佛教的理想是，一切俗世的价值毫无意义；经过修改的孔子学说的影响在20世纪80年代明显地表现出来。除此之外，在中国以后的历史中，既存在王朝的周期，也存在王朝周期和人口周期的结合。

非常有趣的是，在中国，上述的商品—货币关系的超级周期完全不受三世纪之后从西方传到东方的经济实物化浪潮的影响，快到五世纪的时候，这股浪潮艰难缓慢地抵达了缅甸。让我们较为详细地考察这股浪潮发生的情况。

古希腊罗马历史和文化

古希腊的情况有别于古代中国。在古希腊,货币已经出现在或多或少开始分化的社会里,在这样的社会里,不仅有发达的商业、私有的奴隶占有制,而且有私有的土地所有制,但是,很快它们就变成滥用的手段。例如,公元前594年,在雅典政治家梭伦进行改革的时期,在欧洲的历史上首次出现拖欠债务的现象,梭伦的三个朋友"在颁布法律之前向富人借了一大笔钱,用以收购大片的土地。然后,由于法律的颁布,他们使用收购来的土地,而且用不着向贷款人偿还货币"。相对地,很快就产生货币思维,接着出现拜金主义。公元前六世纪,诗人泰奥格尼斯描述了社会的各种灾难,指责造成灾难的货币;公元前四世纪,雅典剧作家米南德竭力为金钱辩护:"唯一对我们有好处的上帝——这就是银子和金子。你只消把它们带回家里,你就会得到你想得到的一切:土地、房屋、女仆、装饰品、朋友、见证人和法官……诸神也会为你效劳。"

伊萨耶娃正确地指出,"顽强地追求钱财"是希腊城邦国家的领导者们基本的性格特征。毫不奇怪,希腊人不能够团结起来,因为他们害怕沦为奴隶。这令我们想起一则轶事:亚历山大·马其顿的父亲,国王腓力二世认为,最好的统帅是走在他的士兵的前面的驮着金子的驴子。显然,有不少这样的驴子沿着从北向南的方向,及时地穿越塞尔莫皮莱山口。所幸的是,唯一能够抑制希腊人的贪婪的是荷马所提倡的对忘我精神和荣誉的崇拜。这种崇拜一直保留到公元前四世纪,能够证明这一点的是希腊学者阿利安所讲述的一个故事:两个喝醉酒的古希腊甲兵差点拿下亚历山大·马其顿本人未能拿下的要塞加里卡尔纳斯。公元前146年,希腊被罗马吞并,但这并没有导致罗马人性情的改善。

在古罗马,货币思维的发展比在希腊要缓慢得多,至少,在公元前一世纪,传统的价值还和货币的价值展开竞争。据希腊历史学家阿庇安报导,在古罗马对政治犯进行迫害的时期,妻子被迫出卖丈夫,父亲被迫出卖儿子;但是,也有好的一方面,即朋友们把犯人藏起来,单纯的士兵把被迫害的政治犯放走,奴隶和获释奴隶拯救自己的主人,甚至冒充主人的名字,替主人去死。

仅仅在对政治犯进行迫害的最后阶段,有三百名古罗马元老院的元老和两千名骑士被处死;经过多次的内战之后,可以说罗马的执政精英发生了更替;至少,一世纪的元老院完全想不起那些皇帝,用一个外国大使的话说,那"三百个皇帝",他们主宰着公元前三世纪世界的命运。罗马的精英由于新增添了一些不择手段发财致富的人而得到更新。罗马诗人尤维纳利斯和作家佩特罗尼乌斯不约而同地提到,有的人假装卖身为奴隶,目的是使自己成为不用纳税的获得自由的奴隶。获释奴隶可以成为骑士,而他的儿子可以成为元老,甚至可以成为皇帝。在庞贝的考古发掘表明,在维苏威火山喷发前不久,发财致富的获释奴隶从变穷了的贵族那里买下了豪华别墅,并把它们改造成为小店和马厩。在一世纪末,尤维纳利斯写道:"在我们之间,最神圣的东西是伟大的金钱。"不过,当然啦,货币思维的顶峰是发生在公元193年的皇帝出售自己的职位和拍卖古罗马侍卫军的例子。

富人继续收购土地,地产达到了巨大的规模。在一世纪,仅仅六个大庄园主就占有非洲的半壁江山。在二世纪末,罗马的皇帝们由于追逐金钱而酿成通货膨胀,他们迷恋古罗马的银币第纳里,强迫老百姓按票面价值接受它;与此同时,税仍以黄金的形式征收。公元192年,由于银的含量降低而导致通货膨胀,这一年,银的含量降低将近30%,在以后的二十年里,降低66%,在后来的四十八年里,降低900%。正如美国作家杜兰所写:"通货膨胀使中产阶级的大部分沦为赤贫,导致信贷公司和慈善基金会破产,使任何的商业活动冷淡下来和没有希望。"

美国社会学家琼斯感兴趣的问题是,在对帝国起破坏作用的因素相同的影响下,为什么西方的帝国土崩瓦解,而东方的帝国却维持了若干年。他分析了东西方帝国之间的区别,得出了如下的结论:西方的没落的一个补充的原因在于,那里的政权大体上是由拥有土地的贵族控制的。他说得完全正确,因为大地产主一旦发现通货膨胀的迹象,便转而从事实物经济,这更加增强了通货膨胀,因为商品的供应减少了。正如斯特尔曼所写的:"在西部省份的许多地区,发掘出大量豪华别墅,它们装修华丽,拥有几十个房间和用以储存农产品的大型仓库,此外,还拥有作坊,作坊周围是一座座由古罗马隶农居住的小屋……那时,在豪华别墅里可以生产出一切生活必需品,甚至自来水管……这样的大型别墅一排一排地连成一片,构成坚固的城堡,在这里,城堡的占有者完全独自发号施令,他不仅拥有自己的监狱,还从自家人里招募侍卫,他们的任务在于保卫城堡,以防野蛮人和起义者入侵,以防试图向主人征收税款的皇帝的官员的干扰……"

　　于是就产生了封建主义。作者压根儿不反对按生产方式把社会分类。但是,西欧的封建主义的产生并不是发达起来的生产力冲破把它们联系起来的生产关系的结果,而是生产关系适应正在退化的生产力的结果。一百年以前,爱德华·迈耶写道:"显然,当时流行着这样一种看法,即在经济发展中人们只看到从奴隶制向农奴制,继而从农奴制向自由劳动过渡的前进的运动,尽管出现了没落的所有迹象,人们仍坚持认为,这种运动是向前跨了一大步……实际上,农奴制并不是进步,而是返回到原始条件的典型特征……要知道,农奴的地位并不是奴隶的地位,而是自由的承租人的地位。"迈耶甚至指出,农奴一点儿也没有社会机动性。

基督教世界

这样一来,在西欧发生的经济的超级周期"货币—货币思维—社会的明显的分化—通货膨胀—生产的减少"以没落告终,然后开始下一个阶段。在东欧,情况有点儿不同。历史学家们提出这样的问题:为什么基督教在罗马帝国从一个受到迫害的犹太教派发展成为国家的宗教?历史学家们在回答这个问题时,通常没有考虑到被他们揭示的事件的经济背景。在那个时候,发生在三世纪的通货膨胀并不停留在上述的统计数字上,在许多地区,通货膨胀完全失去控制。例如在三世纪末的埃及,和三世纪初相比,谷物的价格涨了 15 000 倍,而且在四世纪价格继续上涨;在 324—361 年这段时期,价格上涨了 1 150 倍。在国家里,钱一文不值,到处充满了沦为赤贫的人。作为唯一的宗教的基督教谴责物质财富(宁愿像骆驼一样穿过针鼻儿,也不愿像富人那样进入天堂),为人提供相当大的精神上的舒适。正是这种情况使基督教获得越来越多的新的支持者。

基督教暂时中止了货币思维的发展,与西欧不同的是,在拜占庭,教会始终帮助世俗的政权,而且并不试图觊觎作主宰,这些情况使拜占庭能够保持住中央集权的国家和古希腊罗马文化的基础,以至后来走上阿拉伯征服者们的道路。诚然,基督教对较晚地信奉它的欧洲其余部分的风气产生积极的影响,但不可否认的是,出于可理解的原因,它对科学和工业的发展起到某种消极的作用。的确,对于任何理智健全的人来说,寻求拯救灵魂的道路比探索自然现象更为重要。基督教长时间地禁止高利盘剥,这阻碍了资本的原始积累,行会的工匠在出售自己的货物时,应该附上货物的预算,以便证明货物的价格是公平的,他们并不想获得超额利润。

随着新型的人的产生,情况开始起变化。把这一类人称作文艺复兴时代的人并不完全正确,因为在文艺复兴时代之前就已经存在这一类人,而且这一类人活得比文艺复兴时期长久得多。当然,并不是说所有的居民都是由这一类人组成的,不过,正是这一类人的活动开始决定社会的生活。斯宾格勒把这一类人叫作浮士德式的人;在斯宾格勒看来,浮士德式的人的最主要的性格特征是广义上的追求扩张,这不仅指领土方面的扩张,而且指任何认识的活动,就企业经营而言,是指扩大自己的事业。斯宾格勒认为,浮士德式的这类人产生于十一世纪。我可以同意这种看法,因为在十一世纪末产生了哥特式的建筑,这类建筑向苍天和无限延伸;而且在十一世纪,甚至开始了十字军远征。

在我们看来,浮士德式的人的出现取决于两个因素:第一,在十一世纪,欧洲精英的相当大的部分是北日耳曼部族的诺曼人,他们精力充沛,有远征的传统;第二,随着第一千年的社会的剧烈震荡,在某些地区人们甚至没有播种谷物,期待着基督二次降世。由于基督二次降世没有发生,这从根本上动摇了许多人的世界观的基础,于是人们开始思索周围的世界。但丁在尤利西斯致赫拉克勒斯石柱①旁自己的同志的呼吁书中,很好地表达了浮士德式的人的世界观:"世俗的感情,把它们微弱的剩余部分献给对新鲜事物的了解。我们不是为动物的一分子而被创造的,而是为忘我精神和认识世界而诞生的。"

浮士德式的人的文明很早就受到货币思维的冲击——天主教会之所以跌跤乃至几乎灭亡,原因在于它出售赎罪券;新教的一个分支甚至把获取利润看作某种类似于宗教服务的东西。货币思维的影响,在很长的时间里,局限于由等级社会和主要是浮士德式的人对认识的漫无节制的热情所创造的传统的基督教的价值。地中海的文明(按照产生的地点)从启蒙时代开始就关心干部的培养,所以,由于它的种种特点,它在二十世纪初控制了其余的文明,并把它们变为自己的分支机构。在二十世纪,浮士德式的人罕见地集中力量对大自然的

---

① 来自希腊神话,意为世界的尽头。

力量进行异常的统治,以至于这种文明的普通的代表都"感觉到神话般的无限权力"。

但是,在启蒙时代的末期,教会和等级制国家被宣布为进步的敌人。顺便说一句,不仅教会被宣布为进步的敌人,而且新教伦理也遭到了人们的唾弃;不仅等级制的国家被宣布为进步的敌人,而且荣誉也遭到人们唾弃了。资本主义的发展导致了等级制国家的加速解体和社会分化的加强,同时也招致了通货膨胀。1896年之前,大致在五十年的期间内,由于生产的集中和技术的进步而引起的成本的降低,世界的物价持续降低;从1896年至今(包括大萧条这类事件之后的很短的时期在内),物价一贯地上涨。例如,在美国,从1959年至1983年这段时间之内,物价上涨了三倍。很快,在1896年之后,在第一次世界大战开始之前,开始出现了文明的危机的最初的征兆。在社会的下层里,无政府主义四处蔓延。现在,很少人会记得,那时的恐怖主义的嚣张胜过今日,例如意大利、希腊和葡萄牙的国王,法国的总统乃至奥地利的皇后,均遭到杀害。在社会的上层,享乐主义盛行,偏离常规的反常行为屡见不鲜,我们在同时代的人的回忆录里,可以找到有关这方面的许许多多的例子。例如爱伦堡描写了巴黎咖啡馆里的"裸体舞会",伊万诺夫和本雅报导了在俄罗斯上层社会常见的同性恋。

第一次世界大战使人类大为震惊,以致大多数的欧洲国家在战后纷纷建立了专制制度,出现了对抗货币思维的意识形态。第二次世界大战之后,在具有这种意识形态的国家里,居住着人类的三分之一的人口。两个敌对的阵营的局势虽然导致资源的过度损耗,但也有助于浮士德式的精神的保持。在敌对阵营的一方投降之后,它的意识形态被宣布为完全错误的,结果是,不仅货币思维到处泛滥,而且它过渡到拜金主义的阶段。显然,每一个读者都可以用例子证实这种状况。

我们时代的危机

一般地说,作为社会类型的浮士德式的人的确开始消失,人类开始拒绝他的无用的成就。在最近三十年,没有一个政府计划用飞船把人送到绕地球运动的轨道之外;人类在二十世纪六十年代曾梦想飞到遥远的星体上,但是现在谁也想不起这一点了;在轨道上飞行成为旅游的表演,而"暴风雪"号宇宙飞船,经过重新装备之后,非常象征性地陈列在咖啡馆里。不仅浮士德式的人所占领的空间缩小了,他所达到的速度也降低了——不久前,超音速的客机协和飞机已停止飞行。有人说,当今的时代和其余的时代之间的区别在于前者头一回没有把过去理想化。这完全不是这样,当今的时代和过去并无两样。这个时代对未来没有兴趣,它表现出空前的幼稚,生活在"此时此地"。正如西班牙哲学家奥尔特加·伊·加塞特所写的:"……国家和政府靠今日度日……管理部门的任务在于经常地探询情况,而不是为了解决问题,与此相反,管理部门用一切手段机灵地回避问题,以此冒险使问题得不到解决。"

世界普遍的经济形势使这种情况复杂化。在 1971 年,美国宣布拖欠债务,拒绝按稳定的牌价把美元换成黄金。这起事件,除专家之外,早已被所有人忘记了。这起事件,由于西方世界的其余货币依附美元,导致了人类整个历史上前所未有的情况:世界上的任何货币不再代表任何的价值,它只是按照政府的指示支付。这种或那种货币的威信完全取决于这个国家的政府的声望和关于这个国家的经济状况的传闻。由于全球化,除国家内部的社会的通常分化之外,国家之间的分化也加深了,这是导致赤字产生的一个因素。美国政府利用作为西方世界的领袖的巨大威信和在冷战中的胜利者的威信,在许多年内允许在外贸中出现巨大的赤字。如果说美元和美国政府的威信相比贬值得相对缓慢,那么原因只在于美国的商务订约人积累了大量的绿钞储备,它们的迅速抛售导致不能容忍的亏本。还有一个可能发生的不稳定的可怕因素,但是,不知道因为什么,人们对此毫不在意。早在二十世纪三十年代,人们就根据平衡的理论指出,没有扩大的再生产,资本主义就无法正常地起作用。因为资本主义是当今世界里的主要的生产方式,所以任何五花八门的赤字都会导致不可逆转的后果。

在这些复杂的条件下,各国政府应该表现出特别的谨慎和责任心。但是,今天掌权的是正在退化的浮士德式的人,这种人不再渴求知识,而渴望金钱,所以政府被贪污腐化击中,很少考虑自己的职责。最近的黎巴嫩战争给我们提供了一个令人深思的例子:以色列军队的总参谋长在战争开始之前就下令出售自己的股票。在俄罗斯这个以前是知识分子和不贪私利者的国家里,人们特别强烈地感到形势的变化。拜金主义的一整代年轻的信徒已经成长起来,这不足为奇,因为受人欢迎的电视主持人从电视屏幕上对他们说,金钱是最招人喜欢的东西;是的,他可能是这样说的。许多人懂得当代世界中形成的这种形势的尖锐性。波兰科幻小说作家斯塔尼斯拉夫·列姆在死前两个月里的答记者问中忧郁地说道,人类正缓慢地但坚定不移地走向核战争。1993年,亨廷顿提出未来世界的文明冲突的问题,他认为冲突之后有可能出现全球性的黑暗的世纪(在英国官方的历史编纂学里把从六世纪至八世纪这段时期称作黑暗的世纪,但是关于英国史的这段时期几乎没有任何的报道)。在亨廷顿的看法里有许多很有意思的东西,但是他夸大了全球化条件下各种文明之间的区别,尤其是他对文明的分类相当地主观臆断(他告诉读者,当代世界中存在着"七种或八种文明")。

所有国家的军队都用大致相同的武器作战;大学生用大致相同的课本研究科学;城市居民同样吃类似橡胶制品的汉堡包,而青年人"选择百事可乐"。世界上所有国家的领导人乘坐同样的汽车和同样的飞机,他们的职业属性是千篇一律的;有时候,他们对自己国家的历史和文化漠不关心,例如比利时的首相不知道民族节日的起源原因,把比利时的国歌和法国的国歌混为一谈。欧洲三大首都的市长公开显示自己为同性恋,显然,他们认为,同性恋在很大的程度上较之随便另一种事物更能确定他们的自我意识;但是,眼前还没有人敢于把同性恋称作文明。

柏拉图和马克思把人类分成两个对立的群体。柏拉图根据财产的征兆把人类分成富人和穷人,而马克思根据与生产手段的关系把人类分成资产者和无产者。这种二分法一直保持到今天。但是,拜金主义已发展到这样的程度,以至于人们可以根据与货币的关系把人分成两种:一种人认为,金钱是最招人喜欢的东西,金钱决定一切;另一种人认为,金钱并非是决定一切的东西。在每一个国家里,都存在着两种文明的代表。在经济学里,甚至在二十世纪中期,还可以看到这样的分层。美国经济学家塞利格曼曾经写道:"货币主义者压根儿不了解,货币是假象。"

现在,人类像一千五百年前一样,面临着这样的选择:要么恢复货币思维,开始商品—货币关系的超级周期的第三个阶段,其结果是,在英国(且不仅仅在英国),又将出现两个"黑暗的世纪",也许,还会出现千年的黑暗时期;要么人类意识到拜金主义的危险,而且成功地避开它,就像拜占廷帝国当时成功地避开拜金主义的危险一样。

译者导读
没落并非灾难

　　《西方的没落》第一卷自 1918 年出版之后，一方面好评如潮，另一方面也遭到了不少人的诟病，说它在宣扬"文化悲观主义"。斯氏为了回应读者的指责，特意撰写了这篇富有启发性的文章。

　　所谓的"文化悲观主义"，是指十九世纪下半叶随着西方资本主义进入帝国主义阶段而产生的一种对西方浮士德式文化的发展产生悲观情绪的思潮。它的始作俑者之一无疑是生命哲学家尼采。他对西方资本主义文明展开了无情的文化批判，宣称要用铁锤从事哲学，对一切价值进行重估。

　　俄罗斯作家陀思妥耶夫斯基也对西方的文化进行了猛烈的抨击。他认为西方的文化不可救药，因为它迷恋于唯理智论，忘记了基督教的真理，只有普通的老百姓还保留着这些真理。他的伊凡·卡拉马佐夫（哲理小说《卡拉马佐夫兄弟》的主人公之一）感觉到了西方的致死的冲动，而且已经考虑撰写一篇感人肺腑的墓志铭。陀氏是这样描述伊凡的思想的："我想到欧洲去一趟，我也知道，我这不过是走向坟墓，只不过这是走向极其极其珍贵的坟墓，如此而已！在那里躺着珍贵的死人，每块碑石上都写着那过去的、灿烂的生命，那对于自己的业绩、自己的真理、自己的奋斗、自己的科学所抱的狂热的信仰。我早就知道,我会匍匐在地,吻那些碑石,哭它们,但同时我的心里却深知这一切早已成为坟墓,仅仅不过是坟墓而已。"[①] 由此可见,不管是尼采、陀思妥耶夫斯基,还是斯宾格勒,都是从生命哲学的角度对西方的文明展开无情的文化批判。

斯氏在文章的开头指出,人们之所以对《西方的没落》产生误解,是由于人们把古希腊罗马的世界的没落和泰坦尼克号巨轮的沉没混为一谈的缘故。在"没落"(Untergang)这个词里并没有包含"灾难"(Katastrophe)的概念。如果把"没落"这个词换成"完成"(Vollendung),那么在当时"悲观主义的"方面就被排除了。德语里有"日出"(Sonnenaufgang)和"日落"(Sonnenuntergang)这两个词,日出和日落是一个周期,日出是周期之始,日落是周期之末,这里并没有灾难的意义。

斯氏指出,他是为干事的人,而不是为好沉思的人或批评家撰写《西方的没落》的,因为前者同事物生活在一起,而且生活在事物里,他不需要证据,甚至常常不理解证据;而后者的内心深处是远离生活的,他收集、分析和整理资料,但并没有任何符合实际的目的。

斯氏在此文里,梳理和进一步补充说明他在《西方的没落》中阐发的思想。

关于他的思想来源,斯氏写道:"有一条德意志思想的巨流从莱布尼茨经过歌德和黑格尔流向未来。"的确,斯氏从德意志思想的巨流里汲取了许多对他有用的思想。歌德和尼采对斯氏的影响,前面已经提及,这里不再赘述。这里着重谈一谈莱布尼茨和赫尔德对斯氏的影响。莱布尼茨在《单子论》中指出,每个生物的有机形体乃是一种神圣的机器,或一个自然的自动机,它无限地优越于一切人造的自动机,因为人造的自动机的每一个部分并不是一架机器,而自然的

---

① 引自耿济之译《卡拉马佐夫兄弟》,人民文学出版社,1981,上卷,第286—287页。

自动机的无穷小部分也还是机器,就是这一点造成了自然与技艺之间的区别。①莱布尼茨还指出,在物质的最小的部分中,也有一个创造物,亦即一个灵魂的世界。在多样性、独特性的各部分中,都有一个植根于强有力的地基的生命源泉,而且这种生命源泉都与神有关。因此,莱氏得出以下的结论:每个个体都具有神性,个体反映了整体,即个体世界隐藏了整体世界的全部秘密,通过研究个体世界就可以窥探到整体世界的情况,统一性是多样性的表现,多样性反映了统一性。莱氏的这种观点不仅奠定了赫尔德的历史哲学的理论基础,而且对兰克也产生了重大的影响。

赫尔德认为,人类各民族的历史和文化是同它们各自所处的地理环境和气候条件相联系的,人类的各种文化是各种民族精神的表现,有多少种民族精神,也就有多少种文化。赫尔德在强调历史和文化的个别性或独特性的同时,指出世界历史是一个整体,人类历史发展具有统一性;因此,他根据人类历史发展的统一性,把世界历史的进程划分为三个时代:"诗的时代",即人类的童年时期;"散文时代",即人类的青壮年时期;"哲学时代",即人类的成熟时期。

赫尔德认为,文化是一个自足世界,一个生命有机体;文化像历史一样,具有"变动性"、"生成性"和"发展",处于兴衰无常、生灭变化的状态。每一文化都有其循环周期,类似于自然有机体、植物和动物的循环周期。

赫尔德认为,要用"移情"(Einfüllung)的方式即"直觉"(Intuition)的方式去研究历史和文化,即:"为领悟一个民族的一个愿望或行动的意义,就得和这个民族有同样的感受;为找到适合描述一个民族和行动的词句,要思索它们丰富的多样性,就必须同时感受

---

① 参见麦克唐纳·罗斯,《莱布尼茨》,张传友译,中国社会科学出版社,1987,第131页。

这些愿望和行动。否则,人们读到的只是词句而已。"① 赫尔德彻底地抛弃了那种以自然科学方法为基础的抽象的理性研究方法,他指出:"从古埃及的背景和人类精神的青年时代中挑出埃及人的个别美德,然后用不同时代的标准加以评价,这是何等地愚蠢! 即使希腊人对埃及人的评判极其错误,即使东方人可能恨埃及人,但依我之见,我们头一个念头应当是设身处地地看待埃及人。否则,我们就会看到——尤其在用欧洲人的观点时——一幅极度歪曲的讽刺画。"②

赫尔德认为,在历史的实际进程中,有机的结构和形而上的结构融为一体。在他看来,人类历史的发展道路是由上帝事先安排好的,即所谓的天意(Providenz)。他正是按照天意这一形而上的结构叙述历史事实的。他把单个民族和国家的生命看作"人民精神"(Volksgeist)、"民族精神"(Nationalgeist)和"时代精神"(Zeitgeist)的实现。每个具体的历史事件,由于内在的目的论的确定性,遵照有机体的周期的法则,经历诞生、生长、成熟和衰败的发展过程。这就是人类历史中无法逃避的"宿命"(Schicksal),这个宿命就是生命活动所固有的宿命。

赫尔德还反对欧洲中心论,反对将"野蛮"跟"文明"对立起来,所以他不仅将文明,而且将野蛮也归入文化的世界。他认为,每个民族、每个时代,都有自己的文化的形象,都有自己的精神经验,我们只有从它们自己本来的源泉出发,才能够理解它们。赫尔德在此提出的文化相对性的原则彻底动摇了欧洲启蒙运动提出的欧洲中心论的理想。

既然文化是一种有机体,那么只有通过观相的方法才能够认识它,而任何以证据为基础的方法对此是毫无用处的。观相的方法,也

---

① 参见王利红,《试论赫尔德浪漫主义历史哲学思想》,载《史学理论研究》2008年第4期,第30页。

② 参见E.卡西尔,《启蒙哲学》,顾伟铭等译,山东人民出版社,1988,第224页。

就是类比的方法，就是要依照有机生命的命运或必然性，来观察和分析历史的现象和文化的发展，来揭示历史的世界图像的时代特征和文化的未来远景。观相的方法同时也是发现"有机的逻辑"或"时间的逻辑"的方法。既然历史的世界是有机的，那么历史世界的所有事物和现象，包括人的存在和心灵、国家、政法制度、经济结构、社会的道德、艺术作品、科学发现等等，都是有机的，它们必然遵从有机的逻辑或时间的逻辑，也就是说，它们都有其诞生、成长、成熟、衰落乃至死亡的生命过程。

斯氏在此文中强调指出，他的思想体系的中心是关于命运的思想。命运或偶然性、因果系列，分别属于完全不同的世界，前者属于有机的生命世界，后者属于理智的科学世界。危险在于人们把命运只视为因果系列的另一种名称，在命运的观念中的确存在因果系列，只不过人们没有发现它罢了。命运是一个其内容可以被感觉到的词。对于命运来说，时间、渴望（Sehnsucht）和生命是意义非常相近的词。

认识命运以深层体验为基础。深层体验的确是一种非常难于理解的体验，因为它既不是观相，也不是移情作用，而是"一种强大的入侵"，它从一个光的中心——我们称之为"我"的那个点出发，入侵到可见的远方之中。"我"是一个光的概念（Lichtbegriff）。从这个点开始，我的生命成了为阳光下的一种生命，而夜晚则几近于死亡。由此，又产生了一种新的恐惧感，即在不可见物面前的恐惧。深层体验比较接近于合乎理智的思维，但只存在于已完成的效果中，而不存在于起源中。时间是什么？空间是什么？命运和原因之间到底有什么关系？回答是以深层体验为基础的。深层体验种类繁多，不可能用数字加以确定。深层体验扩展了对世界的感觉，例如对大的尺度和大的距离来说，深层体验完全地支配着直观形象（例如，比较一下看一个广阔的风景和一幅图画），完全不同于数学的直观形式。我们在任何林荫大道上都可以看到，平行线会在地平线处相交。深层体验相当于我们所说的"举一反三"的认识方法，即从一件事情类推而知道许多事情。

斯氏在《西方的没落》中所指的相对主义，并不是物理学中的相对主义，而是和命运的观念息息相关的相对主义，它纯粹是一种从伦理学的角度对单个的生命在其中发生的世界的观察。斯氏认为，任何事物和现象都是一定的自然和历史条件下的产物，是受特定的自然和社会环境限制的，不存在"放之四海而皆准"的东西。他引用了一条古老的农民规则："一件东西并不适合于所有的人。"而所有专业的哲学却都试图证明"一件东西适合于大家"。斯氏认为，在某一个时期之内是绝对的东西，在另外一个时期之内却会成为相对的东西。对于他所提出的相对主义来说，不允许使用真和假这样的概念，而只能使用深和浅这样的概念。

斯氏认为，事实与命运有关，而真理与因果关系有关；事实是生活（生命）的组成部分，而且只存在于生命之中，而真理是思维的范畴，它的意义存在于"思想的王国"里，存在于哲学的博士论文里。

斯氏还提到"历史的眼光"。所谓历史的眼光，是指如何看待自己国家的历史的问题。是消极地看待历史呢，还是积极地看待历史？尼采把前者称为历史的疾病，并且举出许多例子，诸如文学家害怕行动的浪漫情调，语文学家梦想回到某种遥远的过去，爱国主义者在为某事作出决定之前，总是畏首畏尾地到处朝自己的祖先张望，这是一种由于缺乏独立性而进行的比较。斯氏指出，德国人比其他民族更注重过去中的"榜样"，他们认为，必须按照过去的榜样生活。斯氏对这种抱残守缺、因循守旧的历史的疾病进行了批判。历史的眼光是历史的疾病的对立面，它要求我们以历史为借鉴，胸怀祖国，放眼世界，做精通某事的行家，做审慎的、实在的和冷静的行家。

最后，斯氏通过众多有待克服的社会弊病和有待提出和完成的任务,表达了他对"进步的乐观主义"的藐视。他写道:"依靠这样一些廉价的理想去生活,我会感到羞愧。须知,天生的胆小怕事者和幻想家的懦弱在于,他们不敢面对现实,不会用几句简洁的话确定一种实在的目标";"不,我不是悲观主义者。悲观主义意味着不再看到任务。而我却看到许许多多尚未解决的任务,我担心我们在这方面会缺乏时间和人才。"一言以蔽之,《悲观主义吗?》一文有助于读者进一步和更加深刻地认识和理解他在《西方的没落》中的思想。

悲观主义吗？

迄今为止，我的书几乎遭到普遍的误解；这种误解在某种意义上说是任何思维方式的必然的伴生现象，思维方式不仅以其结果，而且以其方法和早先对事物的全新的看法——方法是从对事物的全新的看法发展而来的——干预某个时代的精神状态。假如这样的书由于一系列偶然事件变成为时髦，与此相适应，人们突然面对一种在这期间他们只是从不良的方面感兴趣的学说，那么，误解还会增加；人们的思想只有在若干年之后，而且借助于其他与此有关的参考书，才能为理解此书奠定基础。在这种情况下，人们通常没有认识到，此书的第一卷只是一个片段，正如我很快就明白的，单靠这个片段是不可能对其余的事情作出判断的。即将出版的第二卷彻底地结束《世界历史的形态学》，从而至少完整地结束**一堆**问题。另一堆问题是伦理方面的问题，专心的读者将会看出，我在《普鲁士精神与社会主义》里至少接触到了这些伦理问题。最后，此书之所以难以理解，原因在于它的使人困惑不解的书名，即使我曾强调指出，书名早在几年前就已经定下来，而且它是一个历史事实的完全符合实际的标志；这个历史事实已被历史的那些最著名的现象中的类似情况所证实。但是，有一些人把古希腊罗马的世界的没落和一艘远洋巨轮的下沉混为一谈。在没落这个词里并没有包含灾难的概念。如果把"没落"这个词换成"完成"这个词，那么在当时"悲观主义的"方面就被排除了，而且不会改变没落这个概念的本来的意义。完成这个概念在歌德的思想里和一种完全确定的意义联系在一起。

而我在此书的第一卷里完全面向有实际行动的人，而没有面向批评家。我的著作的真正目的在于向读者提供一个人们可以生活在其中的世界图像，而不是人们在其中可以苦思冥想的世界体系。但是，在当时我并没有意识到这一点；当然，这使得广大的读者无法彻底地理解我的著作。

有实际行动的人同事物生活在一起，而且生活在事物里。他不需要证据，他甚至常常不理解证据。

观相的节拍——这个词的意义几乎没有人知道——使有实际行动的人彻底达到事物的中心，而这一点是任何以证据为基础的方法无法办到的。天生具有活动能力的人早就悄悄地感觉到我所说的东西和科学家觉得是完全悖理的东西；但是，他们往往并没有意识到这一点。在阅读的时候，也就是说在理解某一种理论的时候，他们拒绝"历史的相对主义"，他们认为，只有在行动中和在为行动直接服务的对人和处境的观察中，历史的相对主义才是理所当然的。可是，喜欢消极旁观的人的内心深处是远离生活的。他朝生活看去，而且以某种敌意反对与他格格不入的东西和违背他的意愿的东西，因为一旦这些东西不想作为被观察的对象，而想作为更有价值的东西，他就感到不舒服。这些冷眼旁观者收集、分析和整理资料，但并没有任何符合实际的目的，而是因为这种活动使他们得到满足；他们要求得到证据，而且对证据很在行。对他们来说，一本这样的书简直是一种迷魂药。因为我承认，我向来非常鄙视"为哲学而哲学"。世界上最无聊的东西就是纯粹的逻辑学、科学的心理学、普通的伦理学和美学。生活并不具有任何普遍的和科学的东西。在我看来，任何一行字，如果它不为积极的生活服务，那么它就是多余的。假如人们不太拘泥于字面意思去理解这点的话：这种观察世界的方式和系统的观察方式彼此对立，就像国务活动家的回忆录和乌托邦主义者的理想的国家制度彼此对立一样。前者写他亲身经历的事情，而后者写他自己想出来的东西。

可是现在，恰恰是在德国，人们发现一种仿佛是国务活动家的观察方式，这种观察方式试图一起经历整个的世界，这是一种自然的和非系统化的对世界的体验，作为结果，它只允许一种形而上的回忆录存在。人们得知道，他们所读的书是哪一类的书，相应地，在评价此书的时候，主要是根据作者的观察方式，而不是根据作者的大名和等级。

有一条德意志思想的巨流从莱布尼茨经过歌德和黑格尔流向未来。和所有德意志的东西一样，这条洪流也有自己的命运，它仿佛是地下的，而且不引人注意，不得不流经几百年，而与此同时，甚至在这些思想家那里，在思维的表面上占统治地位的也是外来的思维方式。莱布尼茨是歌德的伟大的导师，虽然歌德从来没有意识到这种关系，而且总是转向本质上和他完全不同的斯宾诺莎的名字。实际上，由于赫尔德的影响，或者由于直接的亲合力，歌德曾经把莱布尼茨的一种出自内心的思想引入自己的世界观。莱布尼茨这位思想家的特点在于他和他的时代的那些伟大的事实密切联系在一起。如果我们从他的著作中扣除他所写的有关他的政治计划，教会的重新联合以及他对采矿业、科学和数学的组织工作的打算的文章，那么就所剩无几了。歌德在以下这一点上与他相同，即歌德一贯地从事物出发和为事物而思考，也就是说历史地进行思考，所以他永远无法建立一个抽象的体系。影响力大的黑格尔从政治的现实出发进行思考，所以他是最后一个还没有完全被抽象概念窒息致死的思想家。然后出现了尼采，他是一个名副其实的略识门径者（Dilettant），完全远离业已变得无效的高校哲学。他沉溺于达尔文主义，尽管如此，他仍远远超出了英国达尔文主义的时代范围,赋予我们大家以洞察力,借助于这种洞察力,我们今天能够设法使思维的这种**生气勃勃的和实用的**方向获得胜利。

从这个角度来看,我现在看到了那些不知不觉地成为我的思维方式之基础的神秘的先决条件。在这里,没有任何普遍化的体系。一次性的现实的东西及其整个的心理学——在康德和叔本华那里,它并不起作用——完全支配着莱布尼茨的那些历史的收藏品;同样地,它完全支配着歌德对自然的观察和黑格尔关于世界史的讲课。然而,在所有的分类学家那里,事实同思想的关系完全是另一种的。在他们那里,事实是一种从中可以找出法则的死的材料;而在我这里,事实是**用以阐明一种感受到的思想的例子**,这种思想只能以这种形式表达出来。但是,由于事实是不科学的,所以用事实阐明一种感受到的思想,需要以一种不寻常的理解力为前提。正如我察觉到的,在通常情况下,读者在碰到一种思想的时候,没有把它和其他的思想联系起来,所以把一切都误解了,因为在这里,一切都是相互联系的,所以把某个细节从整体中分离出来,这已经等于是一个错误。但是,人们也必须学会在字里行间领会到言外之意。有许多东西只是被暗示,有许多东西以科学的形式是压根儿无法表达出来的。

我的思想体系的中心是关于命运的思想。我之所以很难在读者的内心里激起命运这一观念,原因在于通过合乎理智的思考只会得出命运这一观念的反面——因果关系的概念。因为命运和偶然性对因果关系的认识,分别属于完全不同的世界。危险在于人们把命运只视为因果系列的另一种名称,在命运的观念中的确存在因果系列,只不过人们没有发现它罢了。科学的思维永远不会遵循命运的观念。一旦人们开始分析性地思考,对可感知的和深深地感受到的事实的洞察力就逐渐消失了。命运是一个其内容可以被感觉到的词。时间、思念、生活是意义非常相近的词。谁都知道,如果他不懂得我所说的这些话的最后的含义,他就无法理解我的思维方式的核心。有一条路从命运出发通向很难领会的体验,我把这种体验称为**深层体验**。它比较接近于合乎理智的思维,但只是存在于已完成的效果中,而不存在于起源中。在这里,有两个很难对付的问题撞在一起。时间这个词的意思是什么? 对此并没有科学的回答。空间这个词意味着什么? 这是一个理论思考可能做到的任务。但是,时间又和命运建立联系,空间又和因果关系发生联系。进一步说,命运和原因之间到底有什么关系? 回答是以深层体验为基础的。但是,回答避开了任何一种科学的经验和报道。深层体验是一个毫无疑义和无法解释的事实。第三个而且非常难于对付的概念是**观相的节拍**的概念。实际上,每一个人都知道这个概念的含义。他靠它生活,连续不停地在实践中使用它。甚至老派肤浅的学者也在一定程度上拥有观相的节拍,以便他能够生活下去,尽管人人都知道,这样的学者在公众的生活中不过是一个无法自救和滑稽可笑的人物;他的这种特点正是由于这种生来就有的和无法学会的观相的节拍很少得到发展造成的。但是,我在这里所指的是这种节拍的一种很高的形式,这是一种无意识的方法,它不是日常的生活,而是本能地洞察世界的进程,而这一点只有少数人能够掌握,换言之,只有天生的国务活动家和真诚的历史学家才能掌握这种本能的方法,尽管实践和理论相互对立。毫无疑义,这种无意识的方法在历史上和在现实的生活中是最为重要的方法。另一种方法是系统化的方法,它只为找到真理服务,但是,**事实比真理重要**。政治的、经济的以及人类的历史的整个进程,每个单个的生活的进程,均建立在过这种生活的人们不断地使用事实的基础上,从历史赖以进行的普普通通的老百姓到**创造历史**的杰出人物。对于行动者甚至大部分时间处在醒觉状态的观察者来说,观相的方法的确占优势;与此相反,系统化的方法只在哲学里得到承认,几乎丧失了世界历史的意义。我的学说的不同之处在于它非常自觉地建立在现实生活的这种方法的基础上。它因此具有内在的条理，但不具有体系。

　　人们压根儿不理解我用**相对主义**这个词表示的思想，也许相对主义这个词并不完全恰当。我在这里所指的并不是物理学中的相对主义，因为它只是建立在常数和函数在数学上的对立的基础上。我所指的相对主义和物理学上的相对主义风马牛不相及。我想，尚需几年的时间，人们才能掌握它，并且的确把它用于生活之中。因为我心目中的相对主义纯粹是一种**从伦理学的角度**对单个的生活在其中发生的世界的观察。谁要是回避命运的观念，就不可能理解我所指的相对主义。据我所知，在历史上相对主义是对命运的观念的一种肯定。一次性的东西、业已确定的东西和一去不复返的东西，所有这一切是命运用以展现在我们眼前的形式。

　　一切时代的人，不管他是行动者还是观察者，也都知道这种相对主义。在现实生活中，这种相对主义是不言而喻的事，它完全控制着日常生活的情景，所以它甚至不被人们意识到，而且我完全有理由相信，当人们进行理论的即概括化的思考的时候，它遭到了人们的反驳。作为这样的思想，这个思想并不是新的。在这么晚的时代里，即在我们的时代里，并没有真正新的思想。在整个十九世纪里，没有一个问题不被经院哲学发现、深思熟虑和以一种出色的形式表达出来。由于相对主义是生活的一个非常直接的事实，因而是完全非哲学的，所以至少在那些"体系"里，人们不容许它存在。有一条古老的农民规则："一件东西并不适合于所有的人。"与此相反，所有的行会般的哲学却试图证明"一件东西适合于所有人"，这正是相关作者在其伦理学中所证明了的。我完全自觉地"站在另一边"，即生活的那一边，而不是思想的那一边。有两种幼稚的观点要么断言，世界上存在着某种永恒的准则，即某种不受时代和命运影响的准则，要么断言，世界上根本不存在这样的准则。

但是，我在这里所说的相对主义既不是前者，也不是后者。我在这里创造了某种新的东西。我只想用体验到的事实告诉读者，"世界史"不是事件的统一体，而是至今由八个高等文化组成的一组文化，它们的"简历"是完全独立的，但是展现在我们面前的是完全类似的阶段划分。每一个观察者，不管他是为生活思考还是为思想思考，都是作为他的时代的人在思考。因此，人们对我的观点提出的最荒谬的反对意见之一，即相对主义自我驳倒，便遭到坚决否定了。因为事实表明，在某一个时期之内，每一种文化及其每一个时期，每一种人，都具有一种为它和他**制定的和必须履行的总的观念**，这个总的观念对于这个时期来说是**某种绝对的东西**。对于其他的时代来说，它并不是某种绝对的东西。对于当代的我们来说，也有一种**必须履行的**观点，但是，它当然不同于歌德时代的观点。在这里，不允许使用真和假这样的概念，而只能使用深和浅这样的概念。谁要是按另一种方式思考，他就不可能历史地思考。任何生气勃勃的观点，包括我提出的观点，属于某个个别的时代，它不可能从另一个时代产生出来，也不可能继续向另一个时代发展。在整个历史的发展进程中，同样很少有永远正确的或永远错误的学说，就像在某种植物的发展进程中并没有正确的和错误的阶段一样。这些正确的和错误的阶段统统是必要的，人们只能提及个别的阶段。因为和恰恰是在这里提出的要求相比，个别的阶段是成功的或失败的。同样地，我们也可以对任何一种在此时或彼时产生的世界观说同样的话。就连最严谨的分类学家也感觉到这一点。他把别人的观点看成是适时的、过早的和过时的，而且甚至承认，正确的和错误的这样的概念可以说只对科学的表面，而不对科学的活生生的价值产生意义。

从这里我们可以看出**事实和真理**之间的区别。事实是某种的确曾经存在或即将存在的一次性的东西，而真理是某种永远不需要实现、只作为可能性存在的东西。命运与事实有关，而真理与因果关系有关。但是，人们却没有意识到，生活只与事实有关，而且只由事实组成，只针对事实。真理是思维的范畴，它的意义存在于"思想的王国"里，存在于哲学的博士论文里。而有的人的博士论文不及格，这也是事实。现实开始的地方，就是思想的王国结束之地。任何人，包括最缺乏社会经验的分类学家在内，在其生活中和在任何时候，不可能不考虑到这一事实。他只好如此，但是，一旦他用对生活的思考取代生活，他就忘记了这一点。

我的功劳——我有权要求获得它——在于，现在人们不再把未来看作空白的黑板，在这上面每个人觉得是好的东西都能找到自己的位置。无限度的和未经周密思考的"应该如此"应该给冷静的和明亮的眼光让路，这种眼光抓住未来的那些可能的因而是必要的事实，并且按照这些事实作出自己的选择。一个人出生的时间和地点是他作为不可避免的命运碰到的第一件事情，对于这一点，他的思想是无法理解的，他的意志是无法改变的：每一个人都诞生在一定的民族、一定的宗教、一定的等级、一定的时代和一定的文化里。而且，这一点已经决定了一切。命运决定你不是作为奴隶或骑士诞生在伯里克利或十字军东征的时代里，而是诞生在工人家庭或现代的别墅里。如果说存在着某种命运、定数和厄运，那么这就是命运。历史意味着生活不断地发生变化。对于单个的人来说，情况也是这样，而不是另一种样子。他的出生给予他以天性和一系列可能的任务，在这些任务中他有权自由地进行选择。对于每一个人来说，随着他的天性能够或想要做到的事情，随着他的出身允许或禁止他做某件事情，都会经历一系列的幸福或困苦，一系列的伟大或懦弱，一系列的悲剧或喜剧，所有这一切**完全**占满了他的生活，而且决定他的生活是否与公众的生活有关，也就是说，他的生活是否对某种历史具有意义。跟一切事实的这种最原本的事实相比，一切关于"全"人类的"共同"任务的高谈阔论，一切关于"道德的本质"的哲学思考，都不过是言之无物的废话。

从这里可得出我的思维方式中绝对新的东西,也是整个十九世纪曾经急于找到的东西,现在,我必须说出它,必须为了生活而把它开拓出来,这就是:浮士德式的人与历史的自觉的关系。人们又无法理解,我为什么用一种新的情景取代连普通的学者也感到讨厌的"古代—中世纪—近代"模式。我认为,清醒的人始终"生活在一种情景里";这情景主宰着他的抉择,造就了他的精神,但是,只有当他为自己争得一种新的东西,并且完全掌握了它的时候,他才能真正摆脱旧的东西。

"历史的眼光"——这是某种只有西欧人从今天起方能达到的东西。尼采也曾谈到过历史的**疾病**。他所指的是他当时在自己的周围到处看到的东西:文学家的害怕行动的浪漫情调;语文学家梦想回到某种遥远的过去;爱国主义者在为某事作出决定之前,总是畏首畏尾地到处朝自己的祖先张望,这是一种由于缺乏独立性而进行的比较。我们德国人从 1870 年以来比其他任何一个民族为此蒙受更多的损失。每当我们想知道在电气的时代里该做些什么的时候,我们便小心地向古日耳曼人、十字军骑士和荷尔德林的古希腊人请教,不是吗?英国人在这方面要比我们幸运得多,他拥有大量从诺曼人时代留下来的装备:他的权利、他的特权、他的风俗习惯,而且英国人总能把一种有强大影响力的传统保持在他的时代的顶峰,而并没有将它破坏。英国人过去和现在都不知道那种投向破灭了上千年的理想的渴望的目光。历史的疾病也存在于德国的唯心主义和我们当今的人道主义之中;它让我们喋喋不休地乱侃改良世界的计划,让我们每天提出新的设计方案,以此彻底地和最终地把所有的生活领域带入一种正确的状态;而历史的疾病唯一的**实际**目的在于,主要的力量在舌战中被耗尽,真正的机会并没有被发觉,最终伦敦和巴黎遇到了较小的抵抗。

历史的眼光是历史的疾病的对立面。它意味着要做精通某事的人，要做审慎的、实在的和冷静的行家。上千年的历史的思维和研究在我们面前展示的并不是知识的无法估量的珍宝——这似乎并不重要——而是经验的极大的财富。这是全新意义上的生活经验，假定人们从我在这里勾勒出的观点理解它们。我们如今领会到，德国人比其他民族更注重过去中的**榜样**，他们认为，必须按照过去的榜样生活。但是，并没有榜样，只有**例子**，而且是以下这几个方面的例子，例如单个的人、整个民族、整个文化的生活发展、完成和结束的例子，性格和外部环境、速度和持续时间的关系的例子。我们并没有意识到，我们从自己方面该做些什么，而只是意识到，发生了什么事情，它告诫我们，我们**自己**的后果怎样从我们**自己**的先决条件中产生出来。直到现在，只有某些善于识人者意识到这一点，但是他们只了解他们的学生、下属和同事；某些国务活动家也意识到这一点，但是他们只了解他们所处的时代及其名人和民族。这是一种伟大的高明的本领，它能够驾驭生活的力量，因为这样的人能看清生活的力量的各种可能性，并且预见到它们的转变。所以，这样的人能够统治其他的人。但是，这样的人本身也变成了命运。今天，我们能够预见到以后几百年里我们自己的整个文化，预见到被我们看透的人。我们知道，任何事实都是一种偶然事件，人们无法预料到它，也无法把它计算出来。但是，由于我们拥有**其他**文化的情景，我们深信，未来的进程和精神不会是偶然事件，这是因为不管是在单个的人那里，还是在一种文化的生活中，未来虽然由于行动者的自由抉择而十分顺利地结束或者陷入危险之中，但它毕竟会逐渐枯萎，乃至最终遭到破坏，尽管这样，它不会偏离它的**意义和方向**。所以，有可能实行广义的教育，即认识内在的可能的东西，提出各种任务，并为这些任务培养个人和整个一代人，须知，这些任务是从**投向未来的事实的有远见的目光**，而不是从某些"理想的"抽象概念中提出来的。我们头一次看到这样的事实：

理想的"真理"的整个文献,所有那些高尚的、善良的和愚蠢的念头、草案和解决办法,所有那些书、小册子和演讲,都是无益于事的现象,我们现在认识到,所有处在相应时代的其他文化都在研究或忘却这种现象,它的整个影响在于,微不足道的学者们晚些时候在某个角落里撰写关于这种现象的著作。所以,我再次强调,对于单纯的观察者来说,可能存在着真理,但是对于生活来说,并不存在真理,只存在事实。

接着,我想谈一谈悲观主义的问题。1911 年,当我在阿加迪尔事件的影响下突然发现我的"哲学"的时候,达尔文主义时代的庸俗的乐观主义在欧美世界占主导地位。所以,出于一种内心的矛盾,我用我的作品的书名无意识地指出当时谁也不想看到的发展的那个方面。假如我今天不得不进行选择的话,那么我将努力用另外一种表述揭示同样肤浅的悲观主义。我现在是最后一个相信用一句口号评价历史的人。

但是,我得承认,就"人类的目标"而言,我是一个彻底的和坚决的悲观主义者。对我来说,人类是一种动物学的范畴。我看不到进步,看不到目标,看不到人类的道路,除了在西方的那些鼓吹进步的市侩的头脑里。我甚至没有看到统一的精神,更没有在广大而单纯的群众那里看到统一的志向、感情和理解。我只有在单个文化的历史里看到生活的一种有意义的方向和目标,看到心灵、意志和感受的结合。这是某种天性所固有的东西和实在的东西,但是它包含有某种人们希望达到的东西,甚至包含有新的任务,但是,这些新的任务并不存在于伦理的空泛的词藻和概括里,而存在于伸手可及的**历史的目标**里。

把这叫作悲观主义的人,肯定是根据他的平淡无奇的理想主义的陈规陋习。这样的人把历史看作一条乡村公路,在这条公路上,人类慢步向前,总是朝着同一个方向,眼前看到的总是一种哲学的公用场所。哲学家们早就明确地指出——当然，每个哲学家的想法不同，而且每种哲学都认为自己是唯一正确的——什么样的高尚的和抽象的词藻构成我们的尘世生活的目标，并且构成我们的尘世生活的真正的本质；但是，有代表性的是，按照乐观主义者的看法，人们越来越接近尘世生活的目标和本质，但却不能达到它们。一种指日可待的死亡似乎同这种理想相矛盾。谁要是对此提出不同的意见，他就被看作是悲观主义者。

依靠这样一些廉价的理想去生活，我会感到羞愧。须知，天生的胆小怕事者和幻想家的懦弱在于，他们不敢面对现实，不会用几句简洁的话确定一种实在的目标。他们总是需要一些从远处照射过来的伟大的抽象概念。这可以缓解那些人的恐惧，这些人对敢作敢为、各种事业，对一切要求干劲、首创精神和优越性的东西毫无兴趣。我知道，像这样的书会对他们产生毁灭性的影响。但是，也有一些德国人从美国给我写信，说我的这本书对那些下决心在生活中干一番事业的人将产生振聋发聩的影响。但是，生来只喜欢演讲、作诗和做梦的人只会从任何一本书里吸取毒物。我知道这样一些年轻人，在所有文学家和艺术家居住的小区里，在所有的高校里，都挤满了这样的年轻人。叔本华和尼采先后不得不把他们从义务中解放出来，使他们成为充满活力的人。现在，他们找到了一位新的解放者。

不，我不是悲观主义者。悲观主义意味着不再看到任务。而我却看到许许多多尚未解决的任务，我担心我们在这方面会缺乏时间和人才（我在《西方的没落》的第二卷里会提出这样一些任务）。物理学和化学的实践方面还远远没有达到它的可能性的极限。技术在几乎所有的领域里还没有达到顶峰。如今，我们对古代世界的研究面临这样一个伟大的义务，即从无数的个别结果中推论出古代世界的真相，这真相有助于我们把古典主义连同它对理想的漫无目的的追求从我们文化人的想象世界里消除出去。从古代世界里，我们可以很好地借鉴，在世界上，情况确实是这样的；在任何时代，浪漫派和抽象的理想均被事实粉碎了。假如我们在上中小学的时候多读一些修昔底德和波利比乌斯的著作而少读荷马的诗，也许我们的情况就不一样了。但是，至今还没有哪个国务活动家想到为青年对修昔底德、波利比乌斯、萨卢斯特和塔西佗的著作撰写评注。我们既没有一部古希腊罗马的经济史，也没有一部古希腊罗马的政治史。我们虽然对西欧的历史写过一些类似的令人惊叹的作品，但却没有写过一部中国的秦始皇和古罗马皇帝奥古斯都的政治史。我们才刚刚开始正确地领会受我们文明的社会和经济结构决定的法制。直到现在，法学根据其最优秀的专家的判断比语文学和玩弄概念的经院哲学好不了多少。国民经济学压根儿还不是一门学科。我在这里避而不谈**我们的**未来的那些政治、经济和组织上的任务。但是，我们的旁观者和理想主义者所寻找的东西不过是**一种舒适的**世界观，一种只是有责任做说服工作的体系，一种为他们的害怕行动寻找的道德上的借口。这些理想主义者坐在生活的角落里，不停地进行辩论，他们是为辩论而生的。但愿他们一直待在生活的角落里。

"人类"在几千年的时间内没有取得进展，从这个**事实**中我们可以得出什么样的结论呢？我们为人类设计某种方案，但并没有意识到这种危险，即现实立刻就会纠正这种方案；而浮士德式的文化却能在几个世纪的时间内取得进展，它的历史的轮廓我们看得清清楚楚：从这个**事实**中我们可以得出什么结论呢？英国的清教徒骄傲地告诉我们：一切都是命定的，所以，**我必须获胜**；而其他人却告诉我们：一切都是命定的，平庸乏味和缺少理想，所以，开创事业是毫无意义的。对我们西方人面临的那些任务，情况是这样的：对于重视事实的人，它们是不可忽视的；而对于浪漫主义者和思想家，它们不过是没有希望的展望，因为他们只有依靠写诗、画画、锻造道德体系或提出一种庄严的世界观，才能够想象世界或生活。

在这里,我要坦率地说出自己的看法,尽管有人会对此大喊大叫:人们对艺术和抽象思维的历史意义评价过高。虽然艺术和抽象思维在那些伟大的时代里非常重要,但是总有比它们更为重要的东西。在艺术史上,格吕内瓦尔德①和莫扎特的意义不应该评价过高。在查理五世和路易十五时代的**真正的**历史中,人们根本没有想到他们的存在。有可能是这样,某一个伟大的历史事件唤醒了某个艺术家。从来不会出现相反的情况。但是,今天发生的事情甚至不会进入艺术史里。至于谈到当今的行会式的哲学,它的所有的学派不仅对于生活,而且对于心灵毫无用处;这些学派的观点的确没有受到文化人和其余知识领域的学者们的重视。它们的观点只服务于用它们撰写博士论文的目的,以便人们在另一些博士论文里引用它们,而这些另外的博士论文除了哲学的未来讲师们以外,谁也不会再读它们。尼采曾经提出科学的价值的问题。不久的将来,人们也会提出艺术的价值的问题。没有真正的艺术和哲学的时代仍然可以是强盛有力的时代,罗马人教会了我们这一点。但是,对于政治上保守的人来说,这一点当然决定了生活的价值。

但是,对于我们来说,情况并不是这样。有人曾告诉我,没有艺术的生活是不值得过的;我反问道,为谁不值得过?我不想作为雕塑家、伦理学家或戏剧家生活在马略和恺撒的罗马人当中,也不想作为格奥尔格②小集团的成员,这个小集团躲在具有文学态度的论坛的后面鄙视罗马人的政治。谁也不会对我们过去的**伟大**艺术——因为当代没有伟大的艺术——具有一种较为接近的关系;没有歌德,没有莎士比亚,没有那些古老的建筑物,我就不想生活;每一件高尚的文艺复兴时期的艺术作品都感动了我,这**恰恰**因为我看到了它的极限。巴赫和莫扎特对我来说高于一切;但是从我对巴赫和莫扎特的评价

---

① Grünewald(约1475—1528),德国画家。
② George(1844—1896),德国抒情诗人。

中绝不能得出这样的结论,即把我们的大城市的成千上万从事写作、画画和观察世界的居民称作真正的艺术家和思想家。德国的画家、作家和"设计家"比世界的所有其余国家的加在一起还要多。这是文化还是缺乏现实感?我们的创造力非常丰富,而我们实践的精力却非常贫乏,不是吗?这结果难道不符合——尽管只是略微地——过于自信的空谈的花费吗?作为昨天的潮流的表现主义并没有给我们留下名流和一流的成绩。当我对这场运动的严肃性表示怀疑的时候,我不知多少次遭到人们的反驳。许多画家、音乐家和诗人在他们的谈话和小册子中明确地向我证明,艺术强有力地向前发展。但是,从他们的这些空话中得出的不正是反面的结论吗?要用行动,而不是用论据证明类似的事。我希望他们反驳我,但是他们必须拿出可以与瓦格纳的《特里斯坦》、贝多芬的室内钢琴奏鸣曲、莎士比亚的《李尔王》、汉斯·马莱的肖像画相媲美的作品。但是,不再有成绩,只有流派。他们甚至以合唱的方式表达某种意愿,但是却没有能力去实现它。这里存在着这样一种危险,即所有这些软骨头的、女人气的和多余的"运动"并不是为了必要性,而是为了时代的一种必要性而存在的。我把这种现象叫作**工艺美术的世界观**。建筑、绘画和作诗作为一种工艺美术,宗教作为一种工艺美术,政治作为一种工艺美术,甚至世界观也是一种工艺美术。从各种各样的小圈子和联合会、咖啡馆和报告厅、展览会、出版社和杂志,发出熏天的臭气。这种现象不愿默默地忍受着——它要称雄称霸;这种现象自称是德国的;它要主宰未来。

正是在这里我找到了任务,但是并没有找到那些能够胜任它们的男人。德国的小说是本世纪的任务之一;直到现在,我们只有歌德。但是,小说要求**这样的人物**,他不仅在精力和对世界的看法方面胜过别人,而且在那些意义重大的职务中长大,他甚至是伟大的,因为他具有威严的观点和待人接物的态度。我们也没有类似瑞士和

184

法国那样的德国的散文。直到现在,我们所拥有的东西不过是个别作家的创作风格,这种创作风格从一种很差的平均水平上升至完全个人的技能。小说可以造就作家;但是今天的重视现实的人、工业家、高级军官和组织者比这些十级的文学家写得更好、更彻底、更明确和更深刻,因为这些十级的文学家把写作风格变成了一种体育运动。在蒂尔·欧棱斯皮革尔①的国家里,我看不到一种独创一格的民间滑稽戏,它不仅具有世界历史的高度和深度,而且妙趣横生、具有悲剧性、轻松而回味无穷;这几乎是人们今天赖以同时能成为哲学家和诗人的唯一的形式,而且不会是假的。同样是在今天,我怀念尼采曾经怀念的东西:一种充满民族血统和精神的卡门式的德国音乐,它迸发出旋律、节拍和火,对这种音乐来说,莫扎特和约翰·施特劳斯,布鲁克纳和**年轻的**舒曼当之无愧地把自己称作它的祖先。但是,今天的乐队杂技演员无能为力。自从瓦格纳逝世以来,德国还没有产生一位伟大的作曲家——旋律的创作者。过去,当存在着一种生气勃勃的艺术的时候,流行着这么一个习俗:生活的节拍贯穿艺术家、艺术作品和观众,迫使每一个人按照自己的责任和义务去塑造和观察。所以,伟大的艺术家和渺小的艺术家之间的差别并不在于形式的严谨,而在于主题思想的深度——取代这种节拍的是"设计",而设计是所有东西中最令人蔑视的东西。所有不再接近生活的东西被设计出来。人们试图设计一种具有神智学(Theosophie)和大师崇拜的个人的文化,试图设计一种具有用精制犊皮纸印制的佛祖出版物(Buddhaausgaben)的个人的宗教,试图设计一种由爱神厄洛斯组成的国家。人们希望在革命之后"设计"农业、商业和工业。

　　我们应当粉碎这些理想;粉碎时发出的丁当声越大,事情就越

---

　　① Till Eulenspiegel,据说是 1300 年左右出生于德国布伦瑞克的一个流浪汉,他周游欧洲不少国家,对路见的各种不良社会现象进行鞭挞和讽刺,十九世纪德国出现了以他的名字命名的幽默讽刺杂志,对当代德国社会的丑恶进行了无情的揭露和鞭挞。

好。严酷,罗马的严酷,这是当今在世界上开始实行的东西。对于某种其他的东西,很快就将不再有活动余地了。我们需要艺术,但是用混凝土和钢组成的艺术;我们需要文学作品,但是由具有钢铁般坚强的神经和毫不留情的洞察力的男人们创作出的文学作品;我们需要宗教,但是请你拿起你的宗教歌曲集,而不是拿起印在精制犊皮纸上的孔夫子,然后走进教堂;我们需要政治,但是由国务活动家们,而不是由世界的改良者们推行的政治。所有其他的东西不在考虑之列。我们永远不应该忘记,在这个世纪里,我们经历过什么,我们面临着什么。我们德国人不再可能发展到歌德的地步,但是有可能发展到恺撒的地步。

译者导读
人类的起源与技术的诞生

1931 年 5 月，斯宾格勒在德意志博物馆的年会上作了一个关于技术的报告。两个月之后，这个报告的修订稿以《人与技术》的标题出版。这篇论文是斯氏在德国人种学家列奥·弗洛贝尼乌斯（Leo Frobenius，1873—1938）的影响下悉心研究人类早期的历史和人类学问题的结果；正如斯氏在《人与技术》的序言里所说，他写这篇论文的目的在于检验他在《西方的没落》一书中专门应用于一组高级文化的观察方式，为此，"我将求助于这组高级文化的历史前提，即人类的起源史"。

《人与技术》从生命哲学的角度描述了作为有创造才能的食肉动物的人从使用手到我们的浮士德式的二十世纪的涉及一切工艺的发展过程，并着重描述了当今浮士德式的技术文明的困境。

为了便于理解《人与技术》的基本观点，有必要简要地回顾一下斯氏在撰写这篇论文之前有关技术的论述。在《西方的没落》里，斯氏认为技术的诞生是与宗教神话、祭祀、科学和文化的诞生联系在一起的。像一般的文化一样，神话、祭祀、科学和技术，都是人即小宇宙试图对在神秘的大宇宙怀抱里生存所遭遇的恐惧不安的问题作出的种种回答。一方面，小宇宙试图为自己获得一种严密的世界观；这种世界观也就是理论,最初作为宗教神话,然后作为科学;另一方面,小宇宙试图对自己所处的环境产生影响,这也就是实践,最初作为祭祀,然后作为技术。如果说科学是神话的世俗的和理性的措辞的话,那么技术则是祭祀的世俗的和理性的措辞。斯氏在《西方的没落》里进一步指出,对于"自由活动的生命"即动物与人来说,由于人具有"醒觉存在"(即意识),所以人最初需要用"符号"的系统"确定"周围的自然,以便更好地在自然中辨认方向。"当对自然的确定转化为一种固定,即对自然的一种有目的的改变的时候,高级生命的历史中就出现了一种决定性的转变,也就是说,随着这种转变,技术也应运而生了。"斯氏指出,这种决定性的转变的前提是:思维从感觉中解放出来,出现了文字语言,因此理论知识得以用象征和抽象的形式表达出来。

斯氏在此表述的从实践到理论的进化论,或多或少受到柏格森的《创造进化论》(1906)一书的影响。和柏格森一样,斯宾格勒认为制造工具的人(homo faber)先于明理的人(homo sapiens),换言之,实践先于理论。对于斯氏来说,任何醒觉存在最初总是工作着的醒觉存在。理论是一种概念,这概念在文明化的技术的鼎盛时期以及在其原始的初期,从日常的技术中摆脱出来,作为无所事事的醒觉存在的一部分。斯氏关于技术知识总是先于理论知识的论断,不仅适用于原始的知识,而且适用于近代的自然科学。斯氏认为,所谓"精密的"自然科学不过是一种原始的宗教神话的写照;而且任何自然科学毕竟只具有工具的性质,因为它只提供工作假设。作为德国哲学家费英格(Hans Vaihinger,1852—1933)的学生,斯宾格勒断言,任何理论或科学只不过是一种或多或少有益的虚构。在这方面,最原始的民族的世界观和现代科学的最细致的"发现"之间并不存在质的区别。技术始终是一种魔术:"现代魔术师的形象:一个具有许多操纵杆和标志的开关板,工人只需用手指一按,就可以生产巨大的效果,而无需知道它们的本质,开关板不过是人类的技术的一种象征而已。"

在《人与技术》中,斯氏避而不谈技术祭祀的和巫术的起源,也不像或多或少受到生命哲学影响的思想家,诸如舍勒、格伦和谢尔茨基那样,认为技术源于人的器官有缺陷。斯氏给技术下的定义是:技术是整个生命的策略。技术是斗争中的操作方法的内在形式,而斗争与生命本身具有相同的意义。换言之,任何操作方法、任何一种工具都是权力意志为自己锻造的武器,以便在自己对自然或其他人的斗争中取得胜利。"所有伟大的发明和事业均出自强人对胜利的喜悦。它们是有个性的人的表现,而非群众的功利思想的表现,群众只是旁观者,但是不得不忍受发明的后果,不管它们是怎样的。"

斯氏关于技术是生命的策略的论断是和他对人的看法密不可分的。关于人是什么的问题,向来众说纷纭:人是野兽,人对人是狼(Homo homini lupus,古罗马喜剧作家普劳图斯语),人是社会的动物(亚里士多德语),人是符号的动物(卡西勒语),人的本质是一切社会关系的总和(马克思、恩格斯语)等等。

英国哲学家托马斯·霍布斯继承了普劳图斯对人的看法,认为人生来就是个人主义者和利己主义者,当人们处于自然状态时,都是极端自私自利和互相仇恨的:"人对人像狼一样。"《圣经·马太福音》告诫读者:"你们要防备假先知,他们到你们这里来,外面披着羊皮,里面却是残暴的狼。"

斯氏同样继承了普劳图斯对人的看法,并在新的形势下加以发展和深化。斯氏指出,人是肉食动物,不仅如此,人不单是猛兽,而且是有独创性的猛兽。在这个意义上,人不仅是动物中的动物,而且是猛兽中的猛兽。如果说马克思和恩格斯所强调的是人的社会性的话,那么斯宾格勒所突出的则是人的动物本性。

斯氏指出,最早的人具有"一个反抗者的心灵",而且像一只猛禽一样,筑巢独居;这些强壮的孤独者的心灵完全是好战的、多疑的、嫉妒的,只关心自己的权力和猎获物;它不仅知道"自我"的激情,而且知道"我的"激情。当快刀切入敌人的身体的时候,当血腥的气味和敌人临死前的呻吟涌上洋洋得意的神志的时候,此心灵顿时感到一阵陶醉。从这段文字中不难看出,史前的独来独往的人的心灵完全被侵略本能所控制。这使我想起奥地利著名动物学家康拉德·洛伦兹(Konrad Lorenz, 1903—1989)关于人类天性的说法。洛伦兹认为,人类天性具有攻击性,"人类的进化就是通过个体之间,尤其是群体之间争斗攻击来实现的。人身上的'尚武精神',人类历史上绵延不绝的冲突和战争,完全说明了人类对自己的同类有着一种先天的攻击性行为"。[1]

达尔文认为,生物进化的原因在于使自己越来越好地适应周围的环境。斯宾格勒不赞同达尔文的这种思维方式,他信奉荷兰遗传学家德弗里斯(de Vries, 1848—1935)的突变理论。斯氏认为,技术的发展是以突变的形式进行的,而突变的基础始终是权力意志,也就是说,技术从一开始就是强人的统治野心的产物。斯氏把动物的技术跟人的技术进行了比较:前者是不变的、非个人的属类的技术,而后者是个人的、有发展前途的和有创新才能的技术。人通过突变摆脱了属类的束缚;随着突变,人突然能够直立行走,而且产生了手和作为手的延长使用的工具。单个的动物只具有眼睛的思想,也就是说,单个的动物能够确定周围的环境,区分因与果;许多动物看到火是如何产生的。但是,只有人能够按目的与手段的要求想出一种操作方法,并用这种方法把火制造出来。

斯氏认为,随着文字语言的产生,在技术的发展中出现了第二个转变,即第二个突变。斯氏认为,这第二个突变发生在公元前第五千纪。由于文字语言的产生,人类得以有计划地从事集体的行动,即由

---

[1] 参见汝信主编,《现代西方思想文化精要》,第307页。

语言指导的计划;这大大地提高了技术的效果。在这里,斯氏认识到组织的推动作用。马克思在1844年的著作中把组织看作一种重要的生产力;美国建筑评论家芒福德(Lewis Mumford,1895—1900)把组织称作"巨大的机器"。

斯氏指出,企业是以分工为前提的,于是产生了领导人的工作和执行者的工作。与此相适应,产生了两种人:生来就是发号施令的人和生来就是对领导言听计从的人,政治和经济的操作方法的主体和客体。

斯氏清楚地认识到技术的两面性:一方面,技术是权力意志的表现和手段;由于技术,人对其他肉食动物取得了决定性的优势;人成为了自己的生命策略的创造者。但是,另一方面,人的这种伟大创举同时也是他的厄运,因为人为了获得这种权力,不得不和自然分离,不得不一再地使自然合理化。但是,一切人类的作品,哪怕它是最简单的工具和最原始的操作方法,都是人为的和违反自然的。自然和人之间的异化早在企业的阶段就已经增加,因为在这里,起决定性作用的是纯粹的精神上的考虑和斤斤计较的打算。

斯氏在这里所描述的是一种"启蒙的辩证法"。由于文化和技术的发展,思想摆脱了手,而且独立自主地想把自己的法则强加于自然和生命。在斯氏看来,文化和技术的发展是人类的离乡背井和傲慢所造成的一大悲剧:具有创造才能的猛兽人正在受到惩罚,因为他太相信自己的精神的力量。"普罗米修斯狂妄自大,自天上窃取神圣的权力给世人,结果从天上跌落下来。"这使我想起美国社会学家贝尔关于现代人的傲慢的一段话:"现代人的傲慢就表现在拒不承认有限性。"的确,从十八世纪以来,技术革命给人类带来了惊人的发明创造,从而膨胀了人类发明的信心并鼓励人们对无限的进步充满期待。于是,为了这无限的进步,人类只争朝夕地想征服自然,并且相信科学技术的力量是无限的。正是由于人们相信"人定胜天"和技术力量的无限性,所以人们自然地产生了"只要有人就可以创造出一切人间奇迹"的傲慢与狂妄。这种"人是万物的尺度"的人类中心主义只注重工具性而忽视人文关怀,只重视物质而轻视精神价值,结果导致人的道德堕落。

斯氏指出,正是人对自然的无止境的掠夺导致人的物化,即人也被功能化,成了技术体系的一个组成部分;换言之,人为了统治自然,不得不以牺牲自己的自由为代价。于是,世界的主人变成了机器的奴隶,机器迫使人沿着它的轨道的方向前进。"已被推翻的胜利者正被飞快奔跑的套在一辆车上的几头牲口拖向死神。"

斯宾格勒以敏锐的目光预见到已经进入最危险的过度紧张阶段的世界的机械化给人类造成的生态危机。在这种情况下,"有其植物、动物和人的地球的形象已经发生了变化。在数十年中,大部分大的森林已经消失,变成为新闻印刷的材料,从而改变了气候,而气候的变化危及全人口的农业经济;无数的动物种类像水牛一样已经完全或几乎完全消失,大批的人类种族,像北美的印第安人和澳洲土著一样,几乎濒临灭种"。

但是,尽管斯氏对世界的机械化进行了批判,他却并没有像那些不可救药的傲慢主义者那样,严厉谴责现代的机械化,并且遁入梦想和过去。作为重视事实的人,斯氏在《西方的没落》里告诫德国人一定要专心致志于技术与工业。作为尼采的学生,他奉行一种坚强的悲观主义,即爱命运。在他看来,技术就是西方的命运。作为西方人和成立于1907年的德意志工厂联合会的同时代人,斯氏简直迷恋于机器的美学,他在《西方的没落》的导言里,赞赏"一艘快艇、一座炼钢厂和一台精密机床的富丽堂皇和高度智能化的形式"。

斯氏在《人与技术》中对浮士德式的技术的前途忧心忡忡:"浮士德式的思想开始对技术感到厌倦。一种困倦,一种在反对大自然的斗争中的和平主义,流传开来;人们转向较为俭朴的、更接近自然的生活方式……人们讨厌大城市;人们想要摆脱一切无心灵的活动、机器的奴役、技术组织的明澈而冷酷无情的气氛。"这使斯氏想起奥古斯都时代的罗马的情绪:人们回避科学和技术,回避实际存在的各种问题,专心致志于纯粹的思辨:"神秘主义、唯灵论、印度哲学、基督教或异教色彩的形而上学的苦思冥想又死灰复燃。"不仅如此,"天生的领袖们开始逃避机器"。此外,这些精英还遭遇到"手的造反"(指工人的造反):"领袖的工作和执行者的工作之间的紧张已经达到了一种灾难性的程度","这种遍及全球的哗变眼看着就要抵消技术和经济工作的可能性"。

斯氏认为,对于有色人种来说,浮士德式的技术"并不是内心的需要",而只不过是有色人种在反对浮士德式的文明的斗争中的一种武器,它就像森林里的一根树枝一样,一旦人们达到了自己的目的,就会把它扔掉。"这种机器技术随同浮士德式的人走向灭亡,而且有朝一日将会被捣毁和遗忘。"

综上所述,斯宾格勒对技术的看法是相互矛盾的:一方面,他并不反对技术本身,而且苦诚德国人要专心致志于技术与工业;另一方面,他认为技术是西方的宿命,他像尼采一样告诫人们要爱命运。他在《人与技术》的结尾向读者展示了预示死亡的幻景,即在庞贝的一个罗马士兵的幻景,"他之所以死亡,是因为维苏威火山爆发时人们忘记了换他的班"。每个西方人都要像那个罗马士兵一样,坚守在无望的岗位上,没有希望,没有救援,没有出路。只有梦想家相信出路。乐观主义意味着懦弱。

人与技术:论一种生命哲学

作者序言

在以下的书页上,我将向读者展示我从一部较大的著作中取出的若干思想。我的目的在于检验我在《西方的没落》一书中专门应用于一组高级文化的观察方式,为此,我将求助于这组高级文化的历史前提,即人类的起源史。我的那部著作使我体验到,大多数读者对该书的整个思想体系缺乏通观全局的能力,因此他们拘泥于他们较为熟悉的个别领域,而斜视或压根儿不视其他的领域,所以他们对我所说的话和我所叙述的事物获得一个错误的印象。我依然坚信,只有**同时地、比较地**观察人的一切活动范围,避免仅从政治、宗教或艺术的角度阐明人的此在的个别方面的错误,才能理解人的命运。我相信,若果真是这样,一切就好办了。尽管如此,我在此书里仍大胆提出若干问题,这些问题彼此相互联系,所以有助于读者对人之命运的大秘密获得一个临时的印象。

技术作为生命之策略

1

技术及其与文化和历史的关系问题,始见于十九世纪。十八世纪以彻底的怀疑态度、以将近于绝望的怀疑,提出了文化之意义与价值的问题。这个问题引起了其他的、越来越具有危害性的问题,从而为在二十世纪,即今日,把一般的世界史看作问题这种可能性打下了基础。

当时,在鲁滨逊和卢梭、英国公园和牧羊人诗歌的时代,人们把"最初的"人本身看作为一种羔羊,性格平和,而且道德高尚,只是后来由于文化而道德败坏。人们完全忽视技术上的东西,和道德观察相比,技术上的东西反正是不值得观察的。

但是,从拿破仑以来,西欧的机械技术突飞猛进,工厂城市、铁路、轮船应运而生,这一切最终迫使人们严肃地提出这样的问题:技术意味着什么? 技术在历史中有何意义? 技术在人们的生活中有何价值? 技术具有什么样的道德上的或形而上学的地位? 对于此等问题人们有很多回答,但这些回答其实可归纳为两种。

在一方面是唯心主义者和意识形态家,即歌德时代的人文主义的古典主义的迟到者,他们把技术上的事情和经济问题看作文化之外和文化之下的东西而加以唾弃。歌德对一切现实的东西表现出很大兴趣,他在《浮士德》第二卷中试图探索此种新事实世界的最深处。但是在威廉·冯·洪堡的著作中,开始出现与现实不符的、语文学的历史观,按照这种历史观,一个历史时期的地位取决于该时期所产生的图和书的数量。一个统治者只有当他被证明是艺术的赞助者才值得称颂。至于他在其他方面表现如何,是无须加以考虑的。国家不断地干扰在大教室、学者书斋与艺术家工作室里发生的真正的文化；战争是发生在以往的时代里的一种难以置信的野蛮；经济是某种人们视而不见的无聊而愚蠢的东西，尽管人们每天都需要它。把一个大商人或一个大工程师和诗人与思想家相提并论，这几乎是对"真正的"文化的一种庄严的侮辱。在这方面，请读者仔细读一读雅克布·布克哈特的《世界史之观察》。此书代表了大多数讲台哲学家的观点，同时代表了许多历史学家，乃至今日之大城市的文学家和美学家的观点，在这些文学家和美学家看来，创作一部长篇小说比设计一架飞机的发动机更为重要。

在另一方面是主要来源于英国的唯物主义，它在十九世纪下半叶盛行于半有文化的人之中，它是自由主义的文艺副刊、激进的群众集会、马克思主义者、自以为是思想家和诗人的社会伦理作家信奉的哲学。

如果说第一类人的特点在于缺乏现实感，那么第二类人的特点在于惊人地缺少深度。第二类人的理想只是效益。在他们看来，对"人类"有用的东西属于文化，就是文化。其余之物皆为奢侈、迷信或野蛮。

但是，有用的东西是指有利于"大多数人的幸福"的东西。而幸福在于游手好闲。说到底，这是边沁、穆勒和斯宾塞的学说。人类的目的在于尽可能地减轻个人的大部分劳动，而让机器承担大部分的劳动。摆脱"工资奴隶"的痛苦、娱乐、舒适和"艺术享受"上的平等：晚来的国际大都市的"面包与马戏"显示出来了。相信进步的市侩们热衷于每一个使某种装置运转的按键，这种装置——据称——能节省人的劳动。取代早期的真正宗教的是对于"人类的成就"的肤浅狂热，而所谓的人类的成就只不过是节省劳动和供人消遣的技术的进步而已。心灵是根本谈不上的。

这不是伟大的发明家（有少数例外）和技术问题的行家的审美

观,而是他们的**观众**的审美观,此等人不能发明任何事物,至少对发明一无所知,但预感到发明对自己有某种好处。一切文明所信奉的唯物主义,其特征在于完全缺乏想象力,它所勾画出的未来的形象是一个人间天国,此人间天国是在十九世纪八十年代的技术倾向的前提下形成的人类的最终目标和持续状况;但是,此人间天国是靠不住的,它与排除这种"状态"的进步的概念有矛盾:在这方面,德国新教哲学家施特劳斯的著作《新旧信仰》(*Der alte und neue Glaube*,1872)、美国作家贝拉米的乌托邦式小说《回顾自 2000 年》(*Rückblick aus dem Jahre 2000*)和德国社会主义者倍倍尔的著作《妇女与社会主义》(*Die Frau und der Sozialismus*)为我们提供了证据。再无战争,种族、民族、国家和宗教之间再无区别,没有罪犯和冒险家,没有因优越性和不同而产生的冲突,再无恨与报复,而仅有持续千千万万年的无限的安乐。今天,我们正在经历这种平庸的乐观主义的最后阶段,这样一些胡说八道让我们感到害怕,令我们想起那可怕的无聊——罗马帝国时代的**乏味的生活**——这种可怕的无聊,当我们读这样的田园诗时笼罩在我们的心灵之上,这种可怕的无聊,即使只有一部分得到了实现,实际上也将会引起大量的谋杀和自杀。

上述两种看法,在今天看来已经过时了。二十世纪毕竟已经成熟了,能够深入探究这些事实——其总体构成真实的世界史——的最后意义。人们不再按照少数几个人和所有群众的个人的鉴赏力,鉴于理性主义的倾向和自己的愿望或希望去解释事情和事件。取代"事情应该是这样"(so soll es sein)或"事情应该会是这样"(so sollte es sein)的是铁面无私的"事情是这样"(so ist es)和"事情将是这样"(so wird es sein)。一种自信的怀疑态度正在克服十九世纪的多愁善感的态度。我们已经学会,历史是某种根本不会顾及我们的期望的东西。

只有观相的节拍——我在《西方的没落》第一卷的第二章里曾

经提到它——才能探究一切事件的意义，所谓观相的节拍，也就是歌德的眼光，天生的善于鉴识人者、生活的鉴赏家和历史的鉴赏家的眼光，这种眼光具有超时间意义，能够在个体身上发掘出他的较深的意义。

2

为了理解技术的东西的本质，不可以机械技术为前提，至少不可以这种有诱惑力的思想，即机器和工具的制造是技术的目的为前提。

事实上，技术是古老的。技术也不是某种历史地形成的特殊的东西，而是某种极普通的东西。技术远远超出人的范围，可以追溯到动物，更确切地说所有动物的生活。动物的生活类型有别于植物的生活类型，前者的特点是：自由活动于空间中，相对地恣意妄为和相对地独立于整个其余的大自然，因此，动物为了保住自己，必然会反对大自然，并赋予自己的此在以某种意义、内容和优越性。只有以心灵为前提，才能发掘出技术的东西的意义。

因为动物的自由活动的生活是斗争，且仅为斗争，而生命的策略，它面对"别的东西"——不管别的东西是有生命的或无生命的大自然——时之优势或劣势，决定着这种生命的历史，决定着这种生命的命运是否遭受别的东西的历史，或自身为别的东西的历史。技术是整个生命的策略。技术是斗争中的操作方法的内在的形式，而斗争与生命本身具有相同的意义。

这里须避免另外一种错误，即不要从工具出发理解技术。在这个问题上，重要的不是制造东西，而是对待东西，不是武器，而是斗争。就像在现代的战争里一样，策略，也就是说进行战争的技术起着决定性的作用，想出、制造与使用武器的技术仅为总体过程的一些组成部分，这种情况到处都一样。有无数不借于工具的技术，例如狮子以巧计诓骗瞪羚的技术和外交的技术。使国家保持良好的竞技状态以作政治历史的斗争的管理技术。有许多化学的和毒气技术的操作方法。有为解决某个问题而使用的逻辑技术。有作画的技术、骑马的技术、驾驶飞船的技术。问题所涉及的不是事情，而始终是一种有一定目的的活动。而这一点恰恰被史前史的研究忽视了，史前史的研究太多地想到博物馆里的物件，而很少想到想必曾经存在但没有留下痕迹的无数操作方法。

每种机器只为某种操作方法效力，而且产生于对这种操作方法的思考。所有交通工具均产生于对"乘坐"、"划船"、"滑翔"、"飞行"的思考，而不会产生于车或舟的观念。方法本身是一种武器。所以，技术并非经济的"一部分"，同样地，与战争和政治相比，经济很少是生命的独自存在的"部分"。一切技术皆为一种积极的、战斗的和富有感情的生命的不同方面。不过，毕竟存在着一条从早期的动物的原始战争通向现代的发明家和工程师的操作方法的道路，一条从原始武器即诡计通向机器的设计的道路，今天，人们用机器对大自然开战，用机器以巧计诓骗大自然。

人们把这种转变称为进步。这是十九世纪的豪言壮语。人们把历史看作面前的一条街道，在这条街道上，"人类"勇敢地一直继续齐步行进，但是，这里所说的人类其实只是白种民族，也就是说，只是白种民族中间的大城市居民，更确切地说，只是大城市居民中间的"有文化的人"。

但是，往何处去？多长时间？然后怎么办？

这种无止境的行进，这种朝一个人们未曾认真思考、不想弄清楚和不敢想象的目标的行进，未免可笑，因为目标为一终点。任何人在做某件事时，总是考虑到何时能达到他想达到的东西。人们在进行战争、出海或散步的时候，总是考虑到持续时间和结束。每一个真正富有创造性的人都知道和害怕完成一部作品之后随之而来的空虚。

完成属于发展——任何发展都有一个开端，任何完成都是一种终结。同样地，老年属于青年，消逝属于产生，死属于生。动物只想到现在，它知道并预感到死亡，并把死亡看作某种未来之物，某种不会威胁它的东西。只有在被杀死的那一瞬间，它才感到死亡的恐惧。然而，人却不是这样，他的思维摆脱了此时和此地的束缚，而且对昨天和明天、过去和未来的"以后"漫不经心地苦苦思索，所以他预先知道死亡，至于他能否克服死前的恐惧，这取决于他的气质和世界观的深度。根据古希腊的一则作为《伊利亚特》的前提的传说，阿喀琉斯的母亲让他作出选择：是希望长命，还是希望充满事业和荣誉的短命。他选择了后者。

无论以前还是现在，人们皆过于肤浅和懦弱，无法接受一切有生命的东西都是短暂的这一事实。人们将短暂性包在一种浪漫的进步乐观主义里面，其实人们并不相信这种乐观主义，人们用文学掩盖短暂性，钻进理想里，以至于什么也看不见。但是，短暂性、产生和消逝，是一切现实物的形式，自天上的星星——我们无法预见它们的命运——直至我们的行星上的易逝的万物。个体的生命——不管这个个体是动物、植物还是人——就像民族和文化的生命一样，都是易逝的。每一创造都逃不过衰落的命运，每一思想、每一发明、每一行为，终将被遗忘。我们到处预感到具有伟大命运的下落不明的历史的进程。已死的文化的**曾经存在过的**作品的遗址到处呈现在我们的眼前。普罗米修斯狂妄自大，自天上窃取神圣的权力给世人，结果从天上跌落下来。人们空谈"人类的不朽的成就"，这是怎么回事？

世界历史的外貌和我们的时代所能梦想的大不一样。人的历史，与地球上的植物界和动物界的历史相比较，更不待言，与星球界的生命期限相比较，确属短促。人的历史是数千年中的一种突然的上升和下降，这在地球的命运中是某种非常无关紧要的东西，但是对于生于其中的我们来说，人的历史则具有悲剧性的伟大和威力。生活在二十世纪的我们，眼巴巴地看着自己正在走下坡路。我们的历史眼光，我们的书写历史的能力，是我们正在走下坡路的一个泄露真情的标志。只有在高等文化达到顶峰，即高等文化转化为文明的时候，才会一刹那间出现这种强烈的认识的才能。

在"永恒的"星群中，地球这个渺小的行星——它于某一处，在无限的空间中，短暂地依其轨道运行——有什么样的命运，这其实是无关紧要的；至于何物在此行星的表面上作几分钟的活动，则更加无关紧要了。但是，我们中的每一个人其实什么也不是，他的生命期限不可名状地短促，他同其他的万物一样被投入这麇集之中。所以，对于我们来说，这个渺小的世界，这个"世界历史"非常重要。此外，每个人的命运在于他由于自己的出生不仅被置身于这个世界历史之中，而且被置身于一定的世纪、一定的国家、一定的民间习俗、一定的宗教和一定的阶层之中。我们不能选择，我们是愿做公元前3000年一个埃及农夫之子，或一位波斯国王之子呢，还是愿做一个今天的流浪汉之子。人们得听凭这种命运，或者说听凭这种巧合。正是这种命运使我们不得不适应某种特定的环境、见解和成就。世上无哲学家们瞎说的"人自体"（Mensch an sich），而只有和一定的时间、一定的地点、一定的种族和与一定的个人特征相联系的人，这样的人在和**给定的**世界进行斗争的过程中获得成功或遭到失败，而宇宙像神一样无忧无虑地在四周停留。这种斗争就是生命，更确切地说，是尼采心目中的生命，一种源于权力意志的斗争，残忍、毫不留情，一种没有慈悲的斗争。

草食动物与肉食动物

3

因为人是一种肉食动物。像蒙田和尼采这样精明的思想家已深知这一点。一切农耕民族和游牧民族的古老的童话和谚语中的生活智慧，伟大的善于识人者——政治家、统帅、商人和法官——在其富裕的生活达到顶点时带着微笑的认识，已经失败的空想的社会改良家的绝望，发怒的牧师的责骂，根本无意隐瞒或否认这一点。只有那些郑重其事、严肃认真的唯心主义哲学家和其他的神学家，才没有勇气承认人们暗地里很好地知道的东西。一切理想皆为懦弱。尽管如此，从他们的著作中我们也能收集到许多格言，这些格言偶尔无意中说出人是一种猛兽。

但是，对于人是猛兽这种认识，我们毕竟必须认真加以对待。怀疑——这是在此时代尚有资格存在的最后的哲学的态度——不再允许谈偏了题。尽管如此，而且正是由于这个原因，我要批评那些自十九世纪的自然科学发展而来的观点。对动物界进行解剖学的观察和处理，与其来源相符合，完全为唯物主义的观点所支配。如果说呈现在人的眼前，而且只有呈现在人的眼前的躯体的形象，以及被切开的、用化学手段制成标本的、用实践虐待的躯体的形象导致一个系统的话——此系统由瑞典博物学家林奈缔造，达尔文的学派于古生物学方面加以深化，这是一个由静止的和有视觉效果的细节组成的系统——那么，除此之外，还有一种完全不同的、非系统的生命的种类的秩序，这种秩序唯有纯朴的亲身经历与我和你的内心里感觉到的亲缘关系才能理解。每个农民，还有每个真正的诗人和艺术家都知道这种秩序。我喜欢思考各种动物生命的观相术，各种动物的心灵，而让动物学家系统地研究身体的组织结构。那样的话,就会引发出生命的而不是躯体的完全不同的等级秩序。

一种植物,尽管它只是在有限的意义上是一生物,但是它有其生活。实际上植物生活在自己的范围内或生活在自己的周围。"植物"呼吸空气,吸收养分,并繁殖自身,尽管如此,植物事实上只是这些过程的发生地点,这些过程与自然环境的过程,诸如日与夜、日光与土壤里的发酵,构成一个统一体,以至于植物本身不能立意和选择。一切过程皆凭植物而发生并表现于其中。植物既不寻找位置,也不寻找食物,更不寻找其用以繁衍后代的其他植物。植物不能移动自身,而是风、热和光能移动植物。

而动物的自由活动的生活则高出于植物的这种生活,不过动物的自由活动的生活又可分为两个阶段。第一种生活贯穿在所有的解剖学的种属里,从单细胞的原始动物至水栖的鸟类和有蹄类哺乳动物,它们的生命只有依靠不动的植物界提供食物才能维持下来。植物不会逃跑,也不会进行自卫。

但是,第二类生活高于第一类生活。有些动物靠吃其他的动物为生,它们的生活在于杀害。在此类生活中,猎物本身十分灵活,甚至作好战斗准备,甚至富有各种各样的诡计。此类生活也贯穿在这一体系的所有属类里。每一滴水都是一个战场。我们经常目睹陆地上的斗争,所以我们忘记了它的不言而喻性,甚至忘记了它的存在;今天,当我们看到深海里的杀害和被杀害的生活采取各种异乎寻常的形式的时候,不禁为之胆寒。

猛兽是自由活动的生活的最高形式。这意味着他人的和自己的最大自由,意味着最大的自我负责、最大的孤独,意味着通过斗争、战胜对手和消灭敌人保住自己的极端的必要性。这赋予人这一物种以高等的地位,即他是一种猛兽。

草食动物按其命运为供猛兽猎食的动物,它试图通过没有战斗的逃跑逃脱这种厄运。但猛兽把草食动物掠为己有。草食动物的生活,就其最内在的本质而言,是防守性的;而猛兽的生活是进攻性的,冷酷、残忍、具有毁灭性。这两种动物的活动策略不同:草食动物的活动策略表现为逃跑的习惯,即快速奔跑、位于隐蔽的角落、躲避和隐藏;而肉食动物的活动策略表现为进攻的直线运动,例如狮子的跳跃、山雕的俯冲。在强者和弱者的生活方式中均有各种诡计和以巧计诓骗。在人类的心目中,只有猛兽是聪明的,**积极**聪明的,与猛兽相比,草食动物是愚蠢的,不仅"天真的"鸽子和大象是这样,就连有蹄类哺乳动物的最名贵的物种,诸如公牛、马、鹿等亦然,此等动物只有在暴怒或性欲亢奋时才会进行战斗,否则就愿受驯养,接受一个小孩的指导。

　　这两类动物除活动方式不同以外,它们的感觉器官更加不同。由于感觉器官不同,它们拥有一个"世界"的方式也不同。其实,每一生物都生活在大自然里,生活在某一环境中,不管它是否注意到此环境,或是否使此环境注意到它。只有通过动物借助于接触、整理与理解和自己的环境建立起来的这种神秘的、人类的思考无法解释的关系,动物才能从环境中为自己创造一周遭世界。[①]较高等草食动物除了为听觉所支配以外,主要为嗅觉所支配,而较高等的肉食动物则为视觉所支配。嗅觉主要用于防御。鼻子感觉到危险的来源和距离,因而给予逃遁动作一种离开某物的合适的方向。

　　但是,肉食动物的眼睛等于一个目标。大的肉食动物的两眼,和人的两眼一样能够盯住环境中的一点,单凭这一点,大的肉食动物就能使猎物入迷。对于猎物来说,肉食动物的这种敌对的目光意味着前者的无法逃脱的命运,紧接着是后者的跳跃。但是,朝前和平行而视的两眼的凝视等于人拥有的世界意义上的世界的产生,换言之,世

---

　　① 参见 Üxküll,《生物学的世界观》(*Biologische Weltanschauung*),1913,第67页。——原注

界为一幅图像，为人的眼前的一个世界，为不仅是光与色，而且主要是透视的距离的世界，即空间和在空间中发生的运动和停留在某些地方的物品的世界。只有最名贵的肉食动物具有这种观看方法，而草食动物，例如有蹄类哺乳动物，它们的两眼各生于一边，每只眼睛获得不同的和非透视的印象。在肉食动物的这种观看方法中，业已存在统治的观念。世界图像为眼睛所控制的周围的世界。猛兽的视觉按照位置与距离确定事物，换言之，猛兽的眼睛有视界，它在此战场中测定攻击的目标和条件。狍子嗅到和苍鹰窥视的关系如同奴隶和主人的关系。在这种广阔而镇定的目光中有一种无限的权力感，一种出自优胜、基于较大的暴力的自由的感觉和不为任何人的猎物的自信。世界为一猎物，而从这一事实中最终产生了人类的文化。

最后，这种生来就有的优越的事实，不仅向外深化有光世界及其无限的远方，而且向内深化强壮的动物的心灵种类。心灵这个词让人感到某种莫名其妙的东西，其本质一切科学皆无法说明，心灵是这个活的躯体中的神圣的火光，此躯体在这个异常残忍和异常无忧无虑的世界里必然起支配作用或遭受失败：我们人在自己或别人身上感觉到是心灵的东西，是我们周围的有光世界的对极，在有光的世界里，人的思想与预感乐于接受一种世界心灵。生物越是感到孤独，在形成自己的世界、反对自己周围的所有世界时越是坚决，它的心灵就越发表现得坚强。一只狮子的心灵的反面是什么呢？是一只母牛的心灵。草食动物用大的数量，即兽群，用群体的共同感知和行为替代个体的坚强的心灵。但是，人越是少量地需要其他的人，他就越为强大。猛兽为人人之敌人。它在自己的领地里不能容忍任何它这一类的动物——这里可以看出财产的妙不可言的概念的根源。财产是人在其中行使无限权力的一种范围，是通过斗争得到的、不许他人染指的、胜利地维护的权力。财产不是单纯的拥有的权力，而是一种以此可以专横跋扈和随心所欲地行事的权力。

如果我们正确地理解的话,存在着两种伦理标准:肉食动物的伦理标准和草食动物的伦理标准。谁也不能够稍稍改变这种看法。这是整个生活的内在形式、意义和策略。这是一个简单的事实。人们可以消灭生活,但不能改变它的种类。一只被驯服的和被捉住的猛兽——每个动物园都能提供这方面的大量例子——心灵上被扭曲,心神不宁,神志萎靡。有些猛兽,当它们被捉住的时候,竟自愿饿死。而草食动物,当它们成为家畜的时候,什么也不放弃。

这就是草食动物的命运和肉食动物的命运之间的区别。后者只在于威胁,而前者也在于捐赠。前者意志消沉、地位低下、胆小懦弱,而后者由于权力与胜利、自豪与仇恨而情绪高涨。前者任人宰割,后者独立自主。内在的天性反对外在的大自然的斗争不再被认为是不幸——的确,叔本华与达尔文想到了生存竞争——而被认为是生命的伟大意义,因为生存竞争使生命显得气质高尚,即尼采所想的**爱你的命运**(amor fati)。而人属于此类。

4

人并非海克尔[①]所描述和加布里埃尔·马克斯[②]所画的那样,是"天性善良的"傻瓜,也不是具有技术倾向的半猿人。[③] 在这张漫画中尚有卢梭的平民的影子。与此相反,人的生活策略是一只出色的、

① Haeckel (1834—1919),德国动物学家,进化论者,达尔文主义的坚定支持者。

② Gabriel Max (1840—1915),奥地利裔德国画家。

③ 单纯的解剖学家盛怒之下把人看作猴子,这种分类在今天看来是草率的和肤浅的。参见本身是达尔文主义者的克莱琪(Klaatsch),《人类的成长过程》(*Der Werdegang der Menschhei*),1920,第 29 页。恰恰在"系统"中,人超乎一切限定与秩序以外,在人的身体构造中,许多部分是非常原始的,但其他部分又是一种例外现象。但是,这与我们毫不相干,我们观察的是人的生活。就人的命运与心灵而言,人是一种猛兽。——原注

勇敢的、诡计多端的和凶残的猛兽的策略。人恃攻击、杀戮与毁灭为生；自从有人以来，人欲为主人。

那么，"技术"的确先人而存在吗？不，不是这么回事。在人和其他一切动物之间存在着极大的差异。后者的技术为属类的技术。此技术既不是有创新才能的，也不是可以学会的，更不是能够发展的。蜜蜂这种物种，自从有蜜蜂以来，总是完全像今天一样建造其蜂房，而且将继续建造之，直至它灭种为止。蜂房属于蜜蜂，一如翅膀的形式和身体的颜色属于蜜蜂一样。只有在从事解剖学的动物学家看来，身体构造与生活方式之间才是有差别的。假如我们以生活的内在形式而不是以躯体的内在形式为出发点，则生活的这种策略和身体的组织结构是同一件事，两者皆为有机的现实的表现。"属类"不是可见的静态的东西的一种形式，而是动态的东西的一种形式，不是如此存在，而是如此干的一种形式，身体的形式是有实际行动的身体的形式。

蜜蜂、白蚁和海狸能够建造令人惊叹的巢穴。蚂蚁知道植物、修筑道路、奴隶般地顺从和进行战争。看护幼仔、建造堡垒、有计划地迁移，广为流传。所有人能做到的东西，有些动物也能做到。这是一些在普遍的自由活动的生活中作为可能性蕴藏着的倾向。人不能作出全部生活不可能作出的成绩。

尽管如此，所有这一切其实和人类的技术毫无关系。属类的技术是不变的。换句话说，属类的技术是一种"本能"。因为动物的"思维"直接黏附在此时此地上，所以它永不知过去与未来，也不知经验与忧愁。有人说，雌性动物会"关心"（sorgen）它的幼崽，这不是真的。忧愁（Sorge）是一种以知道将来和知道将要发生什么为前提的感情，就像羞愧是一种以知道过去发生的事情为前提的感情一样。动物既不会后悔，也不会绝望。看护幼仔和所有其他的活动一样，是一种出于本能的、难理解的和无需知识的活动，我们在许多生活类型中都能发现这一点。看护幼仔属于种类,而不属于个体。属类的技术不仅是不变的,而且是非私人的。

但是,人类的技术,而且只有人类的技术是独立于人这种物种的生活的。个体从属类的束缚中摆脱出来,这在生命的整个历史中是独一无二的。为了理解这个惊人的事实,人们不得不思考再三。人类生活中的技术是有意的、随心所欲的、可变的、个人的和有创新才能的。人们可以学会和改进它。人已经成为他的生活策略的创造者。技术是人的伟大和厄运。我们把这种富有创造性的生活的内在形式叫作文化,拥有文化,创造文化,受文化之苦。人的创造发明均为这种以个人形式存在的此在的表现。

人之起源:手与工具

5

从何时有了此种有创新才能的猛兽呢?这个问题等同于从何时有了人这个问题。人是什么?他是何以变成为人的?

回答是:由于手的产生。在自由活动的生活的世界里,手是独一无二的武器。人们把手比作其他生物的爪、喙、角、齿与尾鳍。一方面,触觉集中在手上,其集中的程度几乎可以把手视为与视觉器官和听觉器官并列的触觉器官。手不同于人体的其他器官,它不仅能区分热与冷、硬与软,而且主要能分辨重量、形状与一切抗力的位置,简言之,手能辨别空间中的东西。但是,除此之外,生命的活动完全集中于手中,以致身体的整个姿势与运转同时依照手而表现。世界上没有任何东西可以和手这种摸索的和积极的肢体相比。如果说猛兽的眼睛"从理论上"掌握世界的话,那么人的手则为世界的实际的掌握者了。

与宇宙的潮流的速度相比，手想必是**突然**产生的，手像闪电、地震和世界历史中发生的所有决定性的事件一样，突然产生，是最高意义上的划时代的产物。在这个问题上，我们必须摆脱十九世纪以赖尔[①]为代表的那些观点，赖尔在地质学的研究中提出了"进化"的概念。此种缓慢而迟钝的变化与英国人的禀性相符合，但和大自然格格不入。为了支持这种进化，人们将时间抛出数百万年，因为在可测量的时期里从未显示出类似的事。但是，我们不能区分地质层，除非此等地质层由于不知其种类和来源的灾难而被分开；我们也不能区分化石动物的种类，除非它们不是突然出现的，而且在灭种之前始终保持不变。尽管我们进行各种各样的探求和解剖学上的比较，我们对人的"祖先"仍一无所知。自从人的骨骼被发现以来，人就像今天的人一样。在每次群众集会上，我们都能看到那个"尼安德特人"。有人说，手、直立走路、头的姿势等等，是先后和分别发展起来的，这也是完全不可能的。实际上，这一切是一同突然凑成的。[②]世界历史从灾难走向更大的灾难，不管我们是否能理解和创立它。自从德弗里斯以来，今天我们把这种现象称之为突变。突变是突然侵袭某一物种的所有个体的一种内在的转变，它像现实中的一切事物一样当然没有原因。它是现实的东西的神秘的节奏。

　　但是，不仅人的手、步态与姿势想必是同时产生的，而且——此点至今尚未有人注意到——手与工具亦须如此。没有武装起来的手

　　①　Lyell（1797—1875），苏格兰地质学家。

　　②　达尔文主义者在谈到这种"进化"时说，此种进化意味着拥有这样一些杰出的武器，以便在生存竞争中促进和维护物种。但是，只有业已产生的武器才会带来好处；而正在发展中的武器——这种发展据说需要几千年的时间——是一种必然会引起反面效用的无用的负担。人们如何想象这种进化的开始呢？这种对原因和效果的追求，如果人们以为从此可以探索这个世界的秘密的话，是相当愚蠢的，因为因果不过是人的思维的形式，而非世界变化的形式。参见荷兰植物学家和遗传学家德弗里斯（Vries, Hugo de, 1848—1935），《突变理论》（*Die Mutationstheorie*），1901，1903。——原注

本身毫无价值。手需要武器，以使本身成为武器。如果说工具是按手的形状形成的话，那么恰好相反，手是按照工具的形状形成的。试图从时间上把手与工具分隔开，这是无意义的。已经形成的手的活动须臾离不开工具。人及其工具的最早的遗物同样地古老。

但是，使手和工具分道扬镳的不是时间，而是逻辑，即技术的操作方法，也就是说，武器的制造和使用。而技术是多种多样的：有制造小提琴的技术和演奏小提琴的技术，有造船技术和驾驶帆船的技术，有制弓技术和射箭的技能。人以外的其他猛兽不会选择武器，只有人不仅选择武器，而且还会制造武器，并且按照个人的考虑。因此，人在与同类、其他的动物和整个大自然进行的斗争中获得了令人生畏的优势。

这意味着人超脱了属类的束缚，这在地球上的整个生命的历史中是某种无与伦比的现象。因此，人产生了。他创造了自己的积极的生活，这种生活高度独立于他的身体的各种条件。属类本能虽然强有力地继续存在，但是个体的思想与思想活动已经摆脱了属类本能，即摆脱了属类的吸引力。这种自由为选择的自由。每个人按照自己的灵巧和自己的考虑制造自己的武器。今天，我们所发现的许多被错过和被摒弃的出土文物，说明这种最初的"思考着的行为"是何等艰难。

但是，尽管这些出土文物非常相像，以至于人们能根据它们——虽然它们的正确性很值得怀疑——区分像阿舍利文化和梭鲁特文化这样的"文化"，认为它们遍及五大洲——这种看法肯定是不正确的——并根据它们进行时间比较，然而其原因在于此种超脱属类的束缚当初只是作为一种伟大的潜能而起作用，也就是说，最初还远远不是一种实现了的个人主义。谁也不想扮演独具匠心的人。同样地，谁也不想模仿他人。每个人为自己思考和工作，但是属类的生活非常强大，以至于尽管有超脱属类的束缚这种现象，结果到处都是类似的——今天,情况基本还是这样。

因此,除了"眼睛的思想",即大型肉食动物的理解的和锐利的目光之外,还出现了"手的思想"。从那以后,眼睛的思想发展成为理论的、观察的和冥想思想,即"思索"与"智慧",从思索中发展出实际的和有效的智慧,即人所特有的狡猾与"才智"。眼睛考察原因和效果,手按照手段和目的的原则工作。某物实用与否,这是行为者的价值判断,它与真和假,即观察者的价值判断,与真理毫无关系。目的为一种事实,因和果的关系则为一种真理。所以,追求真理的人,诸如牧师、学者和哲学家,和重视事实的人,诸如政治家、统帅和商人,他们的思维方式是很不相同的。从古至今,下命令、作指示、握成拳的手,是一种意志的表现。所以,人们从笔迹和手的形状中能够获得启迪。语言中有许多关于手的习惯用语,例如占领者的铁拳、生意人的福手,所以,从罪犯和艺术家之手可以推知他们的心理特征。

人凭借手、武器和个人的思想而成为富有创造性的人。而动物所做的一切停留在属类的活动范围内,并不能丰富动物的生活。但是,人这种富有创造性的动物把它的有创新才能的思想与行为的财富向世界传播开来,因此它有权利把它的短暂的历史称为"世界历史",而把它作为"人类"的环境的整个其余的大自然视为背景、对象和手段。

而我们把思考着的手的行为称为行动。在一切动物的生活中已有活动,但是只有在人的生活中才有行动。在这方面,最能说明两者之间的区别的是点火。人看到因与果,看到火是如何产生的。许多其他的动物也能看到这一点。但是,只有人能按照目的与手段的要求想出一种操作方法,并用这种方法把火制造出来。最能显示人的创造才能的莫过于把火制造出来这一行动。这是普罗米修斯的行动。大自然最令人恐惧的、最强劲的和最令人困惑不解的现象之一:闪电、森林大火和火山,都被人自身制造出来,以对抗所有的大自然。

当人第一次看到自己点燃的火焰时,他的心里是何等高兴啊!

<h1 style="text-align:center">6</h1>

自由的与蓄意的个别行动——此种行动从千篇一律的、由欲望所左右的、大量的"属类的行为"中摆脱出来,在它的有力影响下,真正的人类的心灵逐渐形成了,当然,与其他动物的心灵相比,人类的心灵是非常孤独的,知者(der Wissende)用自信的和忧郁的目光观察自己的命运,用习惯于行动的拳头里的桀骜不驯的权力感,杀害和仇恨任何敌人,勇于胜利或勇于死亡。人的这种心灵比任何动物的心灵更加深沉、更加充满痛苦。它和整个世界势不两立,它由于自己富有创造性的活动而与整个世界断交。这是一个愤起反抗者的心灵。

最早的人像一只猛禽一样,筑巢独居。尽管有几个"家族"联合起来,采取群居的方式,但这种群居毕竟是以最松散的形式,还谈不上是部落,更谈不上是民族。群居是几个男人的一种偶然的聚合,他们暂时不相攻击,各自带领自己的妻室儿女,没有集体感,而且完全自由,他们并非"我们",而只是一群纯粹的属类标本。

这些强壮的孤独者的心灵完全是好战的、多疑的、嫉妒的,只关心自己的权力和掠夺而得的东西。它不仅知道"自我"的激情,而且知道"我的"激情。当快刀切入敌人的身体的时候,当血腥的气味和敌人临死前的呻吟涌上洋洋得意的神志的时候,此心灵顿时感到一阵陶醉。每个真正的"男子汉",甚至是在后期的文化的城市里的男子汉,也偶尔感到这种原始心灵潜伏着的炽热。在此种心灵中,某物"有用"或某物"节省劳动"这种诊断是可耻的和毫无价值的。至于老掉牙的关于同情、和解、渴望安宁的感情更加不受欢迎了。与此相反,此种心灵感到完全自豪的是,今后由于它的坚毅和运气,它令人生畏、钦佩和仇恨,它渴望对一切,不管是生物还是静物,进行报复,因为它们只是由于自己的**此在**而损害它的自尊心。

此种心灵与整个大自然日益相疏远。所有猛兽的武器都是天生的，只有人的武装起来的拳头不是天生的，因为它是一种人工制造出来的、经过全面考虑的和经过选择的武器，这里"术"开始作为与大自然相反的概念。人的任何技术的操作方法都是一种术，例如射箭术、骑术、武术、建筑术、管理术、献祭术、预言术、绘画术、写诗术，以及科学的实验术。任何人的事业，皆为人为的，违反自然的，从点火到在高等文化中被我们称为真正具有艺术价值的一切成就。大自然被剥夺了创造的特权。"自由意志"只不过是一种反抗的行动。善于创造的人摆脱了大自然的束缚，他凭每一新的创造进一步离开大自然，进一步与大自然为敌。这就是人的"世界历史"，也就是人的世界与宇宙间的不可阻挡地进一步发展和灾难性的关系破裂的历史，换言之，这就是一个叛逆者的历史，他出自母腹，却举手反对其母。

于是，人的悲剧开始了，因为大自然更加强大。人仍然依赖大自然，不管怎样，大自然也拥抱人，就像它拥抱它的造物一样。一切伟大的文化同样是败北者。整个的人类内心忧虑，郁郁寡欢，无生殖能力，精神上受到伤害，恰如广场上的牺牲品。为反对大自然而奋斗是没有希望的，尽管如此，人类将把这场反对大自然的战斗进行到底。

第二阶段：说话与计划

7

我们不知道，武装起来的手的时代持续了多久，也就是说，我们不知道从什么时候起有了人。

年份的数字是无关紧要的，尽管人们至今仍很重视年份的数字。

这不是数百万年或数万年的问题,但无论如何,这个阶段想必经历了数千年之久的岁月。

但现在出现了第二次转变,它和第一次转变一样是划时代的、突然的和给人留下深刻印象的,并从根本上改变了人类的命运的形式,它和第一次转变一样,也是上述意义上的一次真正的突变。史前的研究早已注意到这一点。事实上陈列于我们的博物馆之中的物品,突然显现出另外一种面貌。在陈列品中有陶制器皿,有"农业"和"畜牧业"——农业和畜牧业这种说法过于草率和时髦——有茅屋建造和坟墓的痕迹,有交通的征兆。一个技术的思维和方法的新世界即将来临。博物馆的观点过于肤浅,因为它热衷于出土文物的单纯的编排,人们依照博物馆的观点,把较早的石器时代和较新的石器时代,即旧石器时代和新石器时代区分开来。但是,十九世纪的这种划分早已引起人们的不快,近数十年来,人们试图用其他的划分取代这种划分。但是,诸如中石器时代和混合新石器时代这样的措词表明,人们始终坚持对对象进行单纯的整理的方法,所以并没有取得进展。但是,发生变化的并不是工具,而是人。我再说一遍:只有从心灵出发,才能推断人的历史。

这种突变的时期,可以相当准确地确定下来,即大约在公元前第五千年。[①] 最迟,在两千年之后,高等文化已发生于埃及与美索不达米亚。人们看到,历史的速度在规模上发生了悲剧性的变化。以前,数千年几乎无关紧要,而现在,每一百年都变得重要。历史像一块滚动的石头,以飞速的跳跃接近深渊。

但是,到底发生了什么事情? 如果我们更加深入地探究人的行动的这种新的形式世界,我们即将看到一些非常令人不知所措的和

---

① 根据瑞典地质学家德耶尔(de Geer, 1858—1943)对瑞典纹泥(Bänderton)的研究,参见《史前史词典》(*Reallex-d. Vorgeschichte*)第二卷洪积世编年学(Diluvialchronologie)部分。——原注

复杂的关联。所有这些技术互为前提。饲养被驯服的动物要求种植饲料，播种和收割粮食作物要求有挽畜和驮兽，而这些家畜又需要为它们修建饲养场，每一种建筑需要建筑材料的制造和运输，而此等运输又需要马路、驮兽和船只。

在所有这些中，是什么东西引起人的心灵的彻底变化呢？我的回答是：众人的有计划的行动。在此之前，每个人独自生活，自己制造武器，在日常的斗争中独自实施自己的策略。谁也不需要别人的帮助。可是，这种情况突然发生了变化。这些新的操作方法持续了漫长的时间，也许持续了若干年——请回想一下从伐木到乘用木头建造的船的过程——同样延伸至很远的路。这些新的操作方法划分成一系列严格按计划进行的个别行动，划分成若干并排地进行的行动的小组。但是，这些总的操作方法的前提是作为必不可少的手段的用词表达的语言。

用句子和话语说话不能早于或迟于当时发生，换言之，它想必发生在当时，而且像一切决定性的东西一样是迅速地发生的，而且与人类的这种新的操作方法紧密地联系在一起的。这是能加以证明的。

何谓"言语"（Sprechen）？言语无疑是一种方法，目的在于传达消息，此外，它是一种由很多的人彼此间继续实践的活动。"语言"（Sprache）只是这种方法或活动的一种抽象，是言语包括词形在内的内在的即语法的形式。如果真的要传达消息，那么这种形式就得传播开来，而且需要有一定的持续时间。我在《西方的没落》第二卷第二章里就已经指出，在用句子说话之前，有一些较为简单的交流的形式，例如使眼神、信号、做手势、警告与恫吓的呼叫等等，这些较为简单的通讯方式至今仍继续存在，用以支持用句子说话，换言之，它们可以作为语调、强调、表情变化、手势，在今天的文字里作为标点符号。

尽管如此，"流利的"说话就其内涵是某种全新的东西。自从哈曼和赫尔德以来，人们一再地提出言语产生的问题。但是，时至今日，对这问题的所有回答均不能令我们满意，其原因在于对这个问题的看法是错误的。因为用言语说话的起源是无法在说话本身的活动中寻找的。浪漫主义者是这样想的，他们始终远离现实生活，认为语言源于"人类的原始诗歌"，不仅如此，他们甚至认为语言是人类的最初的文学作品。在他们看来，语言同时是神话、抒情诗和祈祷，而散文只是后来才出现的东西，它被贬低为普通的日用的东西。但是，如果事情果真是这样，那么语言的内在形式，即语法和句子的逻辑构造，想必具有完全不同的外貌。恰恰是那些朴实无华的语言，例如非洲班图部落和亚洲突厥部落的语言，特别明显地表现出这样一种倾向：它们所作的区分非常清楚、极其鲜明和明确无误。①

但是，这导致了一切浪漫派的敌人即理性主义者的一个基本错误。理性主义者始终坚持这样一种看法：句子表达一种判断或一种思想。他们坐在满是书本的写字桌跟前，苦苦思索他们的思想和写作。因此，"思想"在他们看来是言语的目的。因为他们习惯于独自坐着，所以他们在说话的时候忘记了听别人说话，想问题的时候忘记了回答，考虑我的时候忘记了你。他们所说的"语言"，指的是演说、报告和论文。他们对语言的产生的看法是独白式的，因而是错误的。

正确的提问不应该是用言语说话是怎样产生的，而应该是何时产生的。那样的话，一切很快就清楚了。用句子说话的目的，通常被人们误解和忽视，这是由时代所决定的，在此时代中，产生了用句子说话，即流利地说话。目的明显地表现在造句的形式之中。说话的出现不是独白式的，而是对话式的，一系列的句子不是作为演说，而是作为许多人之间的商谈。目的不是出自思考的一种理解，而是

---

① 甚至在某些语言中，"句子"为唯一的一个特异的词，在此词中，每一欲加以言说的事物通过按规律进行的、起分类作用的前缀和后缀表达出来。——原注

通过问与答的相互沟通思想。那么,说话的最初的形式到底是什么呢? 不是判断和陈述,而是命令、服从的表示、确定、发问、肯定和否定。有些随时针对他人说的句子最初肯定是很简短的,例如:干这个! 准备好了吗? 是的! 开始吧! 作为概念名称的话语[①],是句子的目的的产物,所以从一开始一个猎人部落的词汇就不同于牲畜饲养者的村落或沿海岸航行的居民群众的词汇。语言最初是一种困难的活动(可以肯定的是,只有成年人才学会流利地说话,很久之后才学会写作)。同样可以肯定的是,人们只说最必要的东西。直到今天,农民与城里人相比依旧沉默寡言,后者由于其语言习惯不能闭口,出于无聊而闲扯,一旦无事可干,就和别人交谈,不管他是否真有任何非言不可之事。

说话的最初的目的是按照意图、时间、地点和手段实施一切行动。因此,明确而清楚地理解意图、时间、地点和手段是第一要事。要让别人理解自己的意思,要把自己的意志强加于别人,均是困难的,正是由于这个原因,产生了语法的技术,句子和句子种类形成的技术,正确地命令、提问和回答的技术,基于实际的而不是理论的意图和目的形成词类的技术。理论的思考在用句子说话的产生过程中压根儿不起作用。一切言语都具有实用的性质,而且始于"手的思想"。

8

众人的行动,我们可以把它称为计划(unternehmen)。说话和计划,像从前的手和工具一样,是相互依存的。众人的言语在实施计划

---

① 概念是事物、境况、活动的等级划分,具有实践的普遍性。马的主人不说"马"(Pferd),而说"白母马"(Schimmelstute)或"黑马驹"(Rappfohlen);猎人不说"野猪"(Wildschwein),而说雄野猪、犬齿野猪和野猪崽。——原注

的过程中形成它的内在的、语法的形式,而计划的习惯是由受语言约束的思想的方法培训出来的。因为说话意味着在思想上和别人进行交流。如果说言语是一种行动的话,那么它是一种借助于官能的手段进行的精神的行动。它很快就不再需要和身体的行动建立直接的联系。言语这种精神的行动是公元前第五千年出现的新事物,现在这种新事物具有划时代的意义:思维、精神、理智或其他人们愿意说出的名称,由于语言而解脱了和有实际行动的手的联系,它们作为一种单独存在的力量与心灵和生命相对峙。纯粹思想上的考虑,即"计算"在此突然起决定性的作用,而且改变了一切,也就是说,纯粹思想上的考虑意味着作为统一体的共同的行动能产生巨人般的效果。或者像《浮士德》里的靡菲斯特用讽刺的口吻所表达的:

> 倘若我能用钱买六匹牡马,
> 它们的力量不就是我的了吗?
> 我向前奔跑,成了一名真正的男子汉,
> 好像我有二十四条腿似的。

作为猛兽的人自觉地想要提高自己的优越性,远远超出他的体力的限度。为了他取得更大的权力的愿望,他恰恰牺牲了自己生活的一个重要的特征。对他来说,思想、算计更大的效果是第一位的。为了取得更大的效果,人们善于放弃自己的一小部分自由。不错,人们在内心里保持独立。但是,任何人都必须跟上历史的步伐。时间,也就是说生命,是不可逆转的。人一旦习惯于众人的活动及其成果,就越来越深地陷入这些灾难性的关系之中。这种创业的思想越来越厉害地干预心灵的生活。人变成了他的思想的奴隶。

这种从个人的工具使用到好多人的创业的过渡意味着操作方法的激增的人工性。用人造材料做活儿,例如制作陶土器皿、纺织和编结,还没有多大意义,它们较之以前所有的工作更加充满内心生活,更加富有创造性。但是,有一些操作方法不仅具有强大的思想力,而且留下了痕迹,它们超出很多我们无法再知道的操作方法。在这些操作方法中,出于"建筑观念"的操作方法具有典型意义。早在我们知道金属之前,在比利时、英格兰、奥地利、西西里和葡萄牙,就已经有生产火石的矿山——这些矿山肯定可以追溯到这个时期——在这些矿山里,有竖井和坑道、通风设备和支撑装置,矿工们在竖井和坑道里用鹿角制成的工具干活。[①] 在早期新石器时代,葡萄牙、西班牙西北部和法国的布列塔尼之间已建立起密切的联系,以便绕开法国南部走,在布列塔尼和爱尔兰之间建立定期的航运,而航运的先决条件是建造某种不为人知的运输工具。在西班牙则有用雕琢成的巨大的石头建成的巨石建筑,作为屋顶的石板重量超过十万公斤,此等石板通常从远处运来,然后用一种我们不熟悉的技术放到它们的位置上。须知,这样的创业需要许许多多的思考、商讨、监督和命令。为了获得和搬运材料,为了在时间和空间上分配任务,为了草拟计划,为了承担和领导施工,需要作几个月和几年的准备。与准备好一把火石刀相比,在公海上进行航运需要作多长时间的预先思考啊!这个时期出现在西班牙岩石画上的"组合弓"在制造上非常复杂,它不仅要求工匠考虑弓弦和角质物的变化的位置,而且要求工匠使用某一些木料,这种复杂的操作方法需时五年至七年。再如"车辆的发明"——这种说法是非常幼稚的——从"乘坐"的目的和方式方法、马路的选择与修筑(通常没有人会想到这一点)、挽畜的获得或培育,到对负载量的大小和种类以及安全的考虑,对驾驶和住宿地方的考虑等等,事先需要多少的思考、命令和工作啊!

从"生殖的观念"中产生出另一个完全不同的造物的世界,也就是说培育植物和动物的世界,在此世界中,人本身代替作为造物主的

① 参见《史前史词典》第一卷,采矿业(Bergbau)部分。——原注

自然,人模仿、改变、改良和强奸自然。从人开始栽培植物以取代采集植物以来,人为了自己的目的肯定有意识地改造了植物。不管怎样,有些被发掘的植物种类被证明不是野生的。而最早被发掘的动物骨头证明以某种形式存在着家畜饲养,而且已经表现出"驯化"的结果,这些结果肯定部分是人们所希望的,而且是通过培育得到的。[①]猛兽的猎物的概念扩大了:猎物和财产不仅是被打死的野兽,而且是自由吃草的野生兽群[②],不管我们是否用围墙把它们保护起来。[③]这些自由吃草的兽群属于某一个人、某一个部落或某一个狩猎集团,他们各自捍卫他们充分利用野生兽群的权利。为了培育的目的而圈养动物——其前提是种植饲料——仅为许多占有方式的一种。

我曾经指出,武装起来的手的产生是从逻辑上区分两种操作方法即制造和使用武器造成的后果。同样,语言所支配的创业是思维和手的活动分开的结果。在任何创业中,想出和实施是有区别的,从现在起,实践思想的成就是第一位的和最重要的。领导者的工作和执行者的工作,这在一切未来的时代里均是整个人类生活的技术上的基本形式。无论是追猎大的野生动物或修建一座庙宇,无论是开展一次军事或农业活动,建立一个公司或国家,无论是骆驼商队的行进、组织一次起义,甚至是犯罪行为,最初总得有一个敢于冒险的和头脑灵光的头目,这头目有主意而且指导执行,他发布命令、分配任务,总之,他天生具有领袖才华,而其他的人没有做领袖的才能。

因此,在由语言支配的创业的时代里有两种技术,这两种技术随着世纪的更迭越来越明显地分道扬镳;此外,也有两种人,这两种人

---

① 参见希尔茨海默尔(Hilzheimer),《家庭饲养的哺乳动物的自然的种族史》(*Natürliche Rassengeschichte der Haussäugetiere*),1926。——原注

② 就像我们今天森林里的野生动物。——原注

③ 仍旧是在十九世纪,印第安部落追随大群的水牛,就像现在的阿根廷的加乌乔牧人(译者按: die Gauchos,指阿根廷潘帕斯草原上的牧人)仍旧追随作为他们的私有财产的牛群一样。游牧生活部分是由于摆脱了定居生活而产生的。——原注

由于天赋不同,所选择的技术也不同。在任何操作方法中,均有领导的技术和执行的技术,但是,不言而喻的是,同样有生来就是发号施令的人和生来就是对领导言听计从的人,也就是说,有政治或经济的操作方法的主体和客体。这是自从这种转变以来变得多样化的人类生活的基本形式,它只有随生活本身才可以消除。

当然,这种基本形式是违反自然的,是人为的,但这毕竟是"文化"。它可能是灾难性的,而且有时的确曾经是灾难性的,因为人们自以为能够人为地消除它,但是,它毕竟是一个不可动摇的事实。管理、决定、指导、命令是一门艺术,一种困难的技术,它像任何其他的技术一样,以一种生来就有的天赋为先决条件。只有孩子们相信,国王是戴着王冠上床睡觉的。大城市的下等人、马克思主义者、作家,相信经济界的领袖是类似国王那样的人。创业是一种工作,手工劳动首先使之成为可能。同样,发明、想出、计算、实施新的操作方法,是有才华的人物的一种创造性的活动,这种创造性的活动造成的必然后果是没有创造性的人的执行的活动。在这个问题上,我想起了天才和才能之间的有点儿古板的区别。天才(Genie)这个词来源于拉丁语的 genius,原指男性的生殖能力,现在指创造力,它是个体生命中的神圣的火花,它神秘地出现和熄灭在一代又一代人的人流里,然后突然在很大程度上照亮了一个时代。才能是对**现有的**个别任务的一种天赋,它通过传统、学习、练习、训练可以产生出强大的效果。才能在其运用中以天才为前提,而不能把两者的关系颠倒过来。

最后,在天生的统治者和天生的仆人之间当然有等级上的差别,同样,在生活的领导者和被领导者之间也有等级上的差别。这种差别绝对存在,而且在健全时期和健全的居民当中,不由自主地为每一个人所承认,这是不容置疑的事实,尽管在衰落时代大多数人强迫自己否认或无视这一事实。但是,恰恰是"一切人生而平等"这种废话证明,这种差别有待继续证明。

9

由语言支配的创业意味着领导者和被领导者大大地丧失了自由,丧失了猛兽的早先的自由。换言之,领导者和被领导者皆在精神上和心理上全身心地成为较大的统一体的成员。我们把它称为组织。组织意味着把有效的生活合并成一些固定的形式,以便使某种事业处于良好的竞技状态。随着众人的行动,人类跨出了决定性的一步:从有机的生活进入了有组织的生活,从以自然的群体为标志的生活过渡到以人为的群体为标志的生活,从乌合之众过渡到人民、部落、等级和国家。

从个体之间的猛兽之争发展出战争,战争是部落反对部落的一种行动,有领袖与随员以及有组织的行军、突袭和交战。从败北者的毁灭中产生出强加给败北者的法律。人类的法律始终是较强者制定的较弱者必须遵守的法律,而部落之间的这种法律被视为是永久的"和平"。在部落内部也有这样的和平,以便保持部落的力量,用于对外的任务,国家是一个民族为了外部的目的而建立起来的内部秩序。国家为形式,为可能性,而一个民族的历史则为现实。但是,历史是战争的历史,无论是当时还是今天。政治只是战争的暂时的代替,是用更加需要智力的武器进行的战斗。一个民族的全体男人最初与该民族的军队同义。自由的猛兽的特性,在一些主要的特点上由个体传给了有组织的民族——有一个心灵和许多手的动物。[①] 政府技术、战争技术和外交技术具有同一个根源,而且在一切时代中皆有深切的内在亲缘关系。

有一些民族——它们强壮的种族保持了猛兽的特性——是强盗般的、好掠夺的主人民族,它们好攻击他人,把反对大自然的经济上的斗争让给其他的民族,以便劫掠和征服它们。海盗与航海,游牧生

---

① 它有一个首领,而不是有许多首领。——原注

活与突袭商道，皆相伴而生；只要有农民存在，就会出现奴役他们的好战的贵族。

随着事业被组织起来，生活中政治的和经济的方面开始区分开来，换言之，前者倾向权力，后者倾向战利品。在有些民族内部，不仅出现按活动划分人口的现象，例如战士与手艺人、首领与农夫，而且出现整个部落为了唯一的经济职业的组织。想必当时已经有猎人部落、家畜饲养者部落和农民部落，有采矿村落、陶工村落和渔夫村落，此外，还有海员和商人的政治组织。不仅如此，还出现了不从事经济工作的掠夺者民族。为权力和战利品而进行的斗争越是严酷，个体受法律和暴力的约束就越紧密和越严格。

在这种早期的部落里，个体的生活不甚重要或完全不重要。从冰岛的《萨迦》中我们可以得知，在每次海上航行中，只有一部分船只到达目的地；在每一大建筑工程中，死亡的工人不在少数；在干旱之年，整个的部落饿死——但重要的是，有许多人活了下来，为了代表整个部落的心灵。人口的数目又会迅速地重新增长。人们并不把个别人或许多人的灭亡，而是把组织即"我们"的消失看作为毁灭。

在这种日益扩大的相互依赖中，大自然对剥夺它的创造特权的生物默默地和深切地进行了报复。这个违反大自然的微末的创作者，这个生活的世界中的革命者，变成了他的创作的奴隶。作为人为的、个人的和自造的一切生活形式的化身的文化，发展成为这个桀骜不驯的人的牢笼。这个使其他生物变成家畜以便加以剥削的猛兽，已使自己变成囚徒。在这方面，人类之"家"是伟大的象征。

在日益增长的人口中，个体很不起眼，显得无关紧要，因为人口的成倍增加是人类的创业精神造成的最严重的后果。从前只有几百人的乌合之众居住的地方，如今居住着数万人的民族（不，今日在百万以上）。几乎不再有荒无人烟的地方。民族与民族接壤，边界，即任何人自身的权力的界限这个单纯的事实，激起仇恨、攻击、消灭这些旧有的本能。任何一种边界,包括思想上的边界,均为权力意志的死敌。

有人说,人类的技术能节省劳动,这种说法是不符合事实的。跟动物的属类技术相反,人类的技术是个人的与可变的,人类的任何发明都包含着新的发明的可能性与必要性;任何实现了的愿望唤起许多其他的愿望;任何对大自然的胜利,激起更加伟大的胜利。人这种猛兽的心灵是不知足的,他的愿望是永远无法满足的——这是对这种生活的诅咒,但也是这种生活的命运的伟大之处,恰恰是人类的那些最高的典范不知安宁、幸福和享受。没有一个发明家正确地预见到他的行动的实际效果。领导者的工作越是富有成效,对执行的手的需要就越大。所以,人们开始充分利用敌对的部落的俘虏,而不是将他们杀害。这就是奴隶制的开始,而奴隶制想必是和家畜的被奴役相伴而生的。

大体上,这些民族和部落皆向下繁殖。不是"头脑"的数目,而是"手"的数目在增长。具有领导气质的人的群体仍然是少的。这是一群真正的猛兽,一群有才华的人,这群有才华的人以某种方式支配其他日益增长的人群。

但是,就连少数人的这种统治也远逊于旧日的自由。腓特烈大帝为此说过:"我是我的国家的第一仆人。"所以,有些特殊人物对此深感绝望,他们渴望保持内心的自由。于此,而且仅于此,个人主义开始作为"大众"的心理的对立面。个人主义意味着猛兽的心灵对文化的束缚的最后反抗,意味着摆脱由大多数人这一事实所引起和所表现的精神上和思想上的划一的最后的尝试。于是,产生了各种各样的生活类型,例如占领者的生活类型,冒险者或遁世者的生活类型,甚至有犯罪者和生活豪放不羁的艺术家的生活类型。为了逃脱大多数人的影响,人们对之采取超然物外、逃避和鄙视的态度。最初的是见不得人的个性的观念,是对大众的人的一种抗议。两者之间的紧张发展到悲剧的结局。

仇恨——猛兽的本来的种族情感——是以尊重对手为前提的。在此种尊重中有对精神等级的平等的某种承认。人们鄙视等级较低的人。自身等级低下的人对他人妒忌。所有早期的童话、有关众神的神话和英雄传说，皆充满此类动机。雕仅恨其同类，无所妒忌，而鄙视许多和一切生物。鄙视的目光自上而下，妒忌的目光自下而上。此两种目光是组成国家和阶层的人类的世界历史情感，人类的和平的标本无力地摇晃着把人类关在一起的笼子的栅条。谁也无法摆脱这个事实及其后果。过去是这样，将来也会是这样——或者将来压根儿不再会这样。尊重或鄙视这个事实是有意义的。但是，要改变这个事实，这是不可能的。人类的命运正在进行中，且必然自我完成。

结局：机器文化的上升与结束

10

武装起来的手的"文化"寿命长，并且业已支配整个人类。"说话和创业的文化"已经有好多种，而且彼此间有明显的区别，它们意味着有个性的人和群众之间、变得嗜权的"精神"和被它强奸的生命之间，在心灵上开始产生对立。这样的文化只还支配着人类的一部分，而在数千年后的今日已完全失效和瓦解。我们所说的"自然民族"和"原始民族"只是这种活的材料的残余，只是从前的充满心灵的形式的遗迹，换言之，是一些炉渣，从这些炉渣中，成长和消逝的余火逐渐消失了。

自公元前第三千年以来，从这块土地上到处出现了高等文化，最狭义和最伟大的意义上的文化。每一文化仅充满地球表面的一个很小的空间,而且寿命几乎不到一千年。这是最近的那些灾难的速度。每十年有一个意义,每一年几乎有"一个面貌"。这是最真实和最苛求的意义上的世界历史。这一组感情强烈的履历发明了城市,并把它视为自己的象征和自己的"世界"。跟早期的村落相比,石城是完全人为的生活的外壳,此种生活与大地母亲断交,完全违反自然。无根的思想的城市把农村的生活潮流吸引过来,并加以消费。

在城市里产生了"社会"及其等级制度——贵族、僧侣、市民。跟"粗鲁的农民"相比,社会是生活的人为的阶段(生活的自然的阶段把人分为强者和弱者,聪明人和傻瓜)和一种完全理性化的文化发展的所在地。在此社会中,"奢侈"和"财富"盛行一时。奢侈和财富这两个概念常为不属于它们的人出于妒忌而加以误解。但是,奢侈只是以最高雅的形式表现的文化。请读者想一想伯里克利统治时期的雅典,哈伦·拉希德统治时期的巴格达,十八世纪欧洲的罗可可艺术风格。城市的这种文化,在一切阶层和职业中,完全是奢侈的,时代越是往后,奢侈就越发丰富和成熟;此外,城市的这种文化完全是人为的,无论是外交艺术、生活艺术、装饰艺术,还是写作艺术或思想艺术以及经济生活艺术。没有集中于少数人手中的经济财富,就谈不上造型艺术的"财富"、思想的财富和高雅的风俗的财富,更谈不上世界观和理论的(非实践的)思维的奢侈。经济上的贫困化立即导致思想上的和艺术上的贫困化。

从这个意义上说,在这组文化中逐渐成熟的技术操作方法是智力的奢侈品,是一种日益增长的人造性和理智化的后期的、甜美的和易受伤害的果实。这些技术操作方法始于埃及的坟墓金字塔和巴比伦苏美尔人的神庙塔楼的建筑物,此等建筑物在公元前第三千年在极南方产生,只意味着对建筑物的笨重的主要块面的胜利,然后经由中国的、印度的、古希腊罗马的、阿拉伯的和墨西哥的文化事业,直至于公元第二千年在极北地带产生的浮士德式的文化事业,此等浮士德式的文化事业代表纯粹技术思想对严重的问题的胜利。

这些文化的成长是**相互独立**的,而且表现出从南向北的顺序。浮士德式的文化,即西欧的文化也许并不是最后的文化,但肯定是最强大的和最富激情的文化,由于浮士德式的文化在完全的理性化和极其深刻的精神矛盾之间存在着内在的对立,所以它是一切文化中最悲惨的文化。有可能在某个地方和某个时候,例如在维斯杜拉河和阿穆尔河之间的平原①和下一个千年,还会出现浮士德式的文化的一个虚弱无力的晚来者,但是,在西欧,由于其历史的此在,自然与反抗自然的人之间的斗争大体上已经结束。

北欧的地区由于生活条件的艰苦、寒冷和不断的生活贫困,已把生活在这一地区的人锤炼成坚强的种族,他们思想非常敏锐,在斗争、冒险和前进中冷酷无情,而且具有难以遏制的激情,我在《西方的没落》第一章和第五章里,把这种激情称之为"第三维的激情"。此等种族再次是地道的猛兽,它的心灵力量力图通过血统挫败思想和有组织的人为生活的优越,并把这种优越变成一种服务,力图把自由的有个性的人的命运升格为世界的意义,但这一切是不可能实现的。此等种族的心灵力量是一种权力意志,它嘲笑时间和空间的一切界限,以无限的和无止境的东西为目标,使五大洲听命于自己,最后以其交往和通讯的各种形式抓住地球,并以其实践的能力和惊人的技术操作方法改变地球的面貌。

在每一高等文化的初期都形成了两个原始的阶层:贵族与僧侣。他们是"社会"的开端,皆超于平原上的农民的生活。他们体现两种相互排斥的观念。贵族、战士、冒险家生活在事实的世界里,而牧师、学者和哲学家则生活于其真理世界中。前者忍受身心的痛苦或者命运,而后者则思考因果关系。前者欲使精神为强壮的生活服务,而后者则欲使其生活为精神服务。在浮士德式的文化中,这两种

———————
① 指俄罗斯。

观念之间的对立采取了极端势不两立的形式。在此文化中,猛兽的
矜骄血气第一次反抗纯粹思想的专横。从十二世纪与十三世纪皇帝
与教皇观念间的斗争至一种高贵的种族传统势力——国王、贵族、军
队——和平民的理性主义、自由主义、社会主义等理论之间的斗争,
从法国革命至德国革命,总是试图在两者之间作出抉择。

11

　　这种区别充分地表现在浮士德式的文化兴起时血气方刚的维京
人和精神的维京人之间的对立。前者从北极地带出发,出于止不住
的欲望,向无限的远方扩张,于 796 年到达西班牙,859 年到达俄罗斯
中部,861 年到达冰岛,同年抵达摩洛哥,并自此到达普罗旺斯和罗
马附近,865 年经由基辅到达黑海与拜占廷,880 年至黑海,909 年至
波斯。约 900 年,他们在诺曼底和冰岛建立移民点,约 980 年在格陵
兰岛建立移民点,约 1000 年发现北美。1029 年,他们从诺曼底出发,
进入意大利南部和西西里;1034 年从拜占廷出发进入希腊和小亚细
亚;1066 年,从诺曼底出发占领英格兰。[①]

　　十三世纪和十四世纪的北欧的僧众,以同样的勇敢和同样的对
精神权力和战利品的渴求,探索技术—物理的问题的世界。在这方
面,中国的、印度的、古希腊罗马的和阿拉伯的学者们的与行动脱节
的优游自在的好奇心毫无用处。这里没有旨在从人们不可能知道的
东西中获得一种单纯的"理论",一种观念的思辨。诚然,任何自然科
学的理论是理解一切自然势力的神话,而且任何自然科学的理论完
全依赖于所属的宗教。但是,在这里,且唯独在这里,理论从一开始
就是一种工作假定。一种工作假定不必是"正确的",它只须是大体

---

　　① 　参见斯特拉塞(K. Th. Strasser),《维京人与诺曼人》(*Wikinger und Normannen*), 1928。——原注

上有用的。它并不想揭穿我们周围的世界的秘密,而是想使它们效力于某些确定的目的。因此,英国人格罗斯泰斯特和培根与德国人阿尔贝图斯·马格努斯和维特络提出对数学方法的要求。因此,出现了实验,即培根的实验科学,在培根看来,实验是用刑讯即用杠杆和螺旋对大自然进行询问。正如马格努斯所说,唯实验可证明。实验是有智力的猛兽的战争策略。上述科学家们认为,他们想"认出上帝",但是他们毕竟只想了解无机的自然的力量,只想把一切自然现象中的看不见的能量分离出来,换言之,他们要理解和使用无机的自然的力量。浮士德式的自然科学,唯独这种自然科学,跟希腊人的静力学和阿拉伯人的炼金术相比,是动力学,重要的不是材料,而是力量。质量本身乃能量的一种功能。格罗斯泰斯特提出了空间为光的一种功能的理论,佩雷格里尼提出了磁性的理论。在 1322 年的一个手抄本里,勾勒出哥白尼关于地球围绕太阳转的理论,五十年之后,奥雷姆在《天空与世界之书》(*De coelo et mundo*)中比哥白尼本人更明确和更深刻地论证了这个理论[①]。在《可变量值》(*De differentia qualitatum*)一书中,奥雷姆预先说出伽利略的落体定律和笛卡儿的坐标几何学。人们不再把上帝看作是从其宝座上统治世界的主宰,而看作是一种无限的、已被想象为几乎非人格的力量,即在世界上无所不在的力量。虔诚的僧侣们对大自然的神秘的力量进行试验性的探索,这的确是一种奇特的礼拜。正如从前一位德国的神秘主义者所说:因为你为上帝服务,故上帝为你服务。

以往,人们满足于植物、动物和奴隶提供的服务,满足于剥夺大自然的宝藏——金属、石头、木材、纤维材料、运河和井里的水——满足于以航运、马路、桥梁、隧道与堤坝克服大自然的抵抗,如今,人们对这一切感到厌倦了。人们不再掠取大自然的材料,而是打算把大

---

① 1322 年的手抄本,并非出自哥白尼之手,因为哥氏生于 1473 年;同样,此手抄本并非出自奥雷姆之手,因为奥氏生于 1325 年,那时他才三岁。

自然的力量本身套在挽具上,让其像奴隶般地干活,以便使人的力量扩大许多倍。这种残酷的思想与其他所有的思想格格不入,它是与浮士德式的文化相伴而生的。早在十世纪,我们就无意中找到一全新种类的技术设计。培根和马格努斯早就对蒸汽机、汽船和飞机进行了思考。有许多僧侣在其修道院的斗室里苦苦思索永动机的观念。

这种思想紧紧抓住我们不放。这也许已经是对上帝或人的最终的胜利:一个小小的自创的世界,它像这个大的世界一样凭自己的力量活动,而且只听从人的手指。自己建立一个世界,自己做上帝,这就是浮士德式的发明者梦想,从那时起,从发明者的梦想中产生了各种各样的有关机器的构思,它们尽其可能地接近永动机的无法实现的目标。猛兽的猎物的概念被彻底地进行了思考。不是此物和彼物,像普罗米修斯偷来的火那样,而是世界本身,换句话说,世界连同它的力量的奥秘被拖入了此种文化的建设之中。谁要是本身没有沉迷于这种征服大自然的全能的意志,必然会把这种思想看作是魔鬼在兴妖作怪,事实上,人们常常把机器看作是魔鬼的发明,而且害怕机器。继培根之后,有一系列发明家被当作巫师和异教徒处死。

但是,西欧的技术的历史仍然前进。在 1500 年,葡萄牙航海家达伽马和意大利航海家哥伦布开始进行一系列的维京人式的远征。在西印度和东印度,人们创建或征服了新的帝国。具有北欧血统的人流①则涌入美洲,很久以前冰岛的船夫毫无结果地在此处登陆。与此同时,精神的维京人的旅行大规模地继续进行。火药和书刊印刷被发明了。自哥白尼与伽利略以来,无数的技术操作方法相继出现,其目的在于从周围的世界中分离出无机的力量,以使其代替动物与人的劳动。

---

① 因为从西班牙、葡萄牙和法国迁徙到那里的人,绝大部分肯定是民族大迁徙时期的占领者的后代。留在本地的是经受住了凯尔特人、罗马人和撒拉逊人的种族。——原注

技术随着城市的兴起变成为市民的。那些哥特式僧侣的接班人，变成了世俗的、学识渊博的发明者，机器的有知识的牧师。最后，由于理性主义的兴起，"技术的信仰"几乎成为唯物论的宗教：技术像圣父那样长存不灭，它像圣子那样拯救人类，它像圣灵那样照亮我们。近代的崇尚进步的市侩，从拉美特里到列宁，均是技术的崇拜者。

其实，发明者的热情与其结果毫无关系。它是发明者个人的生活本能，是发明者个人的幸福与痛苦。他要独自享受对许多困难的胜利，享受成果给他带来的财富与荣誉。至于他的发明是否有用或是否是灾难性的，是创造还是破坏，这与他无关，即使有人从一开始就能知道这一点。但是"人类的技术成就"的影响谁也无法预料，此外，"人类"从未发明某种东西。化学的发明，例如靛青的合成和也许不久之后的人工橡胶的合成，破坏了许多国家的生活条件。电力的传输和水力的开发已降低了欧洲古老的产煤区连同其居民的价值。但是，这样一些考虑有没有促使发明者销毁他的发明呢？看来，人们并不了解人的猛兽的天性。所有伟大的发明和事业均出自强人对胜利的喜悦。它们是有个性的人的表现，而非群众的功利思想的表现，群众只是旁观者，但是不得不忍受发明的后果，不管它们是怎样的。

的确，这些后果是令人气愤的。一小撮天生的领袖、企业家和发明家，迫使大自然作出按几百万和几亿马力计算的工作，与此相比，人的体力的量是微不足道的。和过去一样，人们对大自然的奥秘不甚理解，但是人们知道工作设想，它不是"真实的"，而只是实用的，借助于工作设想，人们迫使大自然服从于人的命令，即服从于人们轻轻地按动电钮或操纵杆。发明的速度一日千里，尽管如此，我得一再地说，发明一点儿也不会节省劳动。所需的手的数量随着机器的数量而增加，因为技术上的奢侈提高其他每一种奢侈，[①] 因为人为的生活

----

① 试比较一下1700年和1900年的工人的生活和城市工人和农民的生活。——原注

变得更加人为。

自从机器——它是反抗大自然的所有武器中最奸滑的武器——发明以来,企业家与发明家把他们所需要的手的数量主要用于机器的制造上。机器的工作由无机的力量作出,这些无机的力量是蒸汽或煤气的压力,通过煤、石油和水释放出来的电和热的膨胀力。但是,随之而来的是,领导者和被领导者之间的精神上的紧张危险地增加了。此两者不再相互理解。公元前几千年的那些最早的"企业"要求所有的人的理解与合作,所有的人知道和感觉到这关系到什么。那时,工人之间有一种同志关系,就像今天在围猎和运动时那样。但在早期的埃及和巴比伦,人们在建造大型建筑物时,这种同志关系已不复存在。每一个工人既不理解整个工程的目标也不理解整个方法的目的。他们对整个工程漠不关心,也许对之恨之入骨。正如《圣经》开头伊甸园的故事所描绘的,"劳动"是一种诅咒。但是现在,自十八世纪以来,不计其数的"手"在制造各种各样的东西,而对这些东西在生活中,包括在自己的生活中的真实的作用他们一无所知,他们在内心里对这些东西的成功丝毫不感兴趣。一种心灵上的荒凉化传播开来,一种没有高度和深度的令人沮丧的千篇一律唤起人们对天生具有创造性的有才华的人的生活的愤怒。人们不愿看到也不理解,领袖的工作是较为艰苦的工作,自己的生活取决于领袖的工作的成功。人们只是感到,此种工作使人幸福、振奋和充实人的心灵,正是由于这个缘故,人们憎恨领袖的工作。

12

实际上,无论是首脑还是手都不能稍许改变机器技术的命运,因为机器技术是从内在的精神需要发展而来的,而且逐渐趋于成熟,最终走向完成和尽头。今天,我们站在顶峰,即站在第五幕开始的地方。

最后的裁定正在作出。悲剧结束了。

每一高等文化为一悲剧,人类的历史总的来说是悲剧性的。但是,浮士德式的人的罪过和垮台,较之古希腊悲剧诗人埃斯库罗斯和莎士比亚所观察到的一切罪过和垮台更加严重。创作奋起反对创作者:从前是小宇宙人反对大自然,如今是小宇宙机器反对北欧的人。世界的主人正在变成为机器的奴隶。机器迫使人,也就是说迫使我们大家——不管我们是否知道和希望这一点——沿着它的轨道的方向前进。已被推翻的胜利者正被飞快奔跑的套在一辆车上的几头牲口拖向死神。

在二十世纪的开端,在地球这颗小小行星上的"世界"看上去是这样的:一组具有北欧血统的民族,在英国人、德国人、法国人和美国佬的领导下控制着局势。这些民族的政治权力以它们的财富为基础,而它们的财富在于它们的工业的力量。但是,工业的力量是有赖于煤的生产的。被开发的产煤区的境况主要使日耳曼民族几乎获得垄断权,而且导致人口的增加,这在整个的历史中是没有先例的。在煤的脊背上和在由煤区扩散开来的交通线的枢纽站的旁边,聚集着成千成万的人,他们受机器技术的培育,为机器技术工作,靠机器技术为生。其余的民族,不管是以殖民地的形式还是表面上独立的国家,只配扮演原材料生产者和买主的角色。这种角色的分配是由陆军和舰队保障的,而陆军和舰队的生活费用则以这些工业国家的财富为先决条件;此外,陆军和舰队由于其技术上的精通本身已变成机器,它们的"工作"只在于用手指按动机器。在这里,再次表现出政治、战争与经济的深切的亲缘关系,而且几乎三位一体。军力的程度取决于工业的等级。缺少工业的国家一般说来是贫穷的,所以它们无法支付陆军和战争所需的费用,也就是说,它们在政治上是软弱无能的,因此,这些国家的工人,不管是领导者还是被领导者,均是它们的对手的经济政策的对象。

跟大量的执行的手相比——"小人物的妒忌的目光"只看到执行的手——少数富有创造性的、有头脑的人,如企业家、组织者、发明家和工程师的领导人工作的正在提高的价值,如今不再被人理解和赏识,当然,在重视实践的美国,人们仍然十分重视少数富有创造性的、有头脑的人的领导人工作,而在"诗人和思想家"的德国,人们则对此嗤之以鼻。有这样一个幼稚可笑的句子:"如果你的强壮的手臂愿意,所有的车轮就会停止不动。"这个幼稚可笑的句子像雾一样笼罩着空谈者和撰写人的脑子。就连一只落入驱动中的公山羊也能使所有的车轮停止运转。但是,只有少数天生具有发明创造才能的人能够发明这些车轮并使之工作,以便那只强壮的手臂能够养活自己。

　　这些不被理解和令人憎恨的人,也就是说一群性格坚强的人物,有另外一种心理。他们还知道猛兽用爪子抓住抽搐着的猎物时的得意洋洋的心情,还知道哥伦布发现新大陆时的感受,还知道毛奇在色当附近,当他在下午从弗雷努瓦高地上观察,他的炮兵部队在伊利附近已对敌人形成包围圈,从而圆满完成胜利时的情感。当一艘大船在其建造者的眼前离开船台的时候,当一种新发明的机器无懈可击地开始工作的时候,或当第一艘齐柏林飞艇腾空而起的时候,这是一个人所能体验到的最激动人心的时刻。

　　但是,这种挣脱羁绊的人的思想不再能够领会它自己的后果,这是时下的悲剧。技术已经变得深奥难解,就像它所使用的高等数学一样,就像物理学的理论一样,因为物理学的理论在为现象的抽象苦思冥想的时候向前推进到人类的认识的纯粹的基本形式,但并没有真正察觉到这一点。世界的机械化已经进入了最危险的过度紧张的阶段。有其植物、动物和人的地球的形象已经发生了变化。在数十年中,大部分大的森林已经消失,变成为新闻印刷的材料,从而改变了气候,而气候的变化危及全人口的农业经济;无数的动物种类像水牛一样已经完全或几乎完全消灭,大批的人类种族,像北美的印第安人和澳洲土著一样，几乎濒临灭种。

一切有机的东西均屈服于传播开来的组织。一种人为的世界渗透和毒化自然的世界。文明本身已成为一种按机器的方式做一切或想做一切的机器。人们只还用马力进行思考。人们再也看不到瀑布，因为人们在内心里已把瀑布转化为电力。人们看不到满布吃草的牛群的田野，因为人们所想到的是如何评审牛群的肉类现有量的价值；人们看不到一种原始的居民的古老而美丽的手艺，因为人们想用一种现代的技术操作方法替代它。不管是否有意义，技术的思维想要变为现实。机器的奢侈是一种不由自主的思想的结果。归根到底，机器是一处象征，它像它的隐藏心中的理想永动机一样，是一种精神和思想上的必要性，但不是涉及生死存亡的必要性。

机器开始与多种多样的经济实践相抵触。到处都可以看到这种分解。机器由于其数量和精致化最终抵消自己的目的。汽车在各大城市里由于其数量不断增加而丧失影响，人们步行反倒比汽车更快。在阿根廷、爪哇和其他地方，小农的简单的马犁在经济上比大的发动机更加优越，而且又把后者排挤掉。在许多热带地区，用原始的工作方式耕作的有色农民，已成为白人的现代技术的种植园企业的危险的竞争者。而在古老的欧洲和北美的白种产业工人开始怀疑其工作。

在十九世纪，流行着一种缺乏理智的看法，即人们认为在数世纪内煤的储藏即将告罄，后果不堪设想。这也是一种唯物主义的看法。撇开今天人们已经极大规模地把石油和水力作为无机的力量储备使用不谈，技术的思维很快还会发现和开发完全不同的力源。但是，这跟这样的时期毫无关系。西欧和美国的技术将会提前结束。缺乏材料这种平庸浅薄的情况将无法阻挡这种巨大的发展。只要技术的思想处在顶峰，它总会设法创造实现其目的的各种手段。

但是，技术的思想还会在顶峰上待多久呢？我们说，单单为了使目前现有的技术方法和设备保持相同的水平，就需要十万个杰出的人物——组织者、发明家和工程师。此等人物必须是性格坚强,甚至是富有创造性的才子,热心于其事业,并且通过多年钢铁般的勤奋和大量的费用在这方面脱颖而出。事实上,最近五十年来,白种民族的青年当中的大多数性格坚强的才子恰恰热衷于技术这种职业。就连男孩也玩弄技术上的东西。在都市阶层和家庭里——它们的子弟主要考虑技术这种职业——存在着富裕、脑力的职业的传统和变得高雅的文化,这一切为造就这种成熟的和晚期的产品即技术的思维创造了正常的先决条件。

但是,数十年以来,在所有具有大的和古老的工业的国家里,这种情形越来越清楚地向反面转变。浮士德式的思想开始对技术感到厌倦。一种困倦,一种在反对大自然的斗争中的和平主义,流传开来。人们转向较为朴实的、更接近自然的生活形式;人们进行体育锻炼以取代技术的实验;人们讨厌大城市;人们想要摆脱一切无心灵的活动、机器的奴役、技术组织的明澈而冷酷无情的气氛。恰恰是那些性格坚强和富有创造性的才子避开了实践的问题与科学,而转向纯粹的思辨。神秘主义、通灵论、印度哲学、基督教或异教色彩的形而上学的苦思冥想——它们在达尔文时代遭到人们的轻视——又死灰复燃。这是奥古斯都时代罗马的情绪。出于对生活的厌倦,人们逃离文明,遁入较为原始的大洲,或漂泊异乡,或进行自杀。天生的领袖开始逃避机器。很快就会有一些二流的人才,一个伟大的时代的晚来者,逃避机器。每一个大的企业家都能看出,新生力量的思想品质正在下降。但是,十九世纪的了不起的技术发展只有在思想水平不断提高的基础上才有可能。不单单是思想品质的下降,就连其停滞也是危险的,因为停滞暗示一种终结,尽管仍有许多经过良好训练的手准备干活。

但是,事情会怎么样呢? 领袖的工作和执行者的工作之间的紧张已经达到了一种灾难的程度。前者的意义,即前者中每一真正有个性的人的经济价值,非常巨大,以至于为大多数下属所不能看见和不能理解。在后者即在手的劳动中,个人的意义已完全丧失,只有数量还有价值。由自私的演说家和撰稿人引起、毒化和财政上充分利用的有关这种不易改变的境况的知识,让人感到前景非常不妙,以至于反抗机器(而非机器的所有者)分配给大多数人的角色是非常合乎人性的。人们开始以各种各样的形式,从暗杀、罢工到自杀,反抗机器,反抗有组织的生活,最后反抗所有的人和所有的物,换言之,手开始哗变,反对自己的命运。几千年以来,劳动的组织归因于众人的行动的概念,它把领导者和被领导者、首脑和助手之间的区别作为基础,而如今它业已自下崩溃。但"群众"只是一种否定,而且是对组织的概念的否定,而非某种能独自生存之物。一支陆军若无军官则仅为一群多余的和毫无希望的乌合之众[①]。一堆碎砖与碎铁已不再是一幢楼房。这种遍及全球的哗变眼看着就要抵消技术和经济工作的可能性。领袖们可以逃跑,但变得多余的被领导者们则无法挽救了。他们的数目意味着他们的死亡。

但是,正在开始的崩溃的第三个与最严重的病状在于我所说的**对技术的背叛**。事情涉及到每个人都知道的东西,但每个人从来都没有认识到这些东西的内在联系,只有了解这些东西的内在联系,才能揭示它们的灾难性的意义。在十九世纪下半叶,西欧和北美在经济、政治、军事和财政权力方面显示出惊人的优势,其基础是工业的没有争议的垄断。在这些北欧的国家里,大工业只和煤的储藏发生联系。世界其余各国是销售区。殖民政策的目的始终在于开发新的销售区和原材料区,而不是开发新的生产区。在别的什么地方也有煤,但只有"白种"工程师能够开发它。我们独自占有的不是材料,而是为了使用它们而受过训练的方法和脑子。这就是白种工人的奢

[①] 苏维埃政权近十五年来只试图在新的名义下恢复被它破坏了的政治、军事和经济组织。——原注

侈生活的基础,与有色的工人①相反,白种工人的收入是优厚的,马克思主义避而不谈这种情况,结果使自己走向毁灭。今天,这种情况没有好结果,从现在开始,失业问题已被抛入发展之中。白种工人的工资今天已成为他的生活的一种危险,因为工资的高低完全有赖于工业的领袖们已为其周围的工人建立起来的垄断。②

于是,在十九世纪末,盲目的权力意志开始犯决定性的错误。人们不再对技术知识——这是"白种"民族所具有的最大的财宝——保守秘密,而是将它在所有的高校里用话语和文字向所有的人吹嘘,人们为印度人和日本人的赞赏而感到骄傲。著名的"工业疏散"开始了,因为人们考虑到,为了获得更大的利润,有必要使生产靠近买主。人们开始用秘密、程序、方法、工程师和组织者的输出代替唯一的产品输出。就连发明家也移居国外。社会主义——它想把发明家套在自己的桎梏上——把发明家赶走。所有的"有色人"窥探我们的力量的秘密,理解并充分利用它。日本人在三十年中成为一流的技术专家,而且在反对俄罗斯的战争中已显示出战术上的优势,这种战术上的优势值得他们的老师学习。今天,在世界各地,在亚洲东部、印度、南美、南非,均出现或正在形成工业区,这些工业区由于其工资低而成为我们的极大的竞争对手。那些白种民族的不可取代的特权已被挥霍、甩卖和出卖。对手们已赶上他们的榜样,也许对手们由于有色人种的狡黠和古老的文明的过分成熟的智力已经超过了他们的榜样。什么地方有煤、石油和水力,在那里就能锻造出一种反抗浮士德式的文化的核心部分的新武器。这里,被剥削的世界开始对其主人进行报复。有色人——他们同样熟练地和更加知足地工作——用

---

① 我所理解的"有色人"(die Farbigen)也包括俄罗斯的居民和南欧以及东南欧的一部分的居民。——原注
② 一个乡下仆人的工资和一个冶金工人的收入之间的紧张形势已经证明这一点。——原注

无数双手动摇白人经济组织的基础。跟苦力相比,白种工人的习以为常的奢侈将成为他的厄运。白人的工作本身正变得多余。集中于北欧煤区的大量的人群、工业设备、投入此等工作中的资本、整个的城市和地区,即将被竞争所压倒。生产的重心在世界大战结束了有色人对白人的尊敬之后不可阻挡地转移。这是白种人国家里出现失业的根本原因,这不是危机,而是一种灾难的开始。

但是,对于有色人(俄罗斯人始终属于有色人)来说,浮士德式的技术并非内在的需要。只有浮士德式的人思维、感觉和生活在此种形式中。它是他的心灵上的需要,不是它的经济上的结束,而是它的胜利:并非需要航海,而是需要胜利。对于有色人来说,浮士德式的技术只是抗击浮士德式的文明的斗争中的一种武器,就像森林里的一根树枝一样,一旦人们达到了自己的目的,就会把它扔掉。这种机器技术随同浮士德式的人走向灭亡,而且有朝一日将会被捣毁和遗忘——铁路与汽船几乎就像从前罗马的马路和中国的长城一样变成废墟,我们的大城市连同它们的摩天大楼将像古代孟菲斯和巴比伦的宫殿一样变为历史陈迹。这种技术的历史迅速接近于不可避免的终点。它像任何一种文化的一切伟大形式一样是从内部消耗殆尽的。至于何时和以什么样的方式,我们并不知道。

面对这种命运,只有一种世界观是值得我们采取的,这就是我在前面提到的阿喀琉斯的世界观:宁愿选择充满行动和荣誉的短命,而不愿选择没有内容的长命。对于每一个人、每一个阶层和每一个民族来说,危险已经变得非常巨大,所以在这种情况下说假话实在是可悲的。时间是不会中断的;没有贤明的掉头,没有聪明的放弃。唯梦幻者相信这些出路。乐观主义为懦弱。

我们诞生在这个时代里,必须勇往直前走完为我们指定的道路。没有别的道路。我们的义务在于坚守在毫无希望的岗位上,没有希望,没有救援。像那个罗马士兵一样坚守岗位,人们在庞贝的一座大门前发现了他的遗骨,他之所以死亡,是因为维苏威火山爆发时人们忘记了换他的班。这就是伟大,这就是有血性的人。这种真心诚意的死亡是我们从人身上无法取走的唯一的东西。

译后记

多年前，我和译林出版社的李瑞华先生就斯宾格勒的著作在中国的译介进行了一次有益的交谈。我们认定，早在二十世纪二十年代至四十年代，我国学界就对斯氏的思想产生了浓厚的兴趣并加以介绍和研讨。例如在研究方面，叶法无先生在 1930 年发表了《文化与文明》的长篇论文，其中以九个部分论述了《斯宾格拉的文化史观及其批评》；江送怀先生在 1934 年发表的《机器文化是否已经跑到绝路》一文中写道："斯氏所预言的西方沉沦与其说是科学与机器的沉沦，毋宁说是资本主义制度的沉沦。"在翻译方面，1937 年，商务印书馆出版了董兆孚先生的译文《人与技术》，宗白华先生对此发表了如下的评语："这本小书精思创见，层出不穷，使我们在那平凡的'技术世界'发现层层远景，意趣无穷。"1941 年，刘檀贵先生将斯氏的政论著作《普鲁士精神与社会主义》以《马克思主义在欧洲》的书名译成中文，由重庆独立出版社出版。此书出版一个月后，郑学稼先生撰文指出，马克思主义是英国资本主义的产物，是不适合中国整个历史传统的外来的"主义"，应当"有条件地加以接受"。

解放后，《西方的没落》在大陆、台湾均有节译本出版。可喜的是，吴琼先生从英文翻译过来的《西方的没落》的全译本于 2006 年由上海三联书店出版。三年之后，也就是 2009 年，斯氏的《普鲁士精神与社会主义》和《决定时刻》(Jahre der Entscheidung,应译为《抉择的年代》)由郭子林、赵宝海、魏霞从英文译成中文,并由格致出版社、上海人民出版社出版。

我们认为,上述的翻译一方面可喜可贺,但另一方面,由于是从英文翻译过来的,因为英译者的理解错误,不免有不当甚至是与作者的原意相抵牾之处。

因此,我们商定,由我据德文本从斯宾格勒的著作中遴选出一些与当今西方浮士德式的文化有内在联系、至今仍具有现实意义的论文和著作片段,然后由我译成中文并加以必要的简要的介绍,以便对读者起到抛砖引玉的作用。

嗣后,我按照我们的商定,从《西方的没落》中选出《导言》和《经济生活的形式世界》这两部分。这是因为导言是全书的指导思想,好比交响曲的主导动机(Leitmotive),它集中地、概括地说明了作者写作此书的主旨以及此书的基本思想;而《经济生活的形式世界》,即《西方的没落》第二卷的最后一章,对于我们研究当代西方的经济和文化生活,至今仍有不可忽视的启示作用,据我所知,俄罗斯已将这一章译成俄语,以单行本的形式出版,并给予它很高的评价。此外,入选斯氏文选的还有以下三篇文章:斯氏为了回应评论界指责他宣扬"文化悲观主义"而特意撰写的《悲观主义吗?》;1931年撰写并发表的专著《人与技术》;选自俄罗斯杂志《莫斯科》2008年第三期的俄罗斯社会学家达维多夫的论文《货币与社会:拜金主义的历史》(这篇文章虽然不是斯氏的原作,但因内容和斯氏的思想完全契合,故纳入斯氏文选)。

斯氏的《西方的没落》《普鲁士精神与社会主义》《人与技术》被评论界誉为斯氏的三部曲。入选文选的诸篇文章基本上囊括了斯氏生命哲学和历史哲学的主要内容(《普鲁士精神与社会主义》已经译成中文,由于篇幅较大,不随文选而拟以单行本的形式出版)。

编译计划拟定后,我到译林出版社征求李瑞华先生的意见。他对此表示赞同和大力支持,并叮嘱我尽快上马,抓紧时间翻译和撰写简介。这使我感悦不已和深受鼓舞,觉得我们之间的合作是天作之合。经过断断续续两年多的努力,现在终于集腋成裘,可付梓出版了。希望这本小书,能让更多的读者接触、了解斯宾格勒的思想。